나혜석,

글 쓰는
여자의
탄생

한국의 페미니즘
고전 읽기

나혜석,
글 쓰는
여자의
탄생

나혜석 지음

장영은 엮음

민음사

"탐험하는 자가 없으면 그 길은 영원히 못 갈 것이오.
우리가 욕심을 내지 아니하면 우리가 비난을 받지
아니하면 우리의 역사를 무엇으로 꾸미잔 말이오.
다행히 우리 조선 여자 중에 누구라도 가치 있는 욕을
먹는 자 있다 하면 우리는 안심이오."

자기 삶을 스스로 이야기하는 여성의 탄생

1921년 3월 19일 나혜석의 전시회가 경성일보사 내청각에서 열렸다. 여성 화가로서는 "조선 최초"였다. 나혜석의 전시회에는 이틀 동안 수천 명의 관람객이 몰려들었다. 그로부터 27년 후인 1948년 12월 10일 서울시립 자제원 무연고자 병동에서 나혜석은 생을 마감했다. 그사이 나혜석에게 무슨 일이 일어난 것일까? 그녀가 「신생활에 들면서」(1935)에서 고백했듯이 굴곡진 나혜석의 삶은 "다 운명"이었을까?

1896년 수원에서 태어난 나혜석은 1913년 진명여자고등보통학교 졸업 후 도쿄의 여자미술전문학교(현 조시비미술대학)에서 유화를 전공했다. 1918년 졸업 후 귀국한 나혜석은 함흥 영생중학교와 서울 정신여학교에서 미술 교사로 재직했고, 1919년 3·1 운동 시위 관련자로 검거되어 5개월간 수감 생활을 겪기도 했다. 나혜석은 독립운동에만 관여한 것이 아니었다. 일본 유학 시절부터 잡지 《여자계》의 발행을 주도하고, 여성 인권에 관한 논설은 물론 조혼과 가부장제 사회를 비판하는 소설도 꾸준히 발표했다.

그녀의 결혼 또한 남달랐다. 1920년 4월 10일 《동아일보》 3면 광고란에는 나혜석과 김우영의 결혼 청첩장이 실렸다. 한국 최초의 공개적인 결혼 청첩이었다. 두 사람의 결혼 과정은 청첩 방식 이상으로 큰 화제를 모았다. 나혜석은 김우영에게 결혼 조건으로 세 가지를 제시했다. "일생을 두고 지금과 같이 나를 사랑해 주시오. 그림 그리는 것을 방해하지 마시오. 시어머니와 전실 딸과는 별거케 하여 주시오." 김우영은 나혜석의 요구 사항을 무조건 받아들였다. 그리고 두 사람은 "궁촌 벽산에 있는 죽은 애인의 묘"로 신혼여행을 떠났다. 김우영은 나혜석의 연인이었던 최승구를 위해 무덤 앞에 비석도 세웠다.

1927년 유럽으로 떠난 나혜석과 김우영은 3년 동안 체류하며 유럽 전역을 다녔다. 나혜석은 파리에서 그림을 공부하는 한편 유럽 여성들의 삶과 인권 운동에 주목했다. 이 시기 그녀는 화가로서 더욱 성장한다. 하지만 파리에서 만난 최린이 그녀의 삶에 예기치 않은 사건을 일으킨다. 김우영은 법학 공부를 위해 독일에 체류 중이었고, 파리에서 혼자 그림 공부를 하던 나혜석은 남편의 친구인 최린을 만나 사랑에 빠지게 된 것이다. 처음부터 나혜석은 최린에게 "나는 공(公)을 사랑합니다. 그러나 내 남편과 이혼은 아니 하렵니다."라고 분명한 의사를 밝혔고, 최린 또한 "과연 당신의 할 말이오. 나는 그 말에 만족하오."라고 동의했다. 하지만 김우영이 변호사 개업을 준비하면서 경제적으로 어려움을 겪자 나혜석은 최린에게 돈을 부탁하는 편지를 보냈고, 그것이 화근이 되었다. 그 사실을 알게 된 김우영이 나혜석에게 이혼을 요구한 것이다. 나혜석은 이혼을 막기 위해 최선을 다하지만 김우영의 결심은 확고했다. 결국 1930년에 나혜석과 김우영의 결혼 생활은 끝이 났다.

이혼 후 나혜석은 화가로서 사회적 재기를 모색했다. 1931년 조선미술전람회와 제국미술전람회에 잇달아 입선하며 화가로서의 사회적 존재감을 되찾는 듯했다. 하지만 나혜석이 1933년 경성 종로 수송동에 설립한 여자미술학사는 경영난으로 실패했고, 같은 해 나혜석은 조선미술전람회에서도 낙선했다. 1935년에 연 소품전 또한 철저하게 외면당했다. 예술가로서 나혜석의 존재감은 점차 흐릿해졌다.

파문의 진실

그러나 한 가지 검토해야 할 사항이 있다. 과연 나혜석의 그림은 온전히 그 예술적 가치로 평가받았을까? 이혼 후 나혜석을 둘러싼 거짓 소문과 오해들이 증폭되었다. 세간의 수군거림과 자기 삶을 함부로 이야기하는 사람들을 향해 나혜석은 한 편의 글을 세상에 내놓는다. 바로 1934년 《삼천리》 8월호와 9월호에 발표한 「이혼 고백장, 청구(青邱) 씨에게」(이하 「이혼 고백장」)이다. 제목 그대로 김우영과의 이혼 과정 전모를 스스로 밝힌 글이다. 그리고 1934년 9월 19일, 나혜석은 최린을 상대로 손해배상 위자료 청구 소송을 제기한다. 언론은 나혜석을 주목했다. 나혜석은 예술가로 평가받지 못하고, 스캔들의 주인공으로만 다루어졌다. 게다가 「이혼 고백장」을 발표한 이후에는 오빠를 비롯한 가족들에게조차 외면당하게 된다.

나혜석은 「이혼 고백장」에서 자신의 삶을 고백함과 동시에 남성들의 이중적인 태도를 강도 높게 비판했지만, 그 글은 나혜석에게 다시 비수가 되어 돌아왔다. 여기에서 한 가지 의문이 생긴다. 조선의 현실이 여성에게 얼마나 가혹한지를 이미 여러 차례의 경험을 통해 누구보다 잘 알고 있었을 나혜석은 왜 「이혼 고백장」을 발표했을까? 그 글이 가져올 사회적 파장과 나혜석 개인에게 미칠 화(禍)를 그녀는 과연 몰랐을까?

나혜석 아들의 회고처럼, "나혜석이 글로 쓴 이혼 고백서는 이를테면 이혼의 본말에 대한 진실을 본인이 직접 밝힌 것이다. 루머처럼 떠도는 말들이 본인의 고백으로 문자화되자 사회적 파문은 대단했다." 나혜석은 그런 결과를 충분히 예측할 수 있었을 것이다. 그럼에도 불구하고 그녀는 왜 스스로에게 재앙을 불러인으킬 글을 발표했을까? 또 다른 질문들도 던져 보게 된다. 그녀는 과연 누구에게, 무엇을 고백했는가? 그리고 사회적 추방을 당한 나혜석은 무엇으로, 또 어떻게 오늘날 근대 여성 지식인의 원류라 평가되는 인물이 되었을까?

나혜석은 1933년 2월 28일 자 《조선일보》에 발표한 「모델-여인 일기(女人日記)」에서 다음과 같이 말했다.

"남자는 칼자루를 쥔 셈이요, 여자는 칼날을 쥔 셈이니 남자 하는 데 따라 여자에게만 상처를 줄 뿐이지. 고약한 제도야. 지금은 계급 전쟁 시대지만 미구(未久)에 남녀 전쟁이 날 것이야. 그리고 다시 여존남비시대가 오면 그 사회제도는 여성 중심이 될 것이야. 무엇이든지 고정해 있지 않고 순환하니까."

나혜석은 칼자루를 쥔 남성 중심 사회를 바꾸기 위해서는 칼날을 쥔 여성들이 상처를 두려워하지 않고 말과 글을 남겨야 한다고 믿었다. 칼날조차 놓쳐 버리면 "순환"의 시간은 결코 오지 않는다고 나혜석은 예상했을 것이다. 당장의 상처를 피하기 위해 칼자루를 쥐게 될 기회 자체를 일찌감치 포기해 버리는 것이 가장 슬프고도 위험한 일이라고 나혜석은 판단했다. 나혜석은 "무용(無用)의 불평"을 하는 것은 아무것도 바꿀 수가 없다는 사실을 여성들에게 알리고 싶었다. 그리고 그 믿음대로 실천했다. 나혜석은 자신이 다치게 되더라도 직접 글을 쓰는 길을 선택했다. 당장 제대로 읽히지 않는다 할지라도 진실을 직접 밝히겠다는 나혜석의 의지가 오늘날 그녀를 근대 여성 지식인의 원류로 평가받게 했다. 그렇기에 그녀는 충분히 합당한 역사적 지위를 되찾아야 한다.

나혜석의 성취와 좌절

여전히 나혜석을 자유주의자 혹은 시대를 앞서 나간 여성 예술가 정도로 평가하는 사람들이 있어 안타깝다. 부잣집 딸이 자유연애를 하고 예술에 심취하거나, 혹은 사상운동에 앞장서는 한편, 불륜에 빠져 기구한 인생으로 몰락하고 말았다는 서사 구조는 근대 교육을 받은 여성들을 거론할 때 아무렇지도 않게 통용되었다. 나혜석뿐만이 아니다. 왜 그동안 우리는 근대 여성 지식인들의 생애가 비극적일 거라고 단정했을까? 왜 우리는 전위적인 삶을 산 그녀들을 결국 비참하게 몰락한 인물로 평가했을까? 이제 다시 생각하고, 재평가할 시간이 되었다. 우리는 아직도 신여성을 식민지 사회에서 특이하고도 신선했던 볼거리 대상으로 접근하고 소비한다. 그러나 그런 관점과 담론은 언제나 여성을 역사의 가장자리로 밀어낼 뿐이다. 그녀들은 과연 누구인가? 이제 그녀들의 삶과 사상, 성취와 좌절을 그녀들의 말과 글을 통해 알아보고 싶다.

나혜석이 그 첫 번째 주인공이 되기를 바란다 나혜석은 어성 지식인의 삶과 글쓰기가 분리될 수 없는 것임을 증명했기 때문이다. "나혜석의 개인전 실패는 그림 자체에 있지 않고 나혜석의 글에 있었다."라는 평가는 옳다. 여성의 글은 여성의 삶과 분리될 수 없다. 글을 쓰는 여성, 자기 삶을 스스로 이야기하는 여성의 탄생. 나혜석에게 따라다니는 수식어가 많지만, 자기 생애를 스스로 공개적으로 이야기했다는 사실 하나만으로도 나혜석은 페미니즘의 기수로서 충분한 자격을 갖추었다. 그녀는 여성이 글을 쓰는 행위 자체가 사회적 실천이라고 믿었다.

나혜석에게 글쓰기는 은밀하고 사적인 취미가 아니었다. 나혜석은 글쓰기를 통해 자기 존재를 증명하고, 여성들과 소통하며, 여성에게 억압적인 사회와 맞서 싸우려 했다. 물론 나혜석의 싸움은 쉽지 않았고 좌절의 연속이었다. 그럼에도 불구하고 나혜석은 자신의 운명을 탓하지 않았다. 그녀는 운명에 대해 다음과 같이 말했다. "우리에게는 사람의 힘으로 어쩔 수 없는 운명이 있다. 그러나 그 운명은 순순히 응종할수록 점점 증장(增長)하여 닥쳐오는 것이다. 강하게 대하면 의외에 힘없이 쓰러지고 마는 것이다." 여성이 짊어진 가혹한 운명을 나혜석은 글쓰기로 강하게 부딪쳤다. 식민지 조선에서 그러한 나혜석의 시도는 철저하게 패배한 듯 보였다. 1938년 8월 《삼천리》에 「해인사의 풍광」을 게재한 이후 나혜석은 더 이상 글을 발표하지 못했기 때문이다.

나혜석의 조카인 나영균의 회고에 따르면, 나혜석은 이혼 이후의 수기를 어느 잡지에 연재할 생각으로 계속 글을 썼다. 다만 발표할 기회를 얻지 못했을 뿐이었다. 원고를 "쌓은 높이가 적어도 50센티미터는" 되었지만, "원고더미가 다락에 쌓여만 있다가 6·25 전쟁이 나면서 난리 통에 모두 없어지고 말았다." 그녀 자신도 새로운 글을 발표하는 것만이 사회적 재기의 방법임을 알고 있었지만 그 가능성은 차단되었고, 그녀는 조금씩 세상에서 잊히기 시작했다.

나혜석은 불교에 귀의하고 싶어 수덕사로 향했다. 그곳에는 1933년에 출가한 친구 김일엽이 있었다. 하지만 친구인 김일엽도 수덕사의 만공선사도 모두 나혜석의 출가를 만류했다. 나혜석 역시 본인이 승려가 되기에 적합하지 않다고 판단했다. 1939년부터 1944년까지 수덕사 근처 수덕여관에 주로 머물면서 전국을 떠돌아다니던 나혜석은 1944년 10월 이름과 나이를 바꿔 청운양로원에 들어간다. 양로원에서도 나혜석은 글을 썼다. 1947년 "미술학교 2학년" 학생이었던 박인경은 자원봉사를 갔다가 우연히 나혜석을 만나게 된다. 나혜석은 박인경에게 "일기 같은 것을 쓰고 있는데 손이 떨려서 정서(正書)를 해 주지 않겠느냐."고 부탁했다. 생애 마지막까지 나혜석은 글을 쓴 여성이었다. 하지만 안타깝게도 그 시간이 길지는 않았다. 나혜석은 양로원에서 나와 방랑하던 중 1948년 12월 10일 길 위에서 사망했다.

그녀의 생애를 몰락 혹은 파국으로 표현하는 사람들이 있지만 동의하기 어렵다. 나혜석은 "자기를 잊지 않고 살아가는 데" 패배란 없다고 생각했다. 심지어 고통도 그녀에게는 부차적인 것이었다. "우리의 가장 무서워하는 불행이 언제든지 내습할지라도 염려 없이 받아넘길 수 있을 것이다. 거기에 아무러한 고통이 있을지라도 그 고통 중에서 일신일변할지언정 결코 패배를 당할 이치는 만무하다." 나혜석의 말은 옳다. 이제 그녀의 글을 다시 읽어 보려 한다. 나혜석은 여성이 말을 하고 여성이 글을 쓸 때 세상은 달라진다고 믿었다. 그녀의 목소리가 널리 전해지길 바란다.

엮은이 장영은

차례

일러두기

1. 이 책은 5부로 구성하였다. 1부에는 소설을, 나머지 부에는 논설, 수필, 인터뷰를 실었다. 2부에는 나혜석이 여성의 연애와 결혼에 대해 쓴 글을 가려 뽑았다. 3부에는 나혜석이 이혼 이후에 발표한 조선의 가부장제를 비판하는 「이혼 고백장」과 여성에게만 정조를 강요하는 남성 이기주의를 고발하는 「신생활에 들면서」를 실었다. 4부에는 나혜석의 페미니즘 육아관을 엿볼 수 있는 기존의 모성 통념에 반하는 글을 모았으며, 5부에는 나혜석의 정치의식과 근대 신여성의 직업관에 대한 글을 모았다. 각 부의 말미에는 나혜석, 이광수, 김억, 김기진이 1930년대 당시 미혼 남녀들이 결혼을 늦게 하는 풍조를 비평하는 「만혼 타개 좌담회」가 부록으로 실려 있다.

2. 원문을 최대한 살리되, 철자법과 띄어쓰기는 현대 표기법에 따라 고쳤다.

3. 본문은 한글 표기를 원칙으로 하고 필요한 한자는 ( ) 속에 병기했다. 현재 잘 쓰지 않는 표현의 경우 〔 〕를 덧붙여 현대어로 순화하였다.

1부

최초의 근대
여성 문학

"경희도 사람이다. 그다음에는 여자다.
그러면 여자라는 것보다 먼저 사람이다."

"지금은 계집애도 사람이라"

새로운 세대의 결혼

나혜석은 1918년 3월 《여자계》에 자전적 소설 「경희」를 발표했다. 이 소설은 일본 유학생인 주인공 경희가 첫 여름방학을 맞아 집에 돌아와 부모로부터 결혼을 강요받는 데에서 시작된다. 나혜석이 실제 겪은 일이기도 하다. 나혜석의 아버지는 그녀가 학업을 마치기도 전에 딸에게 결혼을 강요했고, 나혜석이 이를 거부하자 학비 지원을 중단했다. 1915년 학교로 돌아가지 못한 나혜석은 1년 동안 여주공립고등보통학교에서 교사 생활을 하면서 학비를 모았고, 1916년 4월에 복학할 수 있었다. 나혜석의 아버지 나기정은 시흥 군수와 용인 군수를 지낸 개명 관료였다. 두 아들을 비롯해 당시로서는 드물게 딸을 일본으로 유학 보냈지만, 딸에게 조혼을 강요하고 축첩을 하는 등 봉건적인 가부장의 모습을 벗어나지 못했다.

나혜석은 근대 교육을 받은 여성 지식인이 봉건적인 가부장제와 인습에 맞서 어떻게 싸워야 하는지를 일찍부터 고민했다. 무엇보다 여성 지식인이 주인공으로 등장해 주체적으로 자아실현의 과정을 모색하는 내용은 「경희」가 한국 근대문학사에서 최초이다. 결혼을 강요하는 아버지에게 맞서는 딸의 모습이 나오는 장면도 인상적이다.

"계집애라는 것은 시집가서 아들딸 낳고 시부모 섬기고 남편을 공경하면 그만이니라."라며 딸에게 결혼을 강요하는 아버지에게, 경희는 "그것은 옛날 말이에요. 지금은 계집애도 사람이라 해요, 사람인 이상에는 못할 것이 없다고 해요, 사내와 같이 돈도 벌 수 있고 사내와 같이 벼슬도 할 수 있어요. 사내가 하는 것은 무엇이든지 하는 세상이에요."라고 맞선다. 또한 "그리로 시집가면 좋은 옷에 생전 배불리 먹다 죽지 않겠니?"라는 회유에도 물러서지 않고, "먹고만 살다 죽으면 그것은 사람이 아니라 금수이지요. 보리밥이라도 제 노력으로 제 밥을 먹는 것이 사람인 줄 압니다. 조상이 벌어 놓은 밥 그것을 그대로 받은 남편의 그 밥을 또 그대로 얻어먹고 있는 것은 우리 집 개나 일반이지요."라는 논리를 펼친다.

여성 지식인의 번민과 불안

하지만 이토록 당당한 여성 지식인에게도 미래에 대한 불안이 수시로 찾아온다. 나혜석은 「경희」에서 주인공 경희의 내적 갈등을 섬세하게 표현했다. 그것은 주인공 경희와 나혜석을 비롯한 당시 수많은 여성 지식인들이 맞닥뜨린 고민이기도 했다.

'어떻게 저렇게들 쉽게 비녀로 쪽 찌게 되었나? 어쩌면 저렇게 자식들을 많이 낳아가지고 구순히들 잘 사누. 장하다.' 경희는 생각할수록 그네들이 장하다. 그리고 저는 이렇게도 시집가기가 어려운 것이 도무지 이상스럽다. '그 부인네들이 장한가? 내가 장한가? 이 부인네들이 사람일까? 내가 사람일까?' 이 모순이 경희의 깊은 잠을 깨우는 큰 번민이다. '그러면 어찌하여야 장한 사람이 되나.' 하는 것이 경희의 머리가 무거워지는 고통이다.

이토록 치열한 고민 끝에 경희는 "사람으로 보이지 않는 험한 길을 찾지 않으면 누구더러 찾으라 하리."라는 결론을 내린다. 이 소설에는 또 하나 의미심장한 부분이 등장한다. 바로 「경희」의 마지막 장면이다. "하느님! 하느님의 딸이 여기 있습니다. 아버지! 내 생명은 많은 축복을 가졌습니다. 보십쇼! 내 눈과 내 귀는 이렇게 활동하지 않습니까? 하느님! 내게 무한한 광영과 힘을 내려주십쇼. 내게 있는 힘을 다하여 일하오리다. 상을 주시든지 벌을 내리시든지 마음대로 부리시옵소서." 나혜석은 기독교가 봉건적 가부장제를 뛰어넘는 독립적 정체성을 근대 여성 지식인에게 일정 정도 부여했음을 경희가 기도하는 모습을 통해 간접적으로 암시했다.

나혜석의 문학관

나혜석은 자전적 소설을 통해 여성이 자기 생애를 이야기하면서 스스로가 여성임을 발견하게 되는 여정을 드러냈다. 여성 지식인이 누군가의 아내가 아니어도, 딸로 차별받지 않아도, 그리고 조선인으로서의 억압에서 상대적으로 자유롭다 해도 종국에는 그녀들이 여성임이 드러나는 사건들을 삶에서 겪을 수밖에 없음을 순환적으로 이야기했다.

나혜석은 1937년 10월에 발표한 「어머니와 딸」에서도 여전히 "여자란 것은 침선방적을 하여 살림을 잘하고 남편의 밥을 먹어야 하는 것이야." 하는 식의 봉건적 인습을 강도 높게 비판했다. 또한 이 소설에서 나혜석은 자신의 문학관을 피력했다. 구시대적 가치관을 가진 어머니는 딸이 결혼하지 않는 이유가 한 집에 살고 있는 소설가 탓이라고 생각한다. "근묵자흑(近墨者黑)으로 선생이 온 후로는 우리 영애란 년이 시집 안 가겠다 공부를 더 해지라니[하겠다 하니] 대체 여자가 공부를 더 해 무엇한답니까."라며 소설가를 다그치는 어머니와 문학을 공부하고 싶은 딸의 갈등을 통해, 그리고 영애와 소설가의 대화를 통해 나혜석은 문학의 역할을 전달했다.

공부를 하면 무엇을 전문하겠어?/ 문학이요./ 문학? 좋지./ 어렵지요?/ 어렵기야 어렵지만 잘만 하면 좋지. 영애는 독서를 많이 해서 문학을 하면 좋을 터이야. 사람은 개인적으로 사는 동시에 사회적으로 사는 것이 사는 맛이 있으니까. 좋은 창작을 발표하여 사회적으로 한 사람이 된다면 더 기쁜 것이 없는 것이야.

이 대화에서 알 수 있듯이, 나혜석은 문학이 사회적 실천이라고 믿었다. 이렇게 식민지 조선에서 나혜석은 여성 작가로 탄생했다. 문학이 여성 지식인이 활동할 수 있는 공적 영역의 장임을 그녀 스스로 증명한 것이다.

경희

1

"아이구, 무슨 장마가 그렇게 심해요."

하며 담배를 붙이는 뚱뚱한 마님은 오래간만에 오신 사돈마님이다.

"그러게 말이지요. 심한 장마에 아이들이 병이나 아니 났습니까. 그동안 하인도 한번 못 보냈어요."

하며 마주 앉아 담배를 붙이는, 머리가 희끗희끗하고 이마에 주름살이 두어 줄 보이는 마님은 이 이철원(李鐵原) 댁 주인마님이다.

"아이구, 별말씀을 다 하십니다. 나 역 그랬어요. 아이들은 충실하나 어멈이 어쩨 수일 전부터 배가 아프다고 하더니 오늘은 일어나 다니는 것을 보고 왔어요."

"어지간히 날이 더워야지요. 조금 잘못하면 병나기가 쉬워요. 그래서 좀 걱정이 되셨겠습니까?"

"인제 나았으니까요. 마음이 놓여요. 그런데 애기가 일본서 와서 얼마나 반가우셔요."

하며 사돈마님은 잊었던 일을 깜짝 놀라 생각하는 듯이 말을 한다.

"먼 데다가 보내고 늘 마음이 놓이지 않다가 그래도 1년에 한 번씩이라도 오니까 집안이 든든해요."

주인마님 김 부인은 담뱃대를 재떨이에 탁탁 친다.

"그렇다마다요. 아들이라도 마음이 아니 놓일 텐데 처녀를 그러한 먼 데다 보내시고 그렇지 않겠습니까. 그런데 몸이나 충실했었는지요."

"네, 별 병은 아니 났나 보아요. 제 말은 아무 고생도 아니 된다 하나 어미 걱정시킬까 보아 하는 말이지, 그 좀 주리고 고생이 되었겠어요. 그래서 얼굴이 꺼칠해요."

하며 뒤꼍을 향하여, "아가 아가, 서문안 사돈마님이 너 보러 오셨다." 한다.

"네."

하고 대답하는 경희는 지금 시원한 뒷마루에서 오래간만에 만난 오라버니댁과 앉아서 오라버니댁은 버선을 깁고 경희는 앉은재봉틀에 자기 오라버니 양복 속적삼을 하며[1] 일본서 지낼 때에 어느 날 어디를 가다가 하마터라면 전차에 치일 뻔하였더란 말, 그래서 지금이라도 생각만 하면 몸이 아슬아슬하다는 말이며, 겨울이 오면 도무지 다리를 펴고 자 본 적이 없고, 그래서 아침에 일어나면 다리가 꼿꼿했다는 말, 일본에는 하루걸러 비가 오는데 한번은 비가 심하게 퍼붓고 학교 상학 시간은 늦어서 그 굽 높은 나막신을 신고 부지런히 가다가 넘어져서 다리에 가죽이 벗겨지고 우산이 모두 찢어지고 옷에 흙이 묻어 어찌 부끄러웠었는지 몰랐었더란 말, 학교에서 공부하던 이야기, 길에 다니며 보던 이야기 끝에 마침 어느 때 활동사진[2]에서 보았던 어느 아이가 아버지가 장난을 못 하게 하니까 아버지를 팔아 버리려고 광고를 써서 제 집 문밖 큰 나무에다가 붙였더니 그때 마침 그 아이만 한 여섯, 일곱 살 된 남매가 부모를 잃어버리고 방황하다가 꼭 두 푼 남은 돈을 꺼내들고 이 광고대로 아버지를 사려고 문을 두드리던 양을 반쯤 이야기하는 중이었다. 오라버니댁은 어느덧 바느질을 무릎 위에다가 놓고 "하하 허허" 하며 재미스럽게 듣고 앉았던 때라 "그래서 어떻게 되었소." 묻다가 눈살을 찌푸리며, "얼른 다녀오." 간절히 청을 한다.

옆에 앉아서 빨래에 풀을 먹이며 열심히 듣고 앉았던 시월이도 혀를 툭툭 찬다.

"아무렴 내 얼른 다녀오리다."

경희는 이렇게 대답을 하고 제 이야기에 재미있어 하는 것이 기뻐서 웃으며 앞마루로 간다.

경희는 사돈마님 앞에 절을 겸손히 하며 인사를 여쭈었다. 1년 동안이나 잊어버렸던 절을 일전에 집에 도착할 때에 아버지 어머니에게 하였다. 하므로 이번에 한 절은 익숙하였다. 경희는 속으로 일본서 날마다 세로가로 뛰며 장난하던 생각을 하고 지금은 이렇게 얌전하다 하며 웃었다.

"아이고, 그 좋던 얼굴이 어쩌면 저렇게 못 되었니, 오죽 고생이 되었을라고."

사돈마님은 자비스러운 음성으로 말을 한다. 일부러 경희의 손목을 잡아 만졌다.

"똑 시집살이한 손 같고나. 여학생들 손은 비단결 같다는데 네 손은 왜 이러냐."

"살성이 곱지 못해서 그래요."

경희는 고개를 칙으린다.〔수그린다.〕

"제 손으로 빨래해 입고 밥까지 해 먹었다니까 그렇지요."

경희의 어머니는 담배를 다시 붙이며 말을 한다.

"저런, 그러면 집에서도 아니 하던 것을 객지에 가서 하는구나. 네 일본 학교 규칙은 그러냐?"

사돈마님은 깜짝 놀랐다. 경희는 아무 말 아니 한다.

"무얼요. 제가 제 고생을 사느라고 그러지요. 그것 누가 시키면

하겠습니까. 학비도 넉넉히 보내 주지마는 그 애는 별나게 바쁜 것이 재미라고 한답니다."

김 부인은 아무 뜻 없이 어제 저녁에 자리 속에서 딸에게 들은 이야기를 한다.

"그건 왜 그리 고생을 하니."

사돈마님은 경희의 이마 위에 너펄너펄 내려온 머리카락을 두 귀밑에다 끼워 주며 적삼 위로 등의 살도 만져 보고 얼굴도 쓰다듬어 준다.

"일본에는 겨울에도 불도 아니 때인대지. 그리고 반찬은 감질이 나도록 조금 준대지. 그것 어찌 사니?"

"네, 불은 아니 때나 견디어 나면 관계치 않아요. 반찬도 꼭 먹을 만치 주지 모자르거나 그렇지는 아니해요."

"그러자니 모두가 고생이지. 그런데 네 형은 그동안 병이 나서 너를 못 보러 왔다. 아마 오늘 저녁 쯤은 올 터이지."

"네, 좀 보내 주세요. 벌써부터 어찌 보고 싶었는지 몰라요."

"암 그렇지. 너 왔다는 말을 듣고 나도 보고 싶어 하였는데 형제끼리 그렇지 않으랴."

이 마님은 원래 시집을 멀리 와서 부모 형제를 몹시 그리워 본 경험이 있는 터라, 이 말에는 깊은 동정이 나타난다.

"거기를 또 가니? 인제 고만 곱게 입고 앉았다가 부잣집으로 시집가서 아들딸 낳고 재미드랍게(재미스럽게) 살지 그렇게 고생할 것 무엇 있니?"

아직 알지 못하여 그렇게 하지 못하는 것을 일러 주는 것같이 경희에 대하여 말을 하다가 마주 앉은 경희 어머니에게 눈을 향하여 '그렇지 않소. 내 말이 옳지요.' 하는 것 같았다.

"네, 하던 공부 마칠 때까지 가야지요."

"그것은 그리 많이 해 무엇하니. 사내니 고을을 간단 말이냐? 군 주사(郡主事)라도 한단 말이냐? 지금 세상에 사내도 배워가지고 쓸 데가 없어서 쩔쩔매는데……."

이 마님은 여간 걱정스러워 아니한다. 그리고 대관절 계집애를 일본까지 보내어 공부를 시키는 사돈 영감과 마님이며, 또 그렇게 배우면 대체 무엇하자는 것인지를 몰라 답답해한 적은 오래전부터 있으나 다른 집과 달라 사돈집 일이라 속으로는 늘 '저 계집애를 누가 데려가나.' 욕을 하면서도 할 수 있는 대로는 모른 체하여 왔다가 오늘 우연한 좋은 기회에 걱정해 오던 것을 말한 것이다.

경희는 이 마님 입에서 '어서 시집을 가거라. 공부는 해서 무엇하니.' 꼭 이 말이 나올 줄 알았다. 속으로 '옳지 그럴 줄 알았지.' 하였다. 그리고 어제 오셨던 이모님 입에서 나오던 말이며 경희를 보실 때마다 걱정하시는 큰어머니 말씀과 모두 일치되는 것을 알았다. 또 작년 여름에 듣던 말을 금년 여름에도 듣게 되었다. 경희의 입술은 간질간질하였다.

'먹고 입고만 하는 것이 사람이 아니라 배우고 알아야 사람이에요. 당신 댁처럼 영감 아들 간에 첩이 넷이나 있는 것도 배우지 못한 까닭이고, 그것으로 속을 썩이는 당신도 알지 못한 죄이에요. 그러니까 여편네가 시집가서 시앗[첩]을 보지 않도록 하는 것도 가르쳐야 하고, 여편네 두고 첩을 얻지 못하게 하는 것도 가르쳐야만 합니다.' 하고 싶었다. 이 외에 여러 가지 예를 들어 설명도 하고 싶었다. 그러나 이 마님 입에서는 반드시 오늘 아침에 다녀가신 할머니의 말씀과 같은 "얘, 옛날에는 여편네가 배우지 않아도 수부다남(壽富多男)[3]하고 잘만 살아왔다. 여편네는 동서남북도 몰라야 복이 많단다. 얘, 공부한 여학생들도 보리방아만 찧게 되더라. 사내가 첩 하나도 둘 줄 모르면 그것이 사내냐?" 하던 말씀과 같이 꼭 이 마님도 할 줄 알았다. 경희는 쇠귀에 경을 읽히 하고 제 입만 아프고 저만 오늘 저녁에 또 이 생각으로 잠을 못 자게 될 것을 생각하였다. 또 말만 시작하게 되면 답답하여서 속이 불과 같이 탈 것, 자연 오랫동안 되면 뒷마루에서는 기다릴 것을 생각하여 차라리 일절 입을 다물었다. 더구나 이 마님은 입이 걸어서 한 말을 들으면 열 말쯤 거짓말을 보태어 여학생의 말이라면 어떻든지 흉만 보고 욕만 하기로는 수단이 용한 줄을 알았다. 그래서 이 마님 귀에는 좀처럼 한 변명이라든지 설명도 조금도 곧이가 들리지 않을 줄도 짐작하였다. 그리고 어느 때 경희의 형님이 경희더러 "얘, 우리 시어머니 앞에서는 아무 말도 하지 마라. 더구나 시집 이야기는 일절 말아라. '여학생들은 예사로 시집 말들을 하더라. 아이구 망측한 세상도 많아라. 우리 자라날 때는 어디서 처녀가 시집 말을 해 보아.' 하신다. 그뿐 아니라 여러 여학생 험담을 어디 가서 그렇게 듣고만 오시는지 듣고 오시면 똑 나 들으라고 빗대 놓고 하시는 말씀이 정말 내 동생이 학생이어서 그런지 도무지 듣기 싫더라. 일본 가면 계집애 버리느니 별별 못 들을 말씀을 다 하신단다. 그러니 아무쪼록 말을 조심해라." 한 부탁을 받은 것도 있다. 경희는 또 이 마님 입에서 무슨 말이 나올까 보아 마음이 조릿조릿하였다. 그래서 다른 말이 시작되기 전에 뒷마루로 달아나려고 궁둥이가 들썩들썩하였다.

"이따가 급히 입을 오라범 속적삼을 하던 것이 있어서 가 보아야겠습니다."

하고 경희는 앓던 이가 빠지나니 만큼 시원하게 그 앞을 면하고 뒷마루로 나서며 숨을 한 번 쉬었다.

"왜 그리 늦었소? 그래서 그 아버지를 어떻게 했소."

오라버니댁은 그동안 버선 한 짝을 다 기워 놓고 또 한 짝에 앞볼을 대이다가 경희를 보자 무릎 위에다가 놓고 바싹 가까이 앉으며 궁금하던 이야기 끝을 재촉하듯이 묻는다. 경희의 눈살은 찌푸려졌다. 두 뺨이 씰룩해졌다. 시월이는 빨래를 개키다가 경희의 얼굴을 눈결에 슬쩍 보고 눈치를 채었다.

"작은 아씨, 서문안댁 마님이 또 시집 말씀을 하시지요?"

아침에 경희가 할머니가 다녀가신 뒤에 마루에서 혼잣말로

"시집을 갈 때 가더라도 하도 여러 번 들으니까 인제 도무지 싫어 죽겠다." 하던 말을 시월이가 부엌에서 들었다. 지금도 자세히는 들리지 않으나 그런 말을 하는 것 같았다. 그래서 작은 아씨의 얼굴이 저렇게 불량하거니 하였다. 경희는 웃었다. 그리고 바느질을 붙들며 이야기 끝을 연속한다.

안마루에서는 여전히 두 마님은 서로 술도 전하며 담배도 잡수면서 경희의 말을 한다.

"애기가 바느질을 다 해요?"

"네, 바느질도 곧잘 해요. 남정의 윗옷은 못하지요마는 제 옷은 꿰매어 입지요."

"아이구 저런, 어느 틈에 바느질을 다 배웠어요. 양복 속적삼을 다 해요. 학생도 바느질을 다 하나요."

이 마님은 과연 여학생은 바늘을 쥘 줄도 모르는 줄 알았다. 더구나 경희와 같이 서울로 일본으로 쏘다니며 공부한다 하고 덜렁하고 똑 사내 같은 학생이 제 옷을 꿰매어 입는다는 말에 놀랐다. 그러나 역시 속으로는 그 바느질 꼴이 오죽할까 하였다. 김 부인은 딸의 칭찬 같으나 묻는 말에 마지못하여 대답한다.

"어디 바느질이나 제법 앉아서 배울 새나 있나요. 그래도 차차 철이 나면 자연히 의사가 나나 보아요. 가르치지 아니해도 저절로 꿰매게 되더구먼요. 어려운 공부를 하면 의사가 틔우나 보아요."

김 부인은 말끝을 끊었다가 다시 말을 한다. 이 마님 귀에는 똑 거짓말 같다.

"양복 속적삼은 작년 여름에 남대문 밖에서 일녀(日女, 일본 여자)가 와서 가르치던 재봉틀 바느질 강습소에를 날마다 다니며 배웠지요. 제 조카들의 양복도 해서 입히고 모자도 해서 씌우고 또 제 오라비 여름 양복까지 했어요. 일어를 아니까 선생하고 친하게 되어서 다른 사람에게는 가르쳐 주지 않는 것까지 다 가르쳐 주더래요. 낮에는 배워가지고 와서는 밤이면 똑 12시, 새로 1시까지 앉아서 배운 것을 보고 그대로 그리고 모두 치수를 적고 했어요. 나는 그게 무엇인가 하였더니 나중에 재봉틀 회사 감독이 와서 그러는데 '이제까지 일어로만 한 것이어서 부인네들 가르치기에 불편하더니 따님이 만든 책으로 퍽 유익하게 쓰겠습니다.' 하는 말에 그런 것인 줄 알았어요. 좀 가르치면 어디든지 그렇게 쓸데가 있더구먼요. 그뿐 아니라 그 점잖은 일본 사람들에게도 어찌 존대를 받는지 몰라요. 그 애가 왔단 말을 어디서 들었는지 감독이 일부러 일전에 또 찾아왔어요. 일본서 졸업하고는 기어이 자기 회사의 일을 보아 달라고 하더래요. 처음에는 월급 1500냥[4]은 쉽대요. 차차 오르면 3년 안에 2500냥을 받는다는데요. 다른 여자는 제일 많은 것이 750냥이라는데 아마 그 애는 일본까지 가서 공부한 까닭인가 보아요. 저것도 그 애가 재봉틀에 한 것입니다."

하며 맞은편 벽에 유리에 늘어 걸어 놓은, 앞에 물이 흐르고 뒤에 나무가 총총한 촌 경치를 턱으로 가리킨다. 경희의 어머니는 결코 여기까지 딸의 말을 하려고 한 것이 아니었다. 한 것이 자연 월급 말까지 하게 된 것은 부지중에 여기까지 말하였다. 김 부인 은 다른 부인네들보다, 더구나 이 사돈마님보다는 훨씬 개명(開明) 을 한 부인이다. 근본 성품도 결코 남의 흉을 보든지 하면 그렇지 않다고까지 반대를 한 적도 많으니, 이것은 대개 자기 딸 경희를 몹시 기특히 아는 까닭으로 여학생은 바느질을 못 한다든가, 빨래 를 아니 한다든가, 살림살이를 할 줄 모른다든가 하는 말이 모두 일부러 흉을 만들어 말하거니 했다. 그러나 공부해서 무엇하는지, 왜 경희가 일본까지 가서 공부를 하는지, 졸업을 하면 무엇에 쓰 는지는 역시 김 부인도 다른 부인과 같이 몰랐다. 혹 여러 부인이 모여서 "따님은 그렇게 공부를 시켜서 무엇하나요?" 질문을 하면 "누가 아나요, 이 세상에는 계집애라도 배워야 한다니까요." 이렇 게 자기 아들에게 늘 들어 오던 말로 어물어물 대답을 할 뿐이었 다. 김 부인은 과연 알았다. 공부를 많이 할수록 존대를 받고 월 급도 많이 받는 것을 알았다. 그렇게 번질한 양복을 입고 금 시곗 줄을 늘인 점잖은 감독이 조그마한 여자를 일부러 찾아와서 절 을 수없이 하는 것이라든지, 종일 한 달 30일을 악을 쓰고 속을 태우는 보통학교[5] 교사는 많아야 620냥이고 보통 500냥인데, "천 천히 놀면서 1년에 병풍 두 짝만이라도 잘만 놓아 주시면 월급을 꼭 40원씩은 드리지요." 하는 말에 김 부인은 과연 공부라는 것 은 꼭 해야 할 것이고, 하면 조금 하는 것보다 일본까지 보내서 시켜야만 할 것을 알았다. 그러고 어느 날 저녁에 경희가 "공부를 하면 많이 해야겠어요. 그래야 남에게 존대를 받을 뿐 아니라 저도 사람 노릇을 할 것 같애요." 하던 말이 아마 이래서 그랬던가 보다 하였다. 김 부인은 인제부터는 의심 없이 확실히 자기 아들이 경희를 왜 일본까지 보내라고 애를 쓰던 것, 지금 세상에는 여자도 남자와 같이 많이 가르쳐야 할 것을 알았다. 그래서 김 부인은 이제까지 누가 "따님은 공부를 그렇게 시켜 무엇합니까?" 물으면 등에서 땀이 흐르고 얼굴이 벌겋게 취해지며 이럴 때마다 아들만 없으면 곧이라도 데려다가 시집을 보내고 싶은 생각도 많았으나, 지금 생각하니 아들이 뒤에 있어서 자기 부부가 경희를 데려다 시집을 보내지 못하게 한 것이 다행이다 생각된다. 그러고 지금부터는 누가 묻든지 간에 여자도 공부를 시켜야 의사가 나서 가르치지 아니한 바느질도 할 줄 알고, 일본까지 보내어 공부를 많이 시켜야 존대를 받을 것을 분명히 설명까지라도 할 것 같다. 그래서 오늘도 사돈마님 앞에서 부지중 여기까지 말을 하는 김 부인의 태도는 조금도 주저하는 빛도 없고, 그 얼굴에는 기쁨이 가득하고, 그 눈에는 '나는 이러한 영광을 누리고 이러한 재미를 본다.' 하는 표정이 가득하다.

사돈마님은 반신반의로 어떻게든 끝까지 들었다. 처음에는 물론 거짓말로 들을 뿐만 아니라, 속으로 '너는 아마 큰 계집애를 버려 놓고 인제 시집보낼 것이 걱정이니까 저렇게 없는 칭찬을 하나

보구나.' 하며 이야기하는 김 부인의 눈이며 입을 노려보고 앉았다. 그러나 이야기가 점점 길어 갈수록 그럴 듯하다. 더구나 감독이 왔더란 말이며, 존대를 하더란 것이며, 사내도 여간한 군 주사쯤은 바랄 수도 없는 월급을 2000냥까지 주겠더란 말을 들을 때는 설마 저렇게까지 거짓말을 할까 하는 생각이 난다. 사돈마님은 아직도 참말로는 알고 싶지 않으나 어쩐지 김 부인의 말이 거짓말 같지는 아니하다. 또 벽에 걸린 수(繡)도 확실히 자기 눈으로 볼 뿐 아니라 쉴 새 없이 바퀴 구르는 재봉틀 소리가 당장 자기 귀에 들린다. 마님 마음은 도무지 이상하다. 무슨 큰 실패나 한 것도 같다. 양심은 스스로 자복(自服)하였다.〔자백하고 복종하였다.〕 '내가 여학생을 잘못 알아 왔다. 정말 이 집 딸과 같이 계집애도 공부를 시켜야겠다. 어서 우리 집에 가서 내외시키던 손녀딸들을 내일부터 학교에 보내야겠다.'고 꼭 결심을 했다. 눈앞이 아물아물해 오고 귀가 찡한다. 아무 말없이 눈만 껌뻑껌뻑하고 앉았다. 뒤꼍으로 불어 들어오는 시원한 바람 중에는 젊은 웃음소리가 사〔沙, 사기〕 접시를 깨뜨릴 만치 재미스럽게 싸여 들어온다.

2

"이 더운데 작은 아씨, 무얼 그렇게 하십니까?"

마루 끝에 떡 함지를 힘없이 놓으며 땀을 씻는다. 얼굴은 억죽억죽[6] 얽고 머리는 평양머리를 해서 얹고 알록달록한 면주 수건을 아무렇게나 쓴 나이가 한 마흔가량 된 떡장사는 으레 하루에 한 번씩 이 집을 들린다.

"심심하니까 장난 좀 하오."

경희는 앞치마를 치고 마루 끝에 서서 서투른 칼질로 파를 썬다.

"어느 틈에 김치 담그는 것을 다 배우셨어요. 날마다 다니며 보아야 작은 아씨는 도무지 노시는 것을 못 보았습니다. 책을 보시지 않으면 글씨를 쓰시고, 바느질을 아니 하시면 저렇게 김치를 담그시고……."

"여편네가 여편네 할 일을 하는 것이 무엇이 그리 신통할 것이 있소."

"작은 아씨 같은 이나 그렇지 어느 여학생이 그렇게 마음을 먹는 이가 있나요."

떡장사는 무릎을 치며 경희의 앞으로 바싹 앉는다. 경희는 빙긋이 웃는다.

"그건 떡장사가 잘못 안 것이지. 여학생은 사람 아니오? 여학생도 옷을 입어야 살고 음식을 먹어야 살 것 아니오?"

"아이구, 그러게 말이지요, 누가 아니래요. 그러나 작은 아씨같이 그렇게 아는 여학생이 어디 있어요?"

"칭찬 많이 받았으니 떡이나 한 스무 냥어치 살까!"

"아이구 어멈을 저렇게 아시네, 떡 팔아 먹으려고 그런 것은 아니에요."

변덕이 뒤룩뒤룩한 두 뺨의 살이 축 처진다. 그리고 너는 나를 잘못 아는구나 하는 원망으로 두둑한 입술이 삐죽한다. 경희는 곁눈으로 보았다. 그 마음을 짐작하였다.

"아니요, 부러 그랬지. 칭찬을 받으니까 좋아서……."

"아니에요. 칭찬이 아니라 정말이에요."

다시 정다이 바싹 앉으며 "허허……." 너털웃음을 한판 내쉰다.

"정말 몇 해를 두고 날마다 다니며 보아야 작은 아씨처럼 낮잠 한 번도 주무시지 않고 꼭 무엇을 하시는 아씨는 처음 보았어요."

"떡장사 오기 전에 자고 떡장사가 가면 또 자는 걸 보지를 못하였지."

"또 저렇게 우스운 말씀을 하시네. 떡장사가 아무 때나 아침에도 다녀가고 낮에도 다녀가고 저녁때도 다녀가지 학교에 다니는 학생같이 시간을 맞춰서 다니나요! 응? 그렇지 않소."

하며 툇마루에서 맷돌에 풀 갈고 있는 시월이를 본다. 시월이는, "그래요. 어디가 아프시기 전에는 한 번도 낮잠 주무시는 일 없어요." 한다.

"여보, 떡장사, 떡이 다 쉬면 어찌하려고 이렇게 한가히 앉아서 이야기를 하오."

"아니 관계치 않아요."

떡장사의 말소리는 아무 힘이 없다. 떡장사는 이 작은 아씨가 "그래서 어쨌소." 하며 받아만 주면 이야기할 것이 많았다. 저의 집 떡방아 찧던 일꾼에게서 들은, 요새 신문에 어느 여학생이 학교 간다고 나가서는 며칠 아니 들어오는 고로 수색을 해 보니까 어느 사내에게 꾀임을 받아서 첩이 되었더란 말이며, 어느 집에는 며느리로 여학생을 얻어 왔더니 버선 깁는 데 올도 찾을 줄 몰라 삐뚜로 대었더란 말, 밥을 하였는데 반은 태웠더란 말, 날마다 사방으로 쏘다니며 평균 한 마디씩 들어 온 여학생의 험담을 하려면 부지기수이었다. 그래서 이렇게 신이 나서 무릎을 치고 바싹 들어앉았으나, 경희의 말대답이 너무 냉정하고 점잖으므로 떡장사의 속에서 뻗쳐오르던 것이 어느덧 거품 꺼지듯 꺼졌다. 떡장사의 마음은 무엇을 잃은 것같이 공연히 서운하다. 떡 바구니를 들고 일어설까 말까 하나 어쩐지 딱 일어설 수도 없다. 그래서 떡 바구니를 두 손으로 누른 채로 앉아서 모른 체하고 칼질하는 경희의 모양을 아래위로 훑어도 보고 마루를 보며 선반 위에 얹은 소반의 수효도 세어 보고 정신없이 얼빠진 것같이 앉았다.

"흰떡 댓 냥어치하고 개피떡 두 냥 반어치만 내놓게."

김 부인은 고운 돗자리 위에서 부채질을 하면서 드러누웠다가 딸 경희의 좋아하는 개피떡하고 아들이 잘 먹는 흰떡을 내놓으라하고 주머니에서 돈을 꺼낸다. 떡장사는 멀거니 앉았다가 깜짝 놀라 내놓으라는 떡 수효를 되풀이해 세어서 내놓고는 뒤도 돌아보지를 않고 떡 바구니를 이고 나가다가, 다시 이 댁을 오지 못하면 떡을 못 팔게 될 생각을 하고 "작은 아씨, 내일 또 와요. 허허허." 하며 대문을 나서서는 큰 숨을 쉬었다. 생삼팔(生三八)[7] 두루마기 고름을 달고 앉았던 경희의 오라버니댁이며 경희며 시월이며 서로 얼굴들을 치어다보며 말없이 씽긋씽긋 웃는다. 경희는 속으로 기뻐한다. 무엇을 얻은 것 같다. 떡장사가 다시는 남의 흥을 보지 아니하리라 생각할 때에 큰 교육을 한 것도 같다. 경희는 칼자루를 들고 앉아서 무슨 생각을 곰곰이 한다.

"참 애기는 못할 것이 없다."

얼굴에 수색이 가득하여 시름없이 두 손가락을 마주 잡고 앉았다가 간단히 이 말을 하고는 다시 입을 꾹 다물며 한숨을 산이 꺼지도록 쉬는 한 여인에게는 아무도 모르는 큰 걱정과 설움이 있는 것 같다. 이 여인은 근 20년 동안이나 이 집과 친하게 다니는 여인이라, 경희의 형제들은 아주머니라 하고 이 여인은 경희의 형제를 자기의 친조카들같이 귀애(貴愛)한다. 그래서 심심하여도 이 집으로 오고, 속이 상할 때에도 이 집으로 와서 웃고 간다. 그런데 이 여인의 얼굴은 항상 검은 구름이 끼고, 좋은 일을 보든지 즐거운 일을 당하든지 끝에는 반드시 휘 한숨을 쉬는 쌓이고 쌓인 설움의 원인을 알고 보면 누구라도 동정을 아니 할 수 없다.

이 여인은 소년[8] 과부라 남편을 잃은 후로 애걸복통을 하다가 다만 재미를 붙이고 낙을 삼는 것은 천행만행(千幸萬幸)으로 얻은 유복자 수남이 있음이라. 하루 지나면 수남이도 조금 크고 한 해 지나면 수남이가 한 살이 는다. 겨울이면 추울까, 여름이면 더울까, 밤에 자다가도 곤히 자는 수남의 투덕투덕한 볼기짝을 몇 번씩 뚜덕뚜덕하던, 세상에 둘도 없는 귀한 아들은 어느덧 나이 열여섯 살에 이르러 사방에서 혼인하자는 말이 끊일 새 없었다. 수남의 어머니는 새로이 며느리를 얻어 혼자 재미를 볼 것이며, 남편도 없이 혼자 폐백 받을 생각을 하다가 자리 속에서 눈물도 많이 흘렸다. 그러나 행여 이렇게 눈물을 흘려 귀중한 아들에게 사위스러울까[9] 보아 할 수 있는 대로는 슬픔을 기쁨으로 돌려 생각하고 눈물을 웃음으로 이루려 하였다. 그래서 알뜰살뜰히 돈이며 패물 등속을 며느리 얻으면 주려고 모았다. 유일무이한 아들을 장가들이는 데는 꺼리는 것도 많고 보는 것도 많았다. 그래 며느리 선을 시어머니가 보면 아들이 가난하게 산다고 하는 고로 수남이 어머니는 일체 중매에게 맡기고 궁합이 맞는 것으로만 혼인을 정하였다. 새 며느리를 얻고 아들과 며느리 사이에 옥 같은 손녀며 금 같은 손자를 보아 집안이 떠들썩하고 재미가 퍼부을 것을 날마다 상상하며 기다리던 며느리는 과연 오늘의 이 한숨을 쉬게 하는 원수이다. 열일곱에 시집온 후로 8년이 되도록 시어머니 저고리 하나도 꿰매어서 정다이 드려 보지 못한 철천지한을 시어머니 가슴에 안겨 준 이 며느리라. 수남의 어머니는 본래 성품이 순하고 덕스러우므로 아무쪼록 이 며느리를 잘 가르치고 잘 만들려고 애도 무한히 쓰고 남모르게 복장도 많이 쳤다. 이러면 나을까 저렇게 하면 사람이 될까 하여 혼자 궁구(窮究)도 많이 하고 타이르고 가르치기도 수없이 하였으나 어제가 오늘 같고 내일도 일반이라. 바늘을 쥐어 주면 곧 졸고 앉았고, 밥을 하라면 죽을 쑤어 놓으나 거기다가 나이가 먹어 갈수록 마음만 엉뚱해 가는 것은 더구나 사람을 기막히게 한다. 이러하니 때로 속이 상하고 날로 기막히는 수남의 어머니는 이 집에 올 때마다 이 집 며느리가 시어머니 저고리를 얌전히 하는 것을 보면 나는 이 며느리 손에 저렇게 저고리 하나도 얻어 입어 보지 못하나 하며 한숨이 나오고, 경희의 부지런한 것을 볼 때에 나는 왜 저런 민첩한 며느리를 얻지 못하였는가 하며 한숨을 쉬는 것은 자연한 인정이리라. 그러므로 이렇게 멀거니 앉아서 경희의 김치 담그는 양을 보며 또 떡장사가 한참 떠들고 간 뒤에 간단한 이 말을 하는 끝에 한숨을 쉬는 그 얼굴은 차마 볼 수가 없다. 머리를 숙이고 골몰히 칼질하던 경희는 이미 이 아주머니의 설움의 원인을 아는 터이라 그 한숨 소리가 들리자 온몸이 찌르르하도록 동정이 간다. 경희는 이 자극을 받는 동시에 이와 같이 조선 안에 여러 불행한 가정의 형편이 방금 제 눈앞에 보이는 것 같았다. 힘 있게 칼자루로 도마를 탁 치는 경희는 무슨 큰 결심이나 하는 것 같다. 경희는 굳게 맹세하였다. '내가 가질 가정은 결코 그런 가정이 아니다. 나뿐 아니

　　　　　　　　　　　　　　　　　　　　　경희

라 내 자손 내 친구 내 문인(門人, 제자)들이 만들 가정도 결코 이렇게 불행하게 하지 않는다. 오냐, 내가 꼭 한다.' 하였다. 경희는 껑충 뛴다. 안 부엌에서 땀을 뻘뻘 흘리며 풀 쑤는 시월이를 따라간다.

"얘. 나하고 하자. 부뚜막에 올라앉아서 풀 막대기로 저으랴? 아궁이 앞에 앉아서 때랴? 어떤 것을 하였으면 좋겠니? 너 하라는 대로 할 터이니. 두 가지를 다 할 줄 안다."

"아이구, 고만두셔요, 더운데."

시월이는 더운데 혼자 풀을 저으면서 불을 때느라고 끙끙하던 중이다.

'아이구, 이년의 팔자.' 한탄을 하며 눈을 멀거니 뜨고 밀짚을 끌어 때고 앉았던 때라, 작은 아씨의 이 말 한마디는 더운 중에 바람 같고 괴로움에 웃음이다. 시월이는 속으로 '저녁 진지에는 작은 아씨의 즐기시는 옥수수를 어디 가서 맛있는 것을 얻어다가 쪄서 드려야겠다.' 하였다. 마지못하여,

"그러면 불을 때셔요. 제가 풀을 저을 것이니……."

"그래, 어려운 것은 오랫동안 졸업한 네가 해라."

경희는 불을 때고 시월이는 풀을 젓는다. 위에서는 푸푸, 부글부글하는 소리, 아래에서는 밀짚의 탁탁 튀는 소리, 마치 경희가 도쿄음악학교 연주회석에서 듣던 관현악 연주 소리 같기도 하다. 또 아궁이 저 속에서 밀짚 끝에 불이 댕기며 점점 불빛이 강하게

번지는 동시에 차차 아궁이까지 가까워지자, 또 점점 불꽃이 약해져 가는 것은 마치 피아노 저 끝에서 이 끝까지 칠 때에 붕붕하던 것이 점점 땡땡하도록 되는 음률과 같아 보인다. 열심히 젓고 앉은 시월이는 이러한 재미스러운 것을 모르겠구나 하고 제 생각을 하다가 저는 조금이라도 이 묘한 미감(美感)을 느낄 줄 아는 것이 얼마큼 행복하다고도 생각하였다. 그러나 저보다 몇십백 배 묘한 미감을 느끼는 자가 있으려니 생각할 때에 제 눈을 빼어 버리고도 싶고 제 머리를 뚜드려 바치고도 싶다. 뻘건 불꽃이 별안간 파란 빛으로 변한다. 아, 이것도 사람인가, 밥이 아깝다 하였다. 경희는 부지중 "재미도 스럽다." 하였다.

"대체 작은 아씨는 별것도 다 재미있다고 하십니다. 빨래하면 뗏국물 흐르는 것도 재미있다고 하시고, 마루 걸레질을 치면 아직 안 친 한편 쪽마루의 뿌연 것이 보기 재미있다 하시고, 마당을 쓸면 티끌 많아지는 것이 재미있다고 하시고, 나중에는 무엇까지 재미있다고 하실는지, 뒷간에 구데기 끓은 것은 재미있지 않으셔요?"

경희는 속으로 '오냐, 물론 그것까지 재미있게 보여야 할 것이다. 그러나 내 눈은 언제나 그렇게 밝아지고 내 머리는 어느 때나 거기까지 발달될는지 불쌍하고 한심스럽다.' 하였다.

"얘, 그런데 말끝이 나왔으니까 말이다, 빨래 언제 하니?"

"왜요? 모레는 해야겠어요."

"그러면 저녁때 늦지?"

"아마 늦을걸요."

"일찍 끝이 나더라도 개천에 게 살아라. 그러면 건넌방 아씨하고 저녁 해 놓을 터이니 늦게 돌아와서 잡수어라. 내 손으로 한 밥맛이 어떤가 보아라. 히히히."

시월이도 같이 웃는다. 어쩌면 사람이 저렇게 인정스러운가 한다. '누가 나 먹으라고 단 참외나 주었으면, 저 작은 아씨 갖다 드리게.' 속으로 혼잣말을 한다. 과연 시월이는 이렇게 고마운 소리를 들을 때마다 황송스러워 어찌할 수가 없다. 그래서 입이 있으나 어떻게 말할 줄도 모르고 다만 작은 아씨가 잘 먹는 과실은 아는지라, 제게 돈이 있으면 사다가라도 드리고 싶으나 돈은 없으므로 사지는 못하되 틈틈이 어디 가서 옥수수며 살구는 곧잘 구해다가 드렸다. 이렇게 경희와 시월이 사이는 사이가 좋을 뿐 아니라 이번에 경희가 일본서 올 때에 시월의 자식 점동이에게는 큰 댁 애기네들보다 더 좋은 장난감을 사다가 준 것은 뼈가 녹기 전까지는 잊을 수가 없다.

"얘, 그런데 너와 일할 것이 꼭 하나 있다."

"무엇이에요?"

"글쎄 무엇이든지 내가 하자면 하겠니?"

"아무렴요, 하지요!"

"너, 왜 그렇게 우물 뚜껑을 더럽게 해 놓니, 도무지 더러워서 볼 수가 없다. 그러니 내일부터 설거지 뒤에는 꼭 날마다 나하고 우물 뚜껑을 치우자. 너 혼자만 하라는 것은 아니다. 그렇게 하겠니?"

"네, 제가 혼자 날마다 치우지요."

"아니 나하고 같이 해…… 재미스럽게 하하하."

"또 재미요? 하하하하."

부엌이 떠들썩하다. 안마루에서 들으시던 경희 어머니는 '또 웃음이 시작되었군.' 하신다.

"아이 무엇이 그리 우순지 그 애가 오면 밤낮 셋이 몰려다니며 웃는 소리에 도무지 산란해 못 견디겠어요. 젊었을 때는 말똥 구르는 것이 다 우습다더니 그야말로 그런가 보아요."

수남 어머니에게 대하여 말을 한다.

"웃는 것밖에 좋은 일이 어디 있습니까. 댁에를 오면 산 것 같습니다."

수남 어머니는 또 휘…… 한숨을 쉰다. 마루에 혼자 떨어져 바느질하던 건넌방 색시는 웃음소리가 들리자 한 발에 신을 신고 한 발에 짚신을 끌며 부엌 문지방을 들어서며, "무슨 이야기요? 나도……." 한다.

3

"마누라, 주무시오?"

경희

이철원은 사랑에서 들어와 안방 문을 열고 경희와 김 부인 자는 모기장 속으로 들어선다. 김 부인은 깜짝 놀라 일어나 앉는다.

"왜 그러셔요, 어디가 편치 않으셔요?"

"아니, 공연히 잠이 아니 와서……."

"왜요?"

이때에 마루 벽에 걸린 자명종은 한 번을 땡 친다.

"드러누워서 곰곰 생각을 하다가 마누라하고 의논을 하러 들어왔소!"

"무얼이오?"

"경희 혼인 일 말이오. 도무지 걱정이 되어 잠이 와야지."

"나 역 그래요."

"이번 혼처는 꼭 놓치지 말고 해야지 그만한 곳 없소. 그 신랑 아버지 되는 자하고 난 전부터 익숙히 아는 터이니까 다시 알아볼 것도 없고, 당자(當者, 그 사람)도 그만하면 쓰지 별 아이 어디 있나. 장자이니까 그 많은 재산 다 상속될 터이고 또 경희는 그런 대갓집 맏며느리감이지……."

"글쎄, 나도 그만한 혼처가 없는 줄 알지마는 제가 그렇게 열 길이나 뛰고 싫다는 것을 어떻게 한단 말이요. 그렇게 싫다고 하는 것을 억제(抑制)로(억지로) 보내었다가 나중에 불길한 일이나 있으면 자식이라도 그 원망을 어떻게 듣잔 말이오……."

"아……니, 불길할 일이 있을 까닭이 있나. 인품이 그만하겠다,

추수를 수천 석 하겠다, 그만하면 고만이지 그러면 어떻게 하잔 말이요. 계집애가 열아홉 살이 적소?"

김 부인은 잠잠히 있다. 이철원은 혀를 톡톡 차며 후회를 한다.

"내가 잘못이지, 계집애를 일본까지 보내다니 계집애가 시집 가기를 싫다니 그런 망칙한 일이 어디 있어. 남이 알까 봐 무섭지. 벌써 적합한 혼처를 몇 군데를 놓쳤으니 어떻게 하잔 말이야. 아이……."

"그러면 혼인을 언제로 하잔 말이오?"

"저만 대답하면 지금이라도 곧 하지. 오늘도 재촉 편지가 왔는데……. 이왕 계집애라도 그만치 가르쳐 놓았으니까 옛날처럼 부모끼리로 할 수는 없고 해서 벌써 사흘째 불러다가 타이르나 도무지 말을 들어 먹어야지. 계집년이 되지 못한 고집은 왜 그리 센지, 신랑 삼촌은 기어이 조카며느리를 삼아야겠다고 몇 번을 그러는지 모르는데……."

"그래 무어라고 대답하셨소?"

"글쎄, 남부끄럽게 계집애더러 물어본다나 무엇이라나. 그러지 않아도 큰 계집애를 일본까지 보냈느니 어떠니 하고 욕들을 하는데, 그래서 생각해 본다고 했지."

"그러면 거기서는 기다리겠소그래."

"암, 그게 벌써 올 정월부터 말이 있던 것인데 동넷집 색시 믿고 장가 못 간다더니……."

"아이, 그러면 속히 좌우간 결정을 내야겠는데 어떻게 하나. 저는 기어이 하던 공부를 마치기 전에는 죽어도 시집은 아니 가겠다 하는데. 그리고 더구나 그런 부잣집에 가서 치맛자락 늘이고 싶은 마음은 꿈에도 없다고 한다오. 그래서 제 동생 시집갈 때도 제 것으로 해 놓은 고운 옷은 모두 주었습니다. 비단치마 속에 근심과 설움이 있느니라 한다오. 그 말도 옳긴 옳아."

김 부인은 자기도 남부럽지 않게 이제껏 부귀하게 살아왔으나 자기 남편이 젊었을 때 방탕하여서 속이 상하던 일과 철원 군수로 갔을 때도 첩이 두셋씩 되어 남몰래 속이 썩던 생각을 하고, 경희가 이런 말을 할 때마다 말은 아니 하나 속으로 딴은 네 말이 옳다 한 적이 많았다.

"아이 아니꼬운 년, 그러기에 계집애를 가르치면 건방져서 못 쓴다는 말이야…… 아직 철을 몰라서 그렇지……. 글쎄 그것도 그렇지 않소, 오죽한 집에서 혼인을 거꾸로 한단 말이오. 오죽 형이 못나야 아우가 먼저 시집을 가더란 말이오. 김 판사 집도 우리 집 내용을 다 아는 터이니까 혼인도 하자지, 누가 거꾸로 혼인한 집 색시를 데려가려 하겠소. 아니, 이번에는 꼭 해야지……."

부인의 말을 들으며 그럴 듯하게 생각하던 이철원은 이 거꾸로 혼인한 생각을 하니 마음이 급작히 좁여진다. 그리고 생각할수록 이번 김 판사집 혼처를 놓치면 다시는 그런 문벌 있고 재산 있는 혼처를 얻을 수가 없는 것 같다. 그래서 두말할 것 없이 이번 혼인은 강제로라도 시킬 결심이 일어난다. 이철원은 벌떡 일어선다.

"계집애가 공부는 그렇게 해서 무엇해? 그만치 알았으면 그만이지. 일본은 누가 또 보내기는 하구? 이번에는 무관(無關)내지. 기어이 그 혼처하고 해야지. 내일 또 한 번 불러다가 아니 듣거든 또 물을 것 없이 곧 해 버려야지……."

노기가 가득하다. 김 부인은 "그렇게 하시오."라든지 "마시오." 라든지 무엇이라고 대답할 수가 없다. 다만 시름없이 자기가 풍병(風病)으로 누울 때마다 경희를 시집보내기 전에 돌아갈까 보아 아슬아슬하던 생각을 하며, "딴은 하나 남은 경희를 마저 내 생전에 시집을 보내 놓아야 내가 죽어도 눈을 감겠는데." 할 뿐이다.

이철원은 일어서다가 다시 앉으며 나직한 소리로 묻는다.

"그런데 일본 보내서 버리지는 않은 모양이오?"

"아니오. 그전보다 더 부지런해졌어요. 아침이면 제일 먼저 일어납니다. 그래서 마루 걸레질이며 마당이며 멀겋게 치워 놓지요. 그뿐인가요. 떡 하면 떡방아 다 찧도록 체질해 주지……. 그러게 시월이는 좋아서 죽겠다지요……."

김 부인은 과연 경희가 일하는 것을 볼 때마다 큰 안심을 점점 찾았다. 그것은 경희를 일본 보낸 후로는 남들이 비난할 때마다 입으로는 말을 아니 하나 항상 마음으로 염려되는 것은 경희가 만일에 일본까지 공부를 갔다고 난 체를 한다든지, 공부한 위세로 사내같이 앉아서 먹자든지 하면 그 꼴을 어떻게 남부끄러워

보잔 말인고 하고 미상불 걱정이 된 것은 어머니 된 자의 딸을 사랑하는 자연한 정(情)이라. 경희가 일본서 오던 그 이튿날부터 앞치마를 치고 부엌으로 들어갈 때 오래간만에 쉬러 온 딸이라 말리기는 하였으나 속으로는 큰 숨을 쉴 만큼 안심을 얻은 것이다.

경희 가족은 누구나 다 아는 바와 같이 경희의 마루 걸레질, 다락, 벽장 치움새는 전부터 유명하였다. 그래서 경희가 서울 학교에 있을 때 1년에 세 번씩 휴가에 오면 으레 다락 벽장이 속속까지 목욕을 하게 되었다. 또 김 부인의 마음에도 경희가 치우지 않으면 아니 맞도록 되었다. 그래서 다락이 지저분하다든지 벽장이 어수선하게 되면 벌써 경희가 올 날이 며칠 아니 남은 것을 안다. 그리고 경희가 집에 온 그 이튿날은 경희를 보러 오는 사촌 형님들이며 할머니, 큰어머니는 한 번씩 열어 보고 "다락 벽장이 분을 발랐고나." 하시고, "깨끗하기도 하다." 하시며 칭찬을 하시었다. 이것이 경희가 집에 가는 그 전날 밤부터 기뻐하는 것이고 경희가 집에 온 제일의 표적이었다.

김 부인은 이번에 경희가 일본서 오면 매년 세 번씩 목욕을 시켜 주던 다락 벽장도 치워 주지 아니할 줄만 알았다. 그러나 경희는 여전히 집에 도착하면서 부모님께 인사 여쭙고는 첫 번으로 다락 벽장을 열었다. 그리고 그 이튿날 종일 치웠다.

그런데 이번 경희의 소제(掃除) 방법은 전과는 전혀 다르다. 전에 경희의 소제 방법은 기계적이었다. 동쪽에 놓았던 제기며 서

쪽 벽에 걸린 표주박을 쓸고 문질러서는 그 놓았던 자리에 그대로 놓을 줄만 알았다. 그러나 이번 소제 방법은 다르다. 건조적(建造的)이고 응용적이다. 가정학에서 배운 질서, 위생학에서 배운 정리, 또 미술 시간에 배운 색과 색의 조화, 음악 시간에 배운 장단의 음률을 이용하여, 지금까지의 위치를 전혀 뜯어고치게 된다. 자기를 도기 옆에다도 놓아 보고 칠첩반상을 칠기에도 담아 본다. 주발 밑에는 주발보다 큰 사발을 받쳐도 본다. 흰 은 쟁반 위로 노르스름한 전골 방아치(절굿공이)도 늘어 본다. 큰 항아리 다음에는 병을 놓는다. 그리고 전에는 컴컴한 다락 속에서 먼지 냄새에 눈살도 찌푸렸을 뿐 아니라 종일 땀을 흘리고 소제하는 것은 가족에게 들을 칭찬의 보수를 받으려 함이었다. 그러나 이번에는 이것도 다르다. 경희는 컴컴한 속에서 제 몸이 이리저리 운동케 하는 것이 여간 재미스럽게 생각되지 않았다. 일부러 빗자루를 놓고 쥐똥을 집어 냄새도 맡아 보았다. 그리고 경희가 종일 일하는 것은 아무 바라는 보수도 없다. 다만 제가 저 할 일을 하는 것밖에 아무것도 없다.

이렇게 경희의 일동일정의 내막에는 자각이 생기고, 의식적으로 되는 동시에 외형으로 활동할 일은 때로 많아진다. 그래서 경희는 할 일이 많다. 만일 경희의 친한 동무가 있어서 경희의 할 일 중에 하나라도 해 준다면 비록 그 물건이 경희의 손에 있다 하더라도 그것은 경희의 것이 아니라 동무의 것이다. 이러므로 경희가 좋은 것을 갖고 싶고 남보다 많이 갖고 싶을진대 경희의 힘으로 능히 할 만한 일은 행여나 털끝만 한 일이라도 남더러 해 달라고 할 것이 아니다. 조금이라도 남에게 빼앗길 것이 아니다. 아아, 다행이다. 경희의 넓적다리에는 살이 쪘고 팔뚝은 굵다. 경희는 이 살이 다 빠져서 걸을 수가 없을 때까지, 팔뚝의 힘이 없어 늘어질 때까지 할 일이 무한이다. 경희가 가질 물건도 무수하다. 그러므로 낮잠을 한 번 자고 나면 그 시간 자리가 완연히 턱이 난다. 종일 일을 하고 나면 경희는 반드시 조금씩 자라난다. 경희가 갖는 것은 하나씩 늘어 간다. 경희는 이렇게 아침부터 저녁까지 얻기 위하여 자라 갈 욕심으로 제 힘껏 일을 한다.

이철원도 자기 딸이 일하는 것을 날마다 본다. 또 속으로 기특하게도 여긴다. 그러나 이렇게 자기 부인에게 물어본 것은 이철원도 역시 김 부인과 같이 경희를 자기 아들의 권고에 못 이겨 일본까지 보내었으나 항상 버릴까 보아 염려되던 것은 사실이었다. 그러므로 오늘 저녁에 부부가 앉아서 혼처에 대한 걱정이라든지 그애 버릴까 보아 염려하던 것을 안심하는 부모의 애정은 그 두 얼굴에 띠운 웃음 속에 가득하다. 아무러한 지우(知友)며 형제며 효자인들 어찌 이 부모가 염려하시는 염려, 기뻐하시는 참기쁨 같으리오. 이철원은 혼인하자고 할 곳이 없을까 보아 바짝 졸였던 마음이 조금 누그러졌다. 그러나 마루로 내려서며 마른기침 한 번을 하며 "내일은 세상 없어도 하여야지" 하는 결심이 맑은 누구의 명령을 가지고라도 깨뜨릴 수 없을 것같이 보인다.

　새벽닭이 새날을 고한다. 까맣던 밤이 백색으로 활짝 열린다. 동창의 장지 한편이 차차 밝아 오며 모기장 한끝으로부터 점점 연두색을 물들인다. 곤히 자던 경희의 눈은 뜨였다. 경희는 또 오늘 종일의 제 일을 시작할 기쁨에 취하여 벌떡 일어나서 방을 나선다.

4

　때는 정히 오정(정오)이라 안마루에서는 점심상이 벌어졌다. 경희는 사랑에서 들어온다. 시월이며 건넌방 형님은 간절히 점심 먹기를 권하나 들은 체도 아니 하고 골방으로 들어서며 사방 방문을 꼭꼭 닫는다. 경희는 흑흑 느껴 운다. 방바닥에 엎드리기도 하다가 일어나 앉기도 하고 또 일어나서 벽에다 머리를 부딪친다. 기둥을 불끈 안고 핑핑 돈다. 경희는 어찌할 줄 몰라 쩔쩔맨다. 경희의 조그마한 가슴은 불같이 타온다. 걸린 수건 자락으로 눈물을 씻으며 이따금 하는 말은 "아이구, 어찌하나……." 할 뿐이다. 그리고 이 집에 있으면 밥이 없어지고 옷이 없어질 터이니까 나를 어서 다른 집으로 쫓으려나 보다 하는 원망도 생긴다. 마치 이 넓고 넓은 세상 위에 제 조그마한 몸을 둘 곳이 없는 것같이도 생각난다. 이런 쓸데없고 주체스러운[10] 것이 왜 생겨났나 할 때마다 그 쳤던 눈물은 다시 비 오듯 쏟아진다. 누가 와서 만일 말린다 하면 그 사람하고 싸움도 할 것 같다. 그리고 그 사람의 머리를 한 번에 잡아 뽑을 것도 같고, 그 사람의 얼굴에서 피가 냇물과 같이 흐르도록 박박 할퀴고 쥐어뜯을 것도 같다. 이렇게 사방 창이 꼭꼭 닫힌 조그마한 어두침침한 골방 속에서 이리 부딪고 저리 부딪는 경희의 운명은 어떠한가!

경희의 앞에는 지금 두 길이 있다. 그 길은 희미하지도 않고 또렷한 두 길이다. 한 길은 쌀이 곳간에 쌓이고 돈이 많고 귀염도 받고 사랑도 받고 밟기도 쉬운 황토요, 가기도 쉽고 찾기도 어렵지 않은 탄탄대로이다. 그러나 한 길에는 제 팔이 아프도록 보리방아를 찧어야 겨우 얻어먹게 되고, 종일 땀을 흘리고 남의 일을 해 주어야 겨우 몇 푼 돈이라도 얻어 보게 된다. 이르는 곳마다 천대뿐이오, 사랑의 맛은 꿈에도 맛보지 못할 터이다. 발부리에서 피가 흐르도록 험한 돌을 밟아야 한다. 그 길은 뚝 떨어지는 절벽도 있고 날카로운 산정(山頂)도 있다. 물도 건너야 하고 언덕도 넘어야 하고 수없이 꼬부라진 길이요, 갈수록 험하고 찾기 어려운 길이다. 경희의 앞에 있는 이 두 길 중에 하나를 오늘 택해야만 하고 지금 꼭 정해야 한다. 오늘 택한 이상에는 내일 바꿀 수 없다. 지금 정한 마음이 이따가 급변할 리도 만무하다. 아아, 경희의 발은 이 두 길 중 어느 길에 내놓아야 할까. 이것은 교사가 사르칠 것도 아니고 친구가 있어서 충고한대도 쓸데없다. 경희 제 몸이 저 갈 길을 택해야만 그것이 오래 유지할 것이고 제정신으로 한 것이라야 변경이 없을 터이다. 경희는 또 한 번 머리를 부딪고 "아이구, 어찌하면 좋은가!" 한다.

경희도 여자다. 더구나 조선 사회에서 살아 온 여자다. 조선 가정의 인습에 파묻힌 여자다. 여자란 온량유순(溫良柔順)해야만 쓴다는 사회의 면목(面目)이고, 여자의 생명은 삼종지도라는 가정의 교육이다. 일어서려면 압박하려는 주위요, 움직이면 사방에서 들어오는 욕이다. 다정하게, 손 붙잡고 충고 주는 공무의 말은 열 사람 한입같이 "편하게 전과 같이 살다가 죽읍시다." 함이다. 경희의 눈으로는 비단옷도 보고 경희의 입으로는 약식 전골도 먹었다. 아아, 경희는 어느 길을 택하여야 당연한가? 어떻게 살아야만 좋은가? 마치 길가에 탄평(坦平)으로 몸을 늘여 기어가던 뱀의 꽁지를 지팡이 끝으로 조금 건드리면 늘어졌던 몸이 바짝 오그라지며 눈방울이 대룩대룩하고[11] 뾰족한 혀를 독기 있게 자주 내미는 모양같이 이러한 생각을 할 때마다 경희의 몸에 매달린 두 팔이며 늘어진 두 다리가 바짝 가슴속으로 뱃속으로 오그라들어 온다. 마치 어느 장난감 상점에 놓은 대가리와 몸뚱이뿐인 장난감같이 된다. 그리고 13관(貫)[12]의 체중이 급자기 백지 한 장만치 되어 바람에 날리는 것 같다. 또 머릿속은 저도 알 만치 띵하고 서늘해진다. 눈도 깜빡거릴 줄 모르고 벽에 구멍이라도 뚫을 것 같다. 등에는 땀이 흠뻑 고이고 사지는 죽은 사람과 같이 차디차다.

"아이구, 어찌하면 좋은가."

경희는 벙어리가 된 것 같다. 아무 말도 할 줄 모르고 꼭 한 마디 할 줄 아는 말은 이 말뿐이다.

경희는 제 몸을 만져 본다. 왼편 손목을 바른편 손으로, 바른편 손목을 왼편 손으로 쥐어 본다. 머리를 흔들어도 본다. 크지도 않고 조그마한 이 몸……. 이 몸을 어떻게 서야 할까. 이 몸을 어디로 향하여야 좋은가……. 경희는 다시 제 몸을 위에서부터 아래까지 훑어본다. 이 몸에 비단 치마를 늘이고 이 머리에 비취옥잠(翡翠玉簪)을 꽂아 볼까. 대가 댁 맏며느리 얼마나 위엄스러울까. 새 애기 새색시 놀음이 얼마나 재미있을까? 시부모의 사랑인들 얼마나 많을까. 지금 이렇게 천둥이던 몸이 부모님에게 얼마나 귀염을 받을까. 친척인들 오죽 부러워하고 우러러볼까. 잘못하였다. 아아 잘못하였다. 왜, 아버지가 "정하자." 하실 때에 "네." 하지를 못하고 "안 돼요." 했나. 아아 왜 그랬나. 어떻게 하려고 그렇게 대답을 하였나! 그런 부귀를 왜 싫다고 했나. 그런 자리를 놓치면 나중에 어찌하잔 말인가. 아버지 말씀과 같이 고생을 몰라 그런가 보다. 철이 아니 나서 그런가 보다. "나중에 후회하리라." 하시더니 벌써 후회막급인가 보다. 아아 어찌하나. 때가 더 되기 전에 지금 사랑에 나가서 아버지 앞에 자복할까 보다. "제가 잘못 생각하였습니다."라고. 그렇게 할까? 아니다. 그렇게 할 터이다. 그것이 적당한 길이다. 그리고 귀찮은 공부도 고만둘 터이다. 가지 마라시는 일본도 또다시 아니 가겠다. 이 길인가 보다. 이 길이 밟을 길인가 보다. 아, 그렇게 정하자. 그러나…….

"아이구, 어찌하면 좋은가……."

경희의 눈은 말뚱말뚱하다. 전신이 천근만근이나 되도록 무거워졌다. 머리 위에는 큰 동철 투구를 들씌운 것같이 무겁다. 오그라졌던 두 팔 두 다리는 어느덧 나와서 척 늘어졌다. 도로 전신이 오그라진다. 어찌하려고 그런 대담스러운 대답을 하였나 하고. 아버지가 "계집애라는 것은 시집가서 아들딸 낳고 시부모 섬기고 남편을 공경하면 그만이니라." 하실 때에 "그것은 옛날 말이에요. 지금은 계집애도 사람이라 해요, 사람인 이상에는 못할 것이 없다고 해요, 사내와 같이 돈도 벌 수 있고, 사내와 같이 벼슬도 할 수 있어요. 사내가 하는 것은 무엇이든지 하는 세상이에요." 하던 생각을 하며, 아버지가 담뱃대를 드시고 "뭐 어쩌고 어째, 네까짓 계집애가 하긴 무얼 해. 일본 가서 하라는 공부는 아니 하고 귀한 돈 없애고 그까짓 엉뚱한 소리만 배워가지고 왔어?" 하시던 무서운 눈을 생각하며 몸을 흠찔한다.

과연 그렇다. 나 같은 것이 무얼 하나. 남들이 하는 말을 흉내 내는 것이 아닌가. 아아 과연 사람 노릇 하기가 쉬운 것이 아니다. 남자와 같이 모든 것을 하는 여자는 평범한 여자가 아닐 터이다. 4000년래의 습관을 깨뜨리고 나서는 여자는 웬만한 학문, 여간

한 천재가 아니고서는 될 수 없다. 나폴레옹 시대에 파리의 전 인심을 움직이게 하던 스타엘 부인[13]과 같은 미묘한 이해력, 요설(饒舌)한 웅변, 그런 기재(機才)한 사회적 인물이 아니고서는 될 수 없다. 살아서 오를레앙을 구하고 사(死)함에 프랑스를 구해 낸 잔 다르크 같은 백절불굴의 용진한 희생이 아니고서는 될 수 없다. 달필의 논문가, 명쾌한 경제서의 저자로 이름을 날린 영국 여권론의 용장 포드 부인과 같은 어론(語論)에 정경(精經)하고[면밀하며 가지런하고] 의지가 강고한 자가 아니고서는 될 수 없다. 아아 이렇게 쉽지 못하다. 이만한 실력, 이러한 희생이 들어야만 되는 것이다.

경희가 이제껏 배웠다는 학문을 톡톡 털어 보아도 그것은 깜짝 놀랄 만치 아무것도 없다. 남이 제 앞에서 춤을 추고 노래를 하나 참으로 좋아할 줄을 모르고 진정으로 웃어 줄 줄을 모르는 백치 같은 감각을 가졌다. 한마디 대답을 하려면 얼굴이 벌게지고 어서(語序, 말의 순서)를 찾을 줄 모르는 둔설(鈍舌, 둔한 혀)을 가졌다. 조금 괴로우면 싫어, 조금 맞기만 하여도 통곡을 하는 못된 억병(臆病, 가슴 병)이 있다. 이 사람이 이러는 대로 저러는 대로, 동풍 부는 대로 서풍 부는 대로 쏠리고 따라가도 고칠 수 없이 쇠약한 의지가 들어앉았다. 이것이 사람인가. 이것을 가진 위인이 사람 노릇을 하잔 말인가. 이까짓 남들 다 하는 ㄱ, ㄴ 쯤의 학문으로, 남들도 지을 줄 아는 삼시 밥 먹을 때 오른손에 숟가락 잡을 줄 아는 것쯤으로는 벌써 틀렸다. 어림도 없는 허영심이다.

만일 고금에 사업가의 각 부인들이 알면 코웃음을 칠 터이다. 정말 엉뚱한 소리다.

"아이구, 어찌하면 좋은가……."

여기까지 제 몸을 반성한 경희의 생각에는 저를 맏며느리로 데려가려는 김 판사집도 딱하다. 또 저 같은 천치가 그런 부귀한 댁에서 데려가려면 고개를 숙이고 네네, 소녀를 바치며 얼른 가야 할 것이 당연한 일인데 싫다고 하는 것은 제가 생각하여도 괘씸한 일이다. 그리고 아버지며 어머니며 그 외 여러 친척 할머니 아주머니가 저를 볼 때마다 시집 못 보낼까 보아 걱정들을 하는 것이 당연한 일인 것도 같다.

경희는 이제까지 비녀 쪽 찐 부인들을 보면 매우 불쌍히 생각하였다. '저것이 무엇을 알고 저렇게 어른이 되었나. 남편에게 대한 사랑도 모르고 기계같이 본능적으로만 저렇게 금수와 같이 살아가는구나. 자식을 귀애하는 것은 밥이나 많이 먹이고 고기나 많이 먹일 줄만 알았지 좋은 학문을 가르칠 줄은 모르는구나. 저것도 사람인가.' 하는 교만한 눈으로 보아 왔다. 그러나 웬일인지 오늘은 그 부인네들이 모두 장하게 보인다. 설거지하는 시월이 머리에도 비녀가 꽂힌 것이 저보다 훨씬 나은 것도 같이 보인다. 담 사이로 농민의 자식들의 우는 소리가 들리는 것도 저보다 훨씬 나은 딴 세상 같다. 아무리 생각하여도 저는 저 같은 어른이 될 수 없을 것 같고, 제 몸으로는 저와 같은 아이를 낳을 수가 없는 것

같다. '저와 같이 이렇게 가기 어려운 시집을 어쩌면 그렇게들 많이 갔고, 저와 같이 이렇게 어렵게 자식의 교육을 이리저리 궁구하는 것을 저렇게 쉽게 잘들 살아가누.' 생각을 한즉, 저는 아무것도 아니다. 그 부인들은 자기보다 몇십 배 낫다.

'어떻게 저렇게들 쉽게 비녀로 쪽 찌게 되었나? 어쩌면 저렇게 자식들을 많이 낳아가지고 구순히들 잘 사누. 참 장하다.'

경희는 생각할수록 그네들이 장하다. 그리고 저는 이렇게도 시집가기가 어려운 것이 도무지 이상스럽다. '그 부인네들이 장한가? 내가 장한가? 이 부인네들이 사람일까? 내가 사람일까?' 이 모순이 경희의 깊은 잠을 깨우는 큰 번민이다. '그러면 어찌하여야 장한 사람이 되나.' 하는 것이 경희의 머리가 무거워지는 고통이다.

"아이구, 어쩌하나. 내가 그렇게 될 줄 알았을까……."

한마디가 늘었다. 동시에 경희의 머리끝이 우쩍 위로 올라간다. 그리고 경희의 뻔뻔한 얼굴, 넙적한 입, 길쭉한 사지의 형상이 모두 스러지고 조그마한 밀짚 끝에 깜빡깜빡하는 불꽃 같은 무엇이 바람에 떠 있는 것 같다. 방 안은 후끈후끈하다. 부지중에 사방 창을 열어제쳤다.

뜨거운 강한 광선이 별안간에 왈칵 대드는 것은 편싸움꾼의 양편이 육모방망이를 들고 "자……." 하며 대드는 것같이 깜짝 놀랄 만치 강하게 쪼여 들어온다. 오색이 혼잡한 백일홍 확년하(活

年花) 위로는 연락부절(連絡不絶)[14]히 호랑나비 노랑나비가 오고 가고 한다. 배나무 위의 까치 보금자리에는 까만 새끼 대가리가 들락날락하며, 어미 까마귀가 먹을 것을 가지고 오는 것을 기다리고 있다. 댑싸리 그늘 밑에는 탑실개가 쓰러져 쿨쿨 자고 있다. 그 배는 불룩하다. 울타리 밑으로 굼벵이 잡으러 다니는 어미 닭의 뒤로는 대여섯 마리의 병아리가 줄줄 따라간다. 경희는 얼빠진 것같이 멀거니 앉아서 보다가 몸을 일부러 움직이었다.

저것! 저것은 개다. 저것은 꽃이고 저것은 닭이다. 저것은 배나무다. 그리고 저기 매달린 것은 배다. 저 하늘에 뜬 것은 까치다. 저것은 항아리고 저것은 절구다.

이렇게 경희는 눈에 보이는 대로 그 명칭을 불러 본다. 옆에 놓인 머릿장도 만져 본다. 그 위에 개어서 얹은 명주 이불도 쓰다듬어 본다.

"그러면 내 명칭은 무엇인가? 사람이지! 꼭 사람이다."

경희는 벽에 걸린 체경(體鏡, 거울)에 제 몸을 비추어 본다. 입도 벌려 보고 눈도 끔쩍여 본다. 팔도 들어 보고 다리도 내어놓아 본다. 분명히 사람 모양이다. 그리고 드러누운 탑실개와 굼벵이 찍으러 다니는 닭과 또 까마귀와 저를 비교해 본다. 저것들은 금수, 즉 하등동물이라고 동물학에서 배웠다. 그러나 저와 같이 옷을 입고 말을 하고 걸어 다니고 손으로 일하는 것은 만물의 영장인 사람이라고 배웠다. 그러면 저도 이런 귀한 사람이다.

아아, 대답 잘했다. 아버지가 "그리로 시집가면 좋은 옷에 생전 배불리 먹다 죽지 않겠니?" 하실 때에 그 무서운 아버지 앞에서 평생 처음으로 벌벌 떨며 대답하였다.

"아버지 안자[顔子, 안회(顔回)]의 말씀에도 일단사(一單食)와 일표음(一瓢飮)에 낙역재기중(樂亦在其中)[15]이라는 말씀이 없습니까? 먹고만 살다 죽으면 그것은 사람이 아니라 금수이지요. 보리밥이라도 제 노력으로 제 밥을 제가 먹는 것이 사람인 줄 압니다. 조상이 벌어 놓은 밥 그것을 그대로 받은 남편의 그 밥을 또 그대로 얻어먹고 있는 것은 우리 집 개나 일반이지요." 하였다.

그렇다. 먹고 죽으면 그것은 하등동물이다. 더구나 제 손가락 하나 움직이지 않고 조상의 재물을 받아가지고 제가 만들기는 둘째 쳐 놓고 받은 것도 쓸 줄 몰라 술이나 기생에게 쓸데없이 낭비하는, 사람이 아니라 금수와 같이 배 뚜드리다가 죽는 부자들의 가정에는 별별 비참한 일이 많다. 태(殆)히[거의] 금수와 구별을 할 수도 없는 일이 많다. 그런 자는 사람의 가죽을 잠깐 빌어다가 쓴 것이지 조금도 사람이 아니다. 저 댑싸리 그늘 밑에 드러누우려 하여도 개가 비웃고 그 자리가 아깝다고 할 터이다.

그렇다. 괴로움이 지나면 낙이 있고 울음이 다하면 웃음이 오고 하는 것이 금수와 다른 사람이다. 금수가 능히 못하는 생각을 하고 창조를 해내는 것이 사람이다. 사람이 번 쌀, 사람이 먹고 남은 밥찌꺼기를 바라고 있는 금수, 주면 좋다는 금수와 다른 사람

64

은 제 힘으로 찾고 제 실력으로 얻는다. 이것은 조금도 모순이 없는 사람과 금수와의 차별이다. 조금도 의심 없는 진리이다.

경희도 사람이다. 그다음에는 여자다. 그러면 여자라는 것보다 먼저 사람이다. 또 조선 사회의 여자보다 먼저 우주 안 전 인류의 여성이다. 이철원 김 부인의 딸보다 먼저 하느님의 딸이다. 여하튼 두말할 것 없이 사람의 형상이다. 그 형상은 잠깐 들씌운 가죽뿐 아니라 내장의 구조도 확실히 금수가 아니라 사람이다.

오냐, 사람이다. 사람으로 보이지 않는 험한 길을 찾지 않으면 누구더러 찾으라 하리! 산정에 올라서서 내려다보는 것도 사람이 할 것이다. 오냐, 이 팔은 무엇하자는 팔이고 이 다리는 어디 쓰자는 다리냐?

경희는 두 팔을 번쩍 들었다. 두 다리로 껑충 뛰었다.

빤빤한 햇빛이 스르르 누그러진다. 남치마 빛 같은 하늘빛이 유연히 떠오른 검은 구름에 가리운다. 남풍이 곱게 살살 불어 들어온다. 그 바람에는 화분(花粉)과 향기가 싸여 들어온다. 눈앞에 번개가 번쩍번쩍하고 어깨 위로 우레 소리가 우루루루 한다. 조금 있으면 여름 소나기가 쏟아질 터이다.

경희의 정신은 황홀하다. 경희의 키는 별안간 이[飴, 엿] 늘어지듯이 부쩍 늘어진 것 같다. 그리고 목(目)은 전 얼굴을 가리우는 것 같다. 그대로 푹 엎드리어 합장으로 기도를 올린다.

하느님! 하느님의 딸이 여기 있습니다. 아버지! 내 생명은 많은 축복을 가졌습니다.

보십쇼! 내 눈과 내 귀는 이렇게 활동하지 않습니까?

하느님! 내게 무한한 광영(光榮)과 힘을 내려 주십쇼.

내게 있는 힘을 다하여 일하오리다.

상을 주시든지 벌을 내리시든지 마음대로 부리시옵소서.

《여자계》(1918. 3.)

어머니와 딸

1

"나는 그 잘났다는 여자들 부럽지 않아."

틈만 나면 한운의 방에 와서 "히히히 히히" 하는 주인마누라는 오늘 저녁에도 또 한운과 이기봉과 마주 앉아 아랫방에 있는 김 선생 귀에 들리라고 일부러 목소리를 크게 하여 말했다.

"왜요?"

이기봉은 주인마누라의 심사를 잘 아는 터이라 또 무슨 말인가 하고 들어보기 위하여 이렇게 물었다.

"여자란 것은 침선방적(바느질과 길쌈)을 하여 살림을 잘하고 남편의 밥을 먹어야 하는 것이야."

오늘은 갑을병(甲乙丙)과 마주 앉고, 내일은 이로하(イロハ)와 마

주 앉게 되고, 때로는 ABC와도 말하게 되는 이 여관집 마누라는 여러 번 좌석에서 신여자 논란이라는 것을 많이 주워들었다. 그리하여 그중에 이런 말이 제일 머리에 박혔던 것이었다.

"왜요? 신여성은 침선방적을 못 하나요. 남편의 밥보다 자기 밥을 먹으면 더 맛있지."

1년 전에 이혼을 하고 다시 신여성에게 호기심을 두고 있는 이기봉은 이렇게 반항하였다. 이에 대하여 다시 주인마누라는 처음과 같이 강한 어조로 반항할 힘이 없었다.

"들으라고 그랬지.(손가락으로 아랫방을 가리키며)"

한운은 이기봉의 옆을 꾹 찌르며 이렇게 말한다.

"아니, 그런데 아랫방에서는 혼자 밤낮 무엇을 하고 있는 모양이야."

주인마누라의 성미를 맞추어 이렇게 다시 화제를 이기봉은 이었다.

"소설을 쓴다나 무엇을 한다나."

입을 삐죽하는 주인마누라는 무엇을 저주함인지 무슨 의미인지 대체 알 길이 없었다.

"남이 소설을 쓰거나 무엇을 하거나 주인이 그렇게 배가 아플 것이 무엇 있소."

주인마누라는 무슨 말을 할 듯 할 듯하다가 입을 다문다.

"왜 그래요 글쎄."

이기봉은 무엇보다 그 주인마누라의 대담히 아는 체하는 것이 더 듣고 싶었다.

"여자가 잘나면 못써."

"남자는 잘나면 쓰구요."

"남자도 너무 잘나면 못쓰지."

"그럼 알맞게 잘나야겠군. 좀 어려운걸."

이기봉은 입맛을 쩍쩍 다신다. 다시 바싹 대앉으며,

"주인, 대체 여자나 남자나 잘나면 못쓴다니 왜 그렇소? 말 좀 들어 봅시다."

"내야 무식하니 무얼 알겠소마는 여자가 잘나면 남편에게 순종치 아니하고 남자가 잘나면 계집 고생시켜."

"그건 꼭 그렇소. 인제 아니까 주인이 큰 철학가요 문학가거든."

한참 비행기를 태웠다. 그리고 그것은 상대자의 인격이 부족한 때 생기는 현실이요, 도회지나 문명국에는 다소 정돈이 되었으나 과도기에 있는 미문명국이나 지방에서는 아직도 사실로 있다는 설명을 하고 싶었으나 알아들을 것 같지 아니하여 고만두고 비행기만 태운 것이었다.

"그 말도 일리가 있는 말이야."

한운은 이렇게 말하며 검은 눈을 끔벅끔벅하고 내려오는 머리를 한 번 쓰다듬었다.

"왜 그렇소? 어디 들어 봅시다."

이기봉은 한운의 말에 반색을 하며 대들었다.

"잘난 여자도 이혼하고 잘난 남자도 이혼하는 것은 사실 아니오."

"그건 잘나서 그런 것이 아니라 맞지가 않아서 그런 것이지."

"결국 맞지 않는다는 것이 누가 잘났든지 잘나서 그런 것 아니오."

"다 진보하려는 사람의 본능에서 생기는 사실이겠지."

자기가 이혼을 한 사실이 있는 이기봉은 대답이 좀 약해졌다. 아직 미성혼 중으로 장래를 꿈꾸고 있는 한운에게는 어디까지 이혼이라는 것을 부정하고 싶었다.

"이혼 안 하면 진보할 수 없나."

"불만족한 데서 만족을 찾으려니까 그렇지."

"그러면 당초부터 혼자 살지. 자기가 자기를 만족한다면 모르거니와 타인을 상대하여 만족을 구한다는 것은 될 말이 아니야."

"그렇게까지 어렵게 들어가자면 한이 없고 혼자 살잔 말도 못 되고 어려운 문제야."

이기봉은 음울해지면서 자기가 지금 무직으로 놀고 있는 것, 어떤 여성이 자기 아내가 되어 자기를 만족히 하여 줄까 하는 것을 묵상하고 있다. 이 틈을 타서 주인은 다시 말을 끄집었다.

"글쎄, 그년이 김 선생이 온 뒤로부터 시집을 안 가려고 하고 공부만 더 하겠다니 어쩌겠소."

"할 수만 있으면 공부를 더 시키는 것이 좋지요."

"공부는 더 해 무엇하겠소. 고등여학교[16] 했으면 족하지."

"여자도 전문교육을 받아야 해요. 여자의 일생처럼 위태한 것이 어디 있나요."

"그러기에 잘난 여자가 되지 않는 것이 좋아."

"제 한 몸을 추스를 만한 전문이 없이 불행에 이른다면 부모, 형제, 친구를 괴롭게 하니까 결국 마찬가지야."

"잘나지 않으면 불행에 이르지 않지."

"아니, 그러면 돌쇠어머니는 어째서 남편과 생이별을 하고 이 여관집 밥어멈 노릇을 하고 있소."

"다 팔자소관이니까 그렇지."

주인은 대답할 말이 없어 이렇게 말하였다.

"그렇게 말하면 다 그렇지요."

이기봉은 더 말해야 알아들을 것 같지 아니하여 이렇게 간단히 말해 버렸다.

"우리 화투나 합시다."

다 듣기 싫다는 듯이 한운은 책상 서랍에서 화투를 꺼냈다.

"마코(담배 이름) 내기 화투나 할까."

"이백 끗에 마코 한 곽씩."

세 사람은 다 각기 들고 앉았다.

어머니와 딸

2

아침 일찍이 주인마누라는 김 선생 방에 들어섰다.

"어서 오십쇼, 이리 따듯한 데로 내려오십쇼."

김 선생은 쓰던 원고를 집어치우면서 말했다.

"밤낮 무엇을 그리 쓰고 계시오?"

"무얼, 공연히 장난하고 있지요."

"밤낮 혼자서 고적하지 않아요?"

"무얼요, 졸업을 했어요. 그리고 고적한 것을 이겨 넘기는 공부를 하고 있습니다."

"수양이 깊으신 어른이란 달라."

"그렇지도 않지요."

"어쩌면 그렇게 공부를 많이 하셨어."

"많이 하긴 무엇을 많이 해요."

"참 여자로 훌륭하시지."

"천만에."

"공부해가지고 다 김 선생같이 되려면 누가 공부를 아니 해요."

"왜요?"

김 선생은 어젯밤 윗방에서 하던 말을 들은 터이라 '이 마누라가 무슨 또 변덕이 생겼나.' 하고 이렇게 물었다.

"우리네같이 상일(막일)을 할까, 곱게 앉아서 글이나 쓰고 신선

놀음이지."

"……."

김 선생은 '당신네들이 팔자가 좋소이다.' 하고 싶었으나 그러면 말이 길어질 것 같아 아무 대답을 아니 하였다.

"그렇게 소설을 써서 잡지사에 보내면 얼마나 주나요?"

"심심하니까 쓰고 있지요."

150원 현상 소설을 쓰고 있단 말을 아니 하였다.

"그래도 들으니까 돈을 많이 버신다던대."

"거짓말이지요."

과거에 현상 소설에 몇 번 당선하여 수백 원 번 것, 신문지상 장편소설에 수백 원 번 것, 매달 잡지에 투고 원고로 받는 것 적지 않으나 자기 자랑 같아 말하지 아니했다.

"이렇게 여행 다니시는 것은 많이 버셨기에 하시지."

"네, 저금통장에 수천 원쯤 있지요."

형사가 힐문하듯이 묻는 이 말에 대하여 귀찮은 듯이 속이 시원해하라고 이렇게 대답하였다. 본래 김 선생은 돈 말이라면 머리를 절절 흔드는 사람이다.

"아이구머니나 저런."

"밥값 떼일까 봐 걱정은 마십쇼."

"원, 천만에. 그런데, 김 선생."

"네."

"이렇게 여관에 계시면 비용이 많이 들지 않아요."

"그거야 내가 알아채서 할 일이지요."

"저기 방 하나를 말해 놓았는데."

"그러면 나더러 나가 달라는 말씀이오?"

"방 하나를 얻어서 밥 지어 먹으면 얼마 들지 않을 것이 아니에요. 경세 시대에 경세를 해야지."

"고맙습니다마는 주인으로 앉아서 손에 대한 그런 걱정까지 할 필요는 없겠지요."

김 선생의 얼굴에는 노기가 좀 띠었다. 주인은 미안히 여기면서,

"다 형제같이 생각을 하니까 그렇지요."

"남과 똑같이 밥값 내고 있는데 나가라 들어가거라 할 필요가 있소?"

"……."

"나는 다른 데로 옮기지 않겠소. 나는 본래 한곳에 자리를 정하면 꽉 박혀 있는 성미오."

자기가 지금 겨우 자리를 잡고 침착히 쓰고 있는 창작이 자리를 뜨면 또 얼마간 글을 못 쓸 것을 잘 아는 김 선생은 다소 불쾌를 느꼈으나 이렇게 말했다.

"대체 날더러 나가라는 까닭은 무엇이오? 좀 알고나 봅시다."

"낸들 손님에게 그런 말을 하는 것이 실례되는 줄 알면서도 그랬지요."

"무슨 까닭이에요?"

"아니 글쎄 말이에요. 근묵자흑(近墨者黑)[17]으로 선생이 온 후로는 우리 영애란 년이 시집 안 가겠다 공부를 더 하겠다니 대체 여자가 공부를 더 해 무엇한답니까."

"그러면 학비 대실 수는 있나요?"

"돈도 없거니와 돈이 있어도 안 시켜요."

"그건 왜요?"

"여자가 남편의 밥 먹으면 고만이지요."

"남편의 밥 먹다가 남편의 밥 못 먹게 되면 어쩌나요?"

"잘난 여자나 그렇지요."

"못난 여자가 그렇게 되면 어쩌나요?"

"그렇지 않을 데로 시집을 보내지요."

"누구는 처음부터 그렇게 시집을 간답디까?"

"여자가 더 배우면 무얼 해요."

"더 배울수록 좋지요, 많이 아는 것밖에 있나요."

"많이 알면 무얼 해요, 자식 낳고 살림하면 고만인걸요."

"그야 그렇지요만 횡포한 남자만 믿고 살 세상이 못 됩니다."

"김 선생은 저런 말을 늘 우리 영애란 년에게 해 들리니까 안 됐지요."

"내가 그 애에게 말한 적은 없습니다만 말하자면 그렇단 말이지요."

어머니와 딸

"그러면 그년이 왜 시집을 안 가겠다고 하우?"

"그야 내가 알 리 있소? 저도 무슨 생각이 있어서 그러는 것이지. 내게 떼미실 일은 아니고 날더러 나가랄 것도 아니오."

"글쎄 김 선생, 한운이 같은 유망한 청년을 놓치면 또 어디가 구해 본단 말이오?"

"구하면 또 있지요."

"글쎄 내가 한 번 가 보았구려."

"한운 씨 집을요?"

"네!"

"어때요?"

"나락 섬이 쌓이고 나무를 바리[18]로 해 쌓고 아버지는 학자고, 형제 화목하겠다, 양반 지체 좋겠다, 당자 얌전하겠다, 더 고를 수 있겠소?"

"저더러 그랬나요."

"그랬구말구요."

"무어래요."

"싫다지."

"왜 싫대요."

"그것은 나보다 김 선생이 더 잘 알 것이오."

"어머니에게 못하는 말을 내게다 할라구요."

"무식한 에미에게 무슨 말을 하겠소. 김 선생은 다 간통이니까 말이지."

"내게 떼미시지 말고 따님을 잘 달래시오."

"그년이 내 말을 듣나. 다시 말하면 내가 사람이 아니오."

"무엇이든 내게 말할 필요야 있겠소."

"내 딸은 김 선생이 버려놈넨다."

주인은 최후의 말을 던지고 일어선다. 김 선생은 그의 치맛자락을 잡아당기며,

"아니 그게 무슨 말이요, 과연 그렇다면 내 다른 곳으로 가리다."

"……."

"그러지 말고 영애를 달래서 저 좋아하는 사람이 있느냐고 물어보시오."

"그 애는 그렇게 연애나 하는 년이 아니오."

하고 문을 탁 닫고 나간다.

김 선생은 혼자 앉아서 멍하니 천장을 바라보았다. 우습기도 하고 재미나기도 하고 분하기도 하다. 그러나 자기 딸이 머리에 떠올랐다. 저 모녀와 같이 내 마음에 드는데 제가 싫다면 어쩌나 하고 생각해 보았다. 불의의 액운에 당한 것을 자기 과거 모든 액운 프로그램 중에 넣었다.

"더 있어서 사건 진행하는 것을 구경할까?" 하다가,

"에라, 다 귀찮아. 또 무슨 액운에 들지 아나."

어머니와 딸

하고 이 여관을 떠나기로 하고 흐트러진 짐을 보았다.

3

"선생님."

하고 영애가 들어온다. 그 눈에는 눈물 흐른 흔적이 있다.

"어서 들어와."

"선생님."

하고 영애는 김 선생 무릎에 푹 엎드렸다. 그 어깨는 들썩들썩 하였다.

"울지 말고 다 말을 해."

"……."

"영애."

"네."

영애는 일어앉으며 주루루 흐른 눈물을 치맛자락으로 씻는다.

"어떤 사람과 약속해 놓은 일이 있는가."

"없어요."

"글쎄 나도 보기에 없는 것 같은데."

"없어요."

"그러면 어머니가 좋은 사람 구해 놓고 시집가라는데 왜 싫대,

응?"

"싫어요."

"시집가기가 싫다는 말인가, 한운 그 사람이 싫단 말인가?"

"시집가기도 싫고 그 사람도 싫어요."

"그러면 어떻게 할 작정이야?"

"죽었으면."

"정 죽어야 할 일이면 죽기도 하는 것이지."

"선생님."

"응."

"저는 공부를 더 하고 싶어요."

"돈 있어?"

"고학이라도 해서."

"그렇게 맘대로 되나? 죽는 것은 남하고 의논하는 것이 아니야."

"아이구, 선생님."

영애 눈에는 다시 눈물이 글썽글썽한다.

"어머니가 학비 주실 능력이 없으신가?"

"없어요!"

"재주를 보면 아까운데."

"누가 좀 대 주었으면. 졸업하구 벌어 갚게."

"벌어 갚을지 못 갚을지 그건 모를 말이구, 누가 그런 고마운
사람이 있나."

"선생님, 그럴 사람이 없을까?"

"내라도 돈이 있으면 대어 주겠구만, 돈이 있어야지."

"부자 사람들 돈 좀 나 좀 주지."

"공부를 하면 무엇을 전문하겠어?"

"문학이요."

"문학? 좋지."

"어렵지요?"

"어렵기야 어렵지만 잘만 하면 좋지. 영애는 독서를 많이 해서 문학을 하면 좋을 터이야. 사람은 개인적으로 사는 동시에 사회적으로 사는 것이 사는 맛이 있으니까. 좋은 창작을 발표하여 사회적으로 한[19] 사람이 된다면 더 기쁜 것이 없는 것이야."

"아이고 죽겠다."

"그렇게 망상 말고 가깝고 쉬운 길을 취해."

"무슨 길이에요?"

"돈 없어서 공부 못 하게 되니 시집가야 할 것 아닌가."

"싫어요."

"아마 한운이 싫지?"

"네, 싫어요."

"왜 어째서."

"낫테나이노데쇼.(사람이 덜 되었어요.)"

"그래도 어머니는 꼭 맘에 들어 하시는데."

"한 사람 노릇은 할지 모르나 사회적 인물은 못 되고."

"한 사람 노릇하면 고만이지."

"선생님 지금 무엇이라고 하셨어요?"

"한 사람 노릇하면 즉 사회적 인물이지."

"그러면 너도나도 다 그렇게요."

"그런 것도 아니지만."

"난 그 사람이 싫어요."

"왜 그래, 나 보기에는 좋던데."

"이쿠츠나이오토코(의지가 박약한 남자)야요."

"좀 어리긴 어려."

"모노니낫테나이(사람이 안 되어 있음.) 한걸."

"그러면 어머니더러 다른 사람을 구해 달라지."

"싫어요."

"이것도 싫고 저것도 싫고 다 싫으면 어떻게 해."

"죽고만 싶어요."

"그것도 공상. 어서 속히 좌우간 결정을 해야 오치크(안정)해지지. 곁에 사람까지 이라이라(초조)해지는구먼."

"아이구머니, 어머니가 내려오시네."

영애는 허둥지둥 일어난다.

"어서 가 봐. 나하고 무슨 의논이나 한 줄 아시겠구먼."

"제가 이 방에 오는 것을 제일 싫어하십니다."

"그러게 말이지."

"선생님 또 올게요."

영애는 속히 나간다.

4

"이년, 이때 자빠져 자니."

주인마누라는 영애 혼자 누워 자는 방으로 들어가자마자 이불을 잡아 벗기고 잡아서 뚜드리고 소리를 높여 외친다.

"이년, 한나절까지 자빠져 자고, 해다 주는 밥 먹고, 밤낮 책만 들여다보면 옷이 나니 밥이 나니? 이년 보기 싫다. 어디로 가 버려라."

"아이구 아이구 어머니, 잘못했어요."

"이년, 너같이 잘난 년이 잘못한 것이 무엇 있겠니."

"……"

"이년, 너같이 잘난 년은 나는 보기 싫다. 썩 어디로 가 버려라."

"어디로 가요."

"아무 데로나 가지. 너 연애하는 서방에게로 가렴."

"없어요."

"이년, 나는 너를 사람 되라고 고등여학교까지 공부를 시켰더니 지금 당해서는 후회막급이다."

"……."

"이년, 에미 말 듣지 않는 자식 무엇에 쓰겠니. 심청이는 제 몸을 팔아서 그 아버지 눈을 띄우지 아니했니. 나와 너는 아무 상관 없는 사이다. 오늘 지금이라도 곧 나가거라."

또 뚜드린다.

"아야아야."

"이년, 죽든가 나가 버리든지 해라. 꼴 보기 싫다."

"아야, 다시는 안 그래요."

"나가라니까 다시는 안 그런단 말이 무슨 말이야."

이때 듣다 못하여 김 선생이 문을 열고,

"여보셔요, 여보셔요, 이리 좀 오셔요."

5

어느 날 저녁밥 뒤다. 한운이 김 선생 방으로 들어오며,

"심심해서 좀 놀러 왔습니다."

"잘 오십니다. 앉으십쇼."

"낮에는 사무실에 가서 바쁘게 지내다가 밤이면 심심해요."

"사무는 무엇 보십니까?"

어머니와 딸

"농림에 대한 것이지요."

"참, 농림학교 출신이시지."

"네."

"도청 근무시지요?"

"네."

"바쁘셔요?"

"네, 상당히 바쁩니다."

"인제 장가를 들어 가정을 가지셔야겠구먼."

"내 생각 같아서는 일생을 독신으로 지냈으면 좋겠는데, 어디 부모 형제가 가만두어야지요."

"왜 그래요, 부부의 낙이 인생에 제일인데."

"그럴까요? 독신보다 귀찮을 것 같은데요."

"귀찮은 가운데 재미가 있거든요."

"왜 조물주가 남자 여자를 내었는지 모르겠어요."

"그 남자 여자가 있기에 기기묘묘한 세상이 생겼지요."

"혼자 사는 것이 제일 편할 것 같아요."

"그래도 남녀가 합해야 생활 통일이 되고 인격 통일이 되는 걸 어째요."

"그럴까요?"

"그렇지요. 독신자에게는 침착성이 없는 걸 어쩌구."

"그건 그런가 봐요. 고적하긴 해요."

"어서 장가를 들으시오."

"그렇게 쉽게 되나요."

"영애와는 어찌 되는 모양이오?"

"모르지요."

"영애와 안 되면 다른 곳이라도 구혼해야지."

김 선생은 그 말이 어떤 것을 알기 위하여 이렇게 물었다.

"다른 데 구혼하려면 벌써 했게요."

"그러면 꼭 영애하고 하겠소?"

"……."

"지성 즉 감신(至誠卽感神)[20]으로 100도까지 열을 내보구려. 하고자 해서 안 되는 일이 어디 있겠소?"

"공부하겠다는걸요."

"학비가 있어야지."

"내가 좀 대고, 자기 어머니가 좀 대고 하면 되지 않겠어요."

"정말이오? 주인더러 그 말을 해 보았소?"

"공부는 절대로 아니 시킨다니까요."

"한운 씨가 꼭 마음에 드시는 모양이지."

"그 어머니가 마음에 들면 무엇하나요, 당자끼리 문제지요."

아직 까맣게 알지 못하고 있는 한운은 이렇게 말한다.

"만일 영애가 한 공과 혼인을 아니 하겠다면 어째요."

다소간이라도 눈치를 채이라고 이렇게 말했다.

어머니와 딸

"……."

"그 말은 고만두고 레코드나 틉시다."

김 선생은 남의 일에 구설이 무서워서 말을 잘랐다.

"양곡〔洋曲, 서양곡〕을 좀 들어 볼까요."

한운도 더 말하고 싶지 아니하여 축음기를 넣는다.

"저것이니 하시지요."

카르멘, 후아스도, 햄릿, 마르세이유. 우렁차게도 하는 소리가 끝날 때마다 이기봉이 방에서는 영애의 가냘픈 웃음소리가 새어 들어왔다. 한운은 유심히 귀를 기울였으나 그 나타나는 표정은 아무렇지도 아니하였다. 공연히 마음을 졸이고 마주 앉아 있는 김 선생은, "아아, 천진난만한 청년이여." 하였다.

《삼천리》(1937. 10.)

만혼(晚婚)
타개 좌담회

아아, 청춘이 아까워라!

꽉 찬 나이에도 시집, 장가를 가지 않으려
하는 이들이 많은 요즘의 세태를 되돌아보고
자 김기진, 김억, 나혜석, 이광수 이렇게 문인
네 분을 모시고 좌담회를 열었다.

《삼천리》1933년 12월호 수록

1 어째서 결혼들을 아니 하는가?

기자 종로 사거리에 30분 동안만 서서 가고 오는 청년 남녀들을 보면 얼굴 빛깔이 거칠고 기분이 우울하여 다니는 이가 대부분입니다. 또 몸가짐이 느릿느릿하여 물 찬 제비 같은 스마트한 점을 발견하기 어려운 이가 대부분입니다. 이렇게 우울과 퇴색된 빛깔에 잠긴 청년들을 알아보면 대개가 결혼 아니 한 남녀들입니다. 결혼하여야 할 연령에 처하여 있으면서도 독신으로 지내는 이 불행한 남녀. 이분들을 다소라도 건져 줄 도리가 없을까요? 먼저 어째서 현대의 청년들이 결혼을 아니 하는가요, 또는 못 하고 있는가요?

이광수 여자들 생각은 잘 모르겠으나 남자들로 말하면 첫째 저 혼자 살기도 어려운 세상에 아내까지 얻어가지고는 생활을 도무지 하여 나갈 도리가 생기지 않으니 대개 '금년이나 내년이나' 하고 해마다 늦추다가 그만 혼기를 잃고 마는 이들일걸요.

나혜석 그러한 점도 있겠지만 묘령의 여성들로 말하면 선배들이 시집가서 사는 것이 대개 행복스럽지 못한 꼴을 많이 구경하고 났으니까 그만 진저리가 쳐서 애당초부터 결혼 생활에 들 생각을 하지 않는 까닭이 많지요. 실상 교양이 높은 신학문 받은 남녀로서 결혼에 들어 행복한 살림을 하는 이가 몇 명이나 되어야지요. 통계로 따져 본다면 행복한 이보다 불행하게 된 이가 더 많지 않은가요.

김억 교양의 유무보다 오히려 부부의 성격 차이에 죄가 많겠지요. 대개 신식 결혼 그 물건을 보건대, 결혼 조건으로 드는 것이 '아름다우냐'와 '학식이 있고 없고'와 '돈이 있고 없고'를 생각하여 보지마는 누가 하나 서로 성격의 조화를 염두에 두는 이가 없는 듯싶습니다. 이러니까 맞지 않는 부부가 되어 그 결혼은 몇 날 아니 가서 파탄이 생길 수밖에요.

김기진 그렇지요. '선배의 결혼이 나빴으니까 나도 아니하겠노라!' 하는 이유는 당치 않을 줄 알아요. 그야 실패한 사람도 있겠지만 그 반면에 행복스럽게 사는 사람도 어떻게나 많다구요.

그보다도 현재의 적령기에 있는 청년 남녀들이 결혼을 하지 아니하고 있는 까닭은 주위의 사정이 결혼할 생각을 당사자에게서 빼앗는 까닭이지요. 그것은 순전히 경제적 이유지요. 생활할 길을 잃어버린 사람이 늘어 가는 때에 의식주의 보장을 주지 않고 어떻게 만혼의 폐해를 제거하려 들겠습니까. 문제는 늘 근본에 귀착이 되어요.

(143쪽에 이어집니다.)

2부

연애와 결혼

"일생을 두고 지금과 같이 나를 사랑해 주시오.

그림 그리는 것을 방해하지 마시오.

시어머니와 전실 딸과는 별거케 하여 주시오."

"현모양처는 여자를 노예로
만들기 위하여 장려한 것이다"

이상적 여성상

나혜석은 1914년 12월 《학지광》에 「이상적 부인」을 발표했다. 그녀의 나이 열아홉 살, 도쿄 유학생들이 만든 잡지에 난생처음 공적으로 발표한 글이었다. "과거 및 현재를 통하여 이상적 부인이라 할 부인은 없다고 생각하는 바요." 나혜석은 글의 서두부터 자신의 이상이 높아 그 누구도 추종할 수 없음을 밝혔다. 특히 현모양처는 그야말로 세속적 가치에 그칠 뿐 결코 이상적인 여성의 모델이 될 수 없으며, "온량유순"이라는 개념 또한 여성을 노예로 만들기 위해 사용될 뿐이라고 비판의 목소리를 높였다.

나혜석은 이 글에서 이상적 여성상에 가까운 인물들을 구체적으로 제시했다. 특히 여성인권 운동가인 히라쓰가 라이초(1886-1971)는 일본에서 문제적 인물이었다. 그녀는 1908년 모리타 쇼에 이와 동반 자살을 시도했다가 미수로 끝나 세간에 화제가 된 적이 있었던 여성이다. 그러나 히라쓰가 라이초는 살아남아 온갖 비방과 모욕에 시달리면서도 1911년에 일본 최초의 여성 동인지 《세이토(靑鞜)》를 창간했다. 나혜석이 일본 유학 초기 시절 체험했던 여성운동의 흐름이 「이상적 부인」에 직간접적으로 연관되어 있다.

나혜석이 제시한 결혼 조건

이러한 사상을 가진 나혜석은 연인 최승구가 세상을 떠나자 깊은 슬픔에 빠진다. 그리고 실의에 빠진 나혜석 앞에 김우영이 나타나 그녀에게 적극적으로 청혼했다. 나혜석은 김우영에게 결혼 조건으로 세 가지를 제시했다. "일생을 두고 지금과 같이 나를 사랑해 주시오. 그림 그리는 것을 방해하지 마시오. 시어머니와 전실 딸과는 별거케 하여 주시오." 김우영은 나혜석의 요구 사항을 수락했을 뿐 아니라, 그녀의 연인이었던 고(故) 최승구의 묘에 찾아가 인사를 하고 무덤 앞에 비석도 세웠다. 이처럼 파격적인 방식으로 결혼한 나혜석과 김우영은 상당히 이상적이라고 할 만한 결혼 생활을 한동안 영위해 간다. 1925년 11월 26일 자 《조선일보》에 「여류화가 나혜석 여사 방문기- 살림을 보살피면서 제작에 열심」이라는 제목의 기사가 게재되기도 했다. 그러나 방문기의 "아 화평한 가정! 행복한 가정! 예술의 궁전! 길이길이 빛날지어다."라는 결말과는 달리 나혜석의 생애는 정반대의 방향으로 진행되고 있었다.

나혜석의 결혼 생활이 처음부터 불행한 것은 아니었다. 나혜석은 1923년 11월 《신여성》에 「부처(夫妻) 간의 문답」을 발표했다. 이 글에서 그녀는 남편 김우영과의 대화를 공개했다. 나혜석은 "서로 사랑할 줄 알고, 서로 아껴 줄 줄 알며 약한 자를 도와줄 줄 앎으로 화평하게 살 수" 있는 이상을 남편에게 이야기했다. 하지만 나혜석이 "대체로 보면 착하고 좋은 사람"이라고 평가한 김우영과의 결혼 생활은 1930년 11월에 파국을 맞게 된다.

계약 결혼

1930년 11월 20일 김우영은 이혼 신고서를 구청에 제출했고, 두 사람의 이혼이 성립되었다. 나혜석이 김우영의 요구로 이혼 서류에 도장을 찍은 것은 1930년 9월이었다. 이혼이 진행되고 있었던 1930년 6월에 《삼천리》는 나혜석을 인터뷰했다. 그녀는 「우애 결혼, 시험 결혼」에서 시험적인 기간을 거쳐 결혼을 결정하는 것이 부부 모두에게 필요하다고 주장했다. 그리고 "결혼하는 목적"은 "한 개의 지아비, 혹은 아내를 얻는 데 있겠지요. 자녀는 부산물에 불과한 것인 줄 압니다."라는 말로 결혼의 주체가 자녀가 아닌 부부가 되어야 한다는 입장을 드러냈다. 기자가 시험 결혼의 내용이 "3, 4년 동안 살아 보다가 싫으면 갈라지고, 좋으면 해로동혈(偕老同穴)하는" 것이냐고 묻자, 나혜석은 "그렇지요."라고 단호하게 대답한다.

나혜석은 "시험 결혼의 특색"을 "이미 시험이니까, 그 결과에 대하여 어느 편이나 절대적인 의무를 지지 않지요. 쉽게 말하면 이혼한다 셈치더라도 위자료니 정조 유린이니 하는 문제가 붙지 않겠지요."라고 설명하면서, "근본적으로" 시급한 교육이 "산아 제한"이라고 주장한다. 결혼 전 김우영에게 제시했던 조건보다 훨씬 더 파격적이고도 현실적인 내용이었다. 여성에게 결혼과 출산과 양육, 이혼이 얼마나 큰 사건으로 닥쳐오는지를 직접 겪은 후 나혜석이 내린 결론이었다.

독신 여성의 정조론

"언니, 연애편지 한 장 써 주어."

방금 직업 부인으로 있는 K는 그 형 되는 S에게 청을 하러 왔다. K는 S의 가장 사랑하는 아우이어서 이따금 이런 응석을 하러 오며, K가 약혼하고 신랑 되는 Y와 지내는 로맨스를 조석으로 형에게 이야기하면 S는 귀엽게 흥미 있게 잘 들어 주는 중이었다.

"얘, 골치 아프다."

"왜 그래, 언니도 다 늙었군."

"늙기도 했다만 심사가 나서."

"왜 그래."

K는 눈이 말똥말똥해진다.

"안 그렇겠니? 신로심불로(身老心不老)[21]이니."

"그러면 언니 청춘 시절의 로맨스가 회억(回憶)된단(추억 된단),

말씀이지?"

"그도 그렇거니와 지금은 로맨스가 없는 줄 아니?"

"아이구 망측해라. 다 늙은이가."

"그러게 걱정이란다."

"그래 언니도 지금 나처럼 애인이 보고 싶어 애를 태우고 밤잠을 못 자도록 고민스러워요?"

"그것은 청년의 연애요, 중년의 연애는 다르지."

"어떻게 달라, 언니?"

K는 바짝 대든다.

"그건 이다음에 말해 줄게."

"지금 말해 응, 언니?"

"지금 네게는 필요치도 않고 쇠귀에 경 읽는 격으로 알아듣지도 못할 것이니 고만두자."

"그러면 어서 편지 한 장 써 주어."

"Y에게 말이지."

"그럼."

"언제까지."

"내일 아침까지."

"이건 최대 급행인걸."

"일전에 Y에게서 온 편지 언니 보았지. 그 편지 답장 말이야."

"그러면 길게 써야겠네."

"온 편지가 기니까 가는 편지도 길어야지."

"그런데 너도 늙지 아니해 망령이다."

"왜?"

"누가 연애편지를 대필한다데."

"그런 줄 누가 모르나."

"눈 뜨고 구덩이에 빠지는 격이로군."

"또 골치 아픈 언니 이론이 나온다."

"이론이 아니라 그렇지 않으냐. 가슴에서 지글지글 끓는 피를 그 섬섬옥수로 써 내는 것이 소위 연애편지가 아니냐."

"누가 모르나, 그런 것을."

"흥, 다 안단 말이지."

"그럼."

"내가 못하겠다면……."

"언니 그러지 말고 이번만 꼭 하나 써 주어."

K는 형에게 매달려 응석을 부린다.

"밑천이 드러났단 말이지."

"그래, 우리 언니가 잘 알지. 인제 쓸 말이 없겠지."

"그러리라. 쥐꼬랑지만 한 학식으로."

"그래, Y의 상태로 감당해 낼 수가 없어."

"얘, Y의 편지 보니 다 된 사람이더라. 제법 인정미와 인간애를 겸비한 사람이던데."

"아마 그런가 보아. 그러니 그대로 써 주어."

"써 볼까."

S는 맞은 벽을 잠깐 쳐다보며 꿈뻑꿈뻑한다.

"아이고 좋아라."

"좀 어려운 주문인걸."

"내게는 어려운 일이지만 언니는 쉬운 일이야."

"그야 내 애인에게 쓴다면 쉽지만."

"언니 애인에게 쓰던 기분으로 써."

"그러다가 미쳐나게."

"역시 언니는 열정가이어."

"늙어도 열정은 그대로 남았지."

"그러게 말이야, 예술가이니까."

"너도 제법이로구나. 그런 것을 다 알고."

"언니도 샌님은 좀 업신여긴다나."

"그렇게 노할 것이 아니야, 귀여워서 그러지."

S는 K의 등을 툭툭 두드린다.

"그러면 언니 요로시쿠다노무요.(잘 부탁해.)"

K는 날마다 가는 자기 직업소 병원으로 간다.

S는 K를 보내고 비스듬히 앉아서 빙긋이 웃는다. 그는 지금 K와 Y가 꿀과 같은 속삭임에 있는 것이 귀엽고 사랑스러우며, 그들의 일보일보 진행에 나갈 전도가 활동사진 필름같이 어른어른하

게 지나가는 까닭이었다.

그리고 그들의 앞길에 희비극이 다 있을 것을 예상하며 한 막의 연극을 구경하는 감이 생긴 까닭이다. S는 책상 서랍을 열고 편지지를 꺼내 놓고 펜을 들었다.

경애하는 Y씨!

벌써 봄인가? 아마도 봄이 왔나 봐요. 봄이 왔지요? 글쎄요. 봄이 왔습니다그려. 아아 벌써 봄이로구나.

도회의 봄, 농촌의 봄, 따뜻한 봄, 아름다운 봄, 명제(鳴啼)의 봄, 화전(花田)의 봄, 피리의 봄, 사람의 봄, 금수(禽獸)의 봄, 희(喜)의 봄, 비(悲)의 봄, 유천장제(柳川長堤)의 봄, 화홍문(華虹門)의 봄, 방화수류정(訪花隨柳亭)[22]의 봄, 완전한 봄은 찾아왔습니다그려. 이 자연의 봄과 인생의 봄을 함께 가진 우리 양인은 얼마나 행복스러운가요. 가장 단순한 듯한 자연이 우리에게 가장 염증을 아니 주는 것을 보면 자연력이란 그 내재력이 풍부한 것인가 보아요.

나는 오늘까지 천고만리불거두(天高萬里不擧頭)요, 지활천리부정족(地活千里不定足)[23]으로 어쩐지 모르게 주위가 거북하였습니다마는 오늘부터는 마음이 턱 놓이고 힘이 저절로 나고 의지가 탁 튑니다. 귀공은 이미 인정미와 인간애가 겸비하신 분이니까 다 짐작이 계실 줄 알며, 나를 영원히 사랑하고 아껴 주실 줄 믿으며, 내 성의가 다하도록 이것을 받고 품에 안고자 하나이다.

독신 여성의 정조론

귀함(貴函, 상대편의 편지를 높이 이르는 말)을 재삼(거듭) 배독(拜讀, 공손히 읽다.)하오니 느끼는 바가 많습니다. 과연 그렇습니다. 사람은 고생을 모르고는 남의 사정을 잘 알아줄 수 없나이다. 즉 맛있는 사람이 될 수 없나이다. 공은 밥도 굶어 보고 나무도 하여 보았다구요. 그러기에 금일의 귀공이 되었습니다. 불급하나마 나도 다소 고생을 하여 왔습니다. 남을 알아줄 줄은 모른다 할망정 남의 말을 알아들을 줄은 아옵니다. 이 점으로 보아 우리의 앞길은 행복을 보증할 만한 튼튼한 길인 줄 아옵나이다. 아무쪼록 잘 지도해 주십쇼······ 운운······.

구십춘광(九十春光)에 자라나는 K.

그 이튿날 아침에 K는 S에게 들렀다.

"언니 다 썼어?"

"다 썼다마는 그냥은 안 될걸."

농담 잘하는 S는 또 농담을 붙인다.

"그럼 어쩌라고."

"연애편지를 누가 그냥 써 준담. 피와 땀의 결정인데."

"또 한턱을 내란 말이지."

"여부지사가 있나."

"내 하지."

"어떻게."

"Y 월급 타거든 절밥 먹으러 가."

"그거 좋은 말이다."

"인제 조건이 다 붙었으니 편지를 주어."

"얘, 억지로 짜내느라고 죽을 뻔했다. 쓸 말이 있나, 애꿎은 봄 타령이나 했지."

"어디 봐."

K는 편지를 들고 본다.

"대체 수다도 스러워."

"일껏 써 주니까 공 없는 소리나 하고."

"아니야 아니야 언니, 능청스럽게 잘 썼어."

"그렇다면 모르거니와."

"내 마음에 있는 말을 다 썼는데, 대체 용해."

"적어도 글로 늙은 난데 그러니."

"그래 지금도 열정 있는 편지가 써지우."

"그럼."

"나도 그럴까."

"그래서 어쩌게."

"왜?"

"고생스러우니까 그렇지."

"재미있을걸 아마."

"신로심불로. 이야말로 예술적 기분을 맛보지 않는 사람이고는 맛볼 수 없는 것이야."

"그러면 그런 사람은 행복이겠지."

"마음고생이 심하지."

"언니, 중년의 연애는 어때."

"글쎄, 고만두자니까 그래."

"말해 응."

"청춘의 사랑은 모닥불과 같고 중년의 사랑은 겻불과 같이 뭉 긋이 타며 잘 잠 다 자고 하는 연애지."

"나루호도.(과연.) 그럴 것이라."

"알아듣겠니."

"그럼 못 알아들어."

"그 편지를 오늘 부칠 테냐?"

"그럼 세쯔소쿠(빨리) 부쳐야지. 아리가도우.(고마워.)"

K는 나간다.

춥지도 덥지도 않은 봄날, 화홍문, 모범장에는 벚꽃이 흐무러지 게 핀 날 오후 5시, 그들의 사퇴 후 K와 Y를 태운 택시 한 대는 S 의 집 문 앞에 대었다. K는 날쌔게 내려 들어간다.

"언니, 어서 나와."

마침 준비하고 있던 S는 나왔다. Y는 문간에서 기다리고 섰다.

세 사람을 태운 택시는 봉녕사(奉寧寺)로 달아났다. 바람에 날 려오는 향긋한 풀 냄새는 우울한 중에 있던 S의 머리를 시원하게 하여 주었다. 삽시간에 성내에서 10리 좀 못 되는 봉녕사 마루턱에 대었다. 세 사람은 층층대로 올라가 법당을 구경하고 조용한 방을 택하여 들어가서 저녁밥을 시켰다. 미구(未久)에〔곧〕밥은 다 되었다. 표주박에 기름을 치고 튀각을 부셔 넣고 고비나물 도라지나물을 넣고 두부전골 국물을 치고 비볐다.

"참 맛있다."

K는 맛있게 먹으며 말한다.

"많이 먹어라."

"맛있는데요."

Y도 말한다.

"글쎄 맛있사외다그려."

밥값을 치르고 나섰다.

날은 저물고 십오야 명월은 중천에 떠올랐다.

"우리 슬슬 걸어가면서 이야기나 합시다."

"참 기분이 좋은데요."

Y는 만족해하며 웃는다.

세 사람은 슬슬 걷는다.

검은 소나무 위에는 흰 달이 뜨고 그림자는 어른어른하였다. 땅에서는 쑥 냄새가 뿜어 오른다.

"그렇게 먼저 가지 마쇼."

"서양 사람이 말하기를 동양 사람은 동행하는 것을 보면 어느

독신 여성의 정조론

나라 사람인 것을 안다고 그래."

"어떻게요."

앞서가던 Y는 멈칫하며 묻는다.

"나란히 서서 이야기하고 가는 것을 보면 일본 사람이구, 띄엄
띄엄 서서 아무 말없이 가는 것을 보면 중국 사람이나 조선 사람
이라고 그런다나요."

"하하하 호호호."

"언니 이야기해."

"그럴까, 우리 먼 길을 먼 줄 모르게 이야기나 하고 갈까."

"찬성입니다."

"저 이탈리아 폼페이 화산 고적에 가본즉 2000년 전 풍속 중
에 조그마한 호리병이 있는데, 초상이 나면 사람을 데려다 울렸는
데 그 눈물을 호리병에 받아서 값을 주었다나."

"아이구머니나 우스워라."

K는 깔깔대고 웃는다.

"그리고 어느 곳에는 벽화 한 조각이 남았는데 그것은 뚜껑을
해 덮고 남자만 보이는 것을, 나는 그림 그리는 사람이라 하고 보
니까 남자 생식기를 저울로 다는 것이 있겠지."

"그건 달아 무얼 해."

K는 또 웃는다.

"중량을 보는 것이겠지."

Y는 무슨 의미를 포함함인지 태연히 이런 말을 한다.

"그때 폼페이 풍속이란 극도로 사치하고 음탕해서 식당엔 조류화, 무답실엔 여신화, 침실엔 춘화, 유아실엔 자유화가 그려 있고 사방 벽색을 흑색으로만 된 방, 진홍색으로만 된 방, 진록색으로만 된 방이 있겠지."

"폼페이는 너무 사치하고 음탕해서 신이 벌을 내렸다는 곳 아니에요?"

상식을 가진 Y는 말한다.

"그나 그뿐이오. 로마 전성시대는 연회석상에서 음식을 먹고 손가락을 넣어 토하고 또 먹고 또 먹고 하였다오."

"어머나."

K는 깜짝 놀란다.

"프랑스 파리 고풍 박물관에는 유명한 여자의 요대(腰帶)라는 것이 있는데, 옛날에 남편이 출전할 동안 여자가 어찌 행위가 부정한지 출전할 때 여자의 음부에 허리띠를 해 띠워 오줌 눌 만치만 하고 자물쇠로 잠그고 열쇠를 가지고 갔대."

"어머나, 저를 어째. 망측해라, 별 풍속이 다 많군."

"일일이 이야기하려면 별별 풍속이 다 많지."

"그렇겠지요. 문명과 역사가 오래니 만치 별별 풍속이 다 많겠지요."

Y는 말한다.

독신 여성의 정조론

"얘 K야."

"네."

"너 방귀 봤니."

"방귀를 어떻게 봐."

"그걸 못 봤담."

Y는 빙긋이 웃으며 말한다.

"아주 아는 체하느라고."

"그럼 몰라?"

"그럼 말해 봐."

"당신이 먼저 말해야지."

"아니, 보았다는 당신이 먼저 말해야지."

K와 Y는 몸을 슬쩍이고 등을 치고 살을 꼬집고 한참 재미있게 논다. 이 문제를 제공한 S는 곁눈으로 슬쩍슬쩍 보며 빙긋이 웃을 따름이다. 다 각각 그림자를 끌고 어슬렁어슬렁 소나무 사이로 희어졌다 검어졌다 하며, 성내를 향하여 속삭이며 걷는 세 사람은 적이 한가스럽고 재미스러웠다.

"약긴 꽤 약아."

"왜."

"못 보았다긴 싫다니까 남더러 말하라구 그러지."

"그렇게 서로 미룰 것이 아니라 짱깨뽕(가위 바위 보)을 해."

"그래 그렇게 해."

"짱깨뽕. 아이고다(무승부)세."

"그렇지, 남자가 지는 법이지."

"이건 쫄딱 망했네."

"어서 말해 어서."

K는 Y를 꼬집는다.

"야야, 입대까지 빼다가 말하기 좀 싱거운걸."

"안 하고 견디나."

"그럼 하지."

"어서 말해."

K는 Y의 어깨를 짚는다.

"이거 재수 없으라고 남의 어깨는 왜 짚어."

"어서 말해."

"당신 목욕통에 들어앉아 방귀 한 자루 뀌어 보, 어떻습디까?"

"옳지 옳지, 그래그래 보글보글 올라오지."

"하하하하 호호호호."

"어때, 그걸 몰라."

"인제 알았어."

세 사람은 허리를 잡고 데굴데굴 구른다. 잠깐 묵묵하였다가 화제는 인생관으로 들어섰다.

"결혼식은 언제 하시려오."

S는 이른답게 묻는다.

독신 여성의 정조론

"지금 이때가 제일 행복스러워요. 약혼기가 늦으면 늦을수록 인생의 맛을 더 아니까요."

"그러나 결혼이 인생의 전체가 아니니까 Y씨나 K가 우까우까 〔아무 생각 없이 밍청하게 있음.〕할 필요 없이 속히 식을 거행하여 마음을 안착하는 것이 좋겠지요."

"왜 그럴 필요가 있을까요."

"염증이 나기 쉬우니까 그렇지요. 즉 결점이 보이기 전에 결정을 짓는 것이 좋겠지요."

"결혼 후에 염증이 생기면 더 위험하지 아니해요?"

"결혼 전이나 결혼 후나 언제든지 누구든지 한 번은 염증이 나는 것이지요."

"왜 그래요."

"사랑이나 존경이나 동정이 아는 동안뿐이요, 알아지면 식어지고 결점이 보이니까요. 마치 한란계의 수은이 100도까지 올라갔다가 0도로, 심하면 영하까지 내려가듯이."

"그럴까요."

"아무렴요, 그렇지요. 사람의 정이 한이 없는 것이 아니라 한이 있는 것이야요. 그 고저가 다시 심후(深厚)로〔깊고 두텁게〕 뿌리를 박아야지."

"그럴 듯도 합니다마는 다 사람에게 달렸을 터이지요."

"사람은 통성(通性, 공통성)이란 것이 있으니까요."

"그러면 어떻게 살면 잘 살겠습니다."

Y는 자못 흥미 있게 지금까지 혼자서 꿍꿍 궁리하던 본문제로 들어선다.

"그러니 말이야요. 이렇게 생명이 짧은 소위 사랑에 속아 자기 몸을 옴치고 뛸 수 없이 만드는 자가 그 얼마나 많은가요."

"결국 인생은 평범히 되는 것이 목적이니까요."

"그야 그렇지요마는 그 평범하게 되기 전에 생명을 좀 늘릴 수가 있으니까요."

"어떻게요."

"사랑을 표어로 결혼해서 자식 낳고 벌어 먹이느라 남편의 비위 맞추기에 애써 얽매어 살다가 죽는 것 아니오. 이것이 소위 평범이지요."

"그럼 무슨 딴 방침이 있나요. 인생의 목적은 생식인데요."

"그렇지요, 결국 그런 목록을 다 각각 밟겠지만 속히 밟을 필요가 없고 사회 제도도 그만치는 자유로이 되어 있으니까요."

"무슨 말씀인지 잘 모르겠어요."

"다시 말하면 남녀 간에 춘기 발동기가 되면 부모의 사랑이나 친구의 사랑만으로는 만족치 못하고 이성을 그리워하며 애태워 사랑의 미명하에 일찍이 자기 몸을 구속하여 스물이나 서른 미만에 옴치고 뛸 수 없는 지옥에 빠지고 마는 것 아닙니까?"

"네, 그렇지요."

독신 여성의 정조론

"그러는 것보다 자기가 먼저 무엇으로 번민하고 고통하는 것을 생각하며 그것만 해결해가지고 구속된 생활을 좀 늘일 필요가 있지요."

"아마 대개는 성욕 방면으로 고민할걸요."

"그러니까 그것은 독신자를 위하여 사회 제도가 이미 실시되지 아니했어요."

"유곽 말씀이지요."

"그렇지요, 처자의 생활을 능히 보장할 수 있을 때까지 독신 생활을 하며 유곽에 출입할 것이지요."

"화류병도 무섭거니와 사람이 지절치[간절하지] 않게 되니까요."

"그것은 상당히 조심하면 될 것이오. 그러기에 한곳을 늘 다니는 것보다 다른 곳을 다니라고 어느 청년에게 말한 적이 있습니다."

"그렇기는 그래요. 성욕 한 가지로 인하여 일찍이 자기 몸을 구속할 필요가 없을 것 같아요."

"절대로 그럴 필요가 없지요. 그러기에 여자 공창만 필요한 것이 아니라 남자 공창도 필요해요."

"파리는 남자 유곽이 있다면서요."

"파리도 있거니와 대판에도 있어 노처녀, 군인 부인, 과부들이 출입을 한단 말을 실담으로 들은 일이 있는데요."

"그러면 정조 관념이 없지 아니해요."

"정조 관념을 지키기 위하여 신경쇠약에 들어 히스테리가 되는 것보다 돈을 주고 성욕을 풀고 명랑한 기분으로 살아가는 것이 아마 현대인의 사교상으로도 필요할걸요."

"차차 그렇게 될 것입니다."

"그러기에 인문이 발달해질수록 독신자가 많이 나고, 성욕 해결만 진다면 가정이 필요 없이 될 수 있는 대로 독신 시기를 늘리게 하는 것이지요."

"그러면 정신적 위안은 어디서 얻어요."

"생활 전선에 나선 그들에게는 그런 고적을 느낄 새가 없고 자기 일이 정신적 위안이 되고 마니까요."

"일에 권태가 생길 때는요."

"그만 일이야 극기할 수밖에 없겠지요."

"그렇게 독신 생활을 계속할 수 있을까요."

"그러기에 독신 생활을 장려하는 것이 아니라 독신으로 지낼 수 있을 때까지 있는 것이 좋겠단 말이지요."

"까딱하면 사람을 버릴 수가 없을까요."

"그야 그렇지만 어려운 문제지요."

"골이 아프니 고만둡시다."

"그러면 어떻게 하면 평화스러운 가정을 이룰 수가 있을까요."

Y는 장차 맞이할 신가정에 대한 이상이 크고 많다. 그러나 이미 경험이 많은 S의 의견이 듣고 싶었던 터이다.

"서양 격언에 화평한 가정을 이루려면 '남편은 아내를 꽃으로 보고 아내는 꽃 핀 것을 자각하여야 한다.'고 하였어요."

"나루호도.(과연.) 그럴 듯한데요."

"서양 사람의 스위트 홈이 결코 그 남편이나 아내의 힘으로만
된 것이 아니라 남녀 교제의 자유에 있습니다. 한 남편이나 한 아
내가 날마다 조석으로 대면하니 싫증이 나기 쉽습니다. 그러기 전
에 동부인을 해가지고 나가서 남편은 다른 집 아내, 아내는 다른
집 남편과 춤을 추든지 대화를 하든지 하면 기분이 새로워집니
다. 그러기에 어느 좌석에 가든지 자기 부부끼리 춤을 추든지 대
화를 하는 것은 실례가 되는 것입니다."

"그럴 듯도 합니다."

"그럴 것 아니에요? 밖에 나가서 새로운 기분을 수입해가지고
집에 들어와 그 기분을 이용하니 스위트 홈이 안 될 수 있어요."

"조선에도 차차 그렇게 되겠지요."

"테이크 롱 타임.(시간이 오래 걸리지요.)"

"남편은 복잡한 사회에서 쓴맛 단맛 다 보고 아내는 좁은 가
정 속에서 날마다 같은 일로만 되풀이하고 있어, 아내는 남편의
감정 순환을 이해치 못하고 남편은 아내의 감정을 이해치 못하여
어디까지 따로따로 나니 그 가정은 무미건조할 것이요, 권태가 생
길 것이겠지요."

"참 그래요."

"그러기에 연애결혼만 해도 처음은 여자에게 무엇이 있을 듯하

여 호기심을 두던 것이 미구에 그 밑이 들여다보이고 여자는 그대로 말라붙고 남자는 부절(不絶)히〔끊임없이〕 사회 훈련을 받아 성장해 나가니 그 결과는 어떻게 되겠습니다. 서로 물끄러미 말끄러미 쳐다보게 되고 권태가 생기지요."

"그러면 남자가 여자보다 조달(早達)하는〔일찍 지위에 오르는〕 모양이지요."

"그렇지요. 여자는 생식적으로 조달하고 남자는 지식적으로 조달하는 것이지요. 그러기에 지식적으로 보면 남자 스물다섯 살과 여자 서른, 마흔 살이 상대가 되는 것이에요."

"그럴까요."

"그러면 남자 서른 살에 여자 마흔 살로 상대를 하여 결혼을 한다면 이상적 가정을 이룰 것이겠구만요."

"그야 그렇다고 할 수 있겠지만 여자에겐 미의 조건이 있으니까 그렇게까지 초월하게 생각할 남자가 없겠지요."

"문예 부흥기 천재 화가 라파엘이라든지 19세기 천재 화가 르누아르 같은 사람은 중년 부인을 찬미하여 중년 부인 나체만 그리지 아니했어요."

Y는 이왕 어느 화가에게 들었던 말을 한다.

"알고 보면 남녀 간에 청년의 미보다 원숙한 중년의 미가 더 좋은 것이에요."

"그러면 조선 가정으론 어떻게 해야 평화한 가정을 이룰 것일

　　　　　　　　　　　　　　독신 여성의 정조론

까요."

"그러니 말이에요, 남녀평등이라 하지만 남녀평등으로 생각하기 때문에 불평을 갖는 수가 많으니까요. 남편은 아내보다 우월감을 가지고 부득이한 일 외에는 자기 혼자 처리하는 것이 오히려 불평이 없는 것이에요. 그 예로 신가정에 충돌이 많고 구가정에 평화가 유지하는 것을 보면 알 것이 아니에요."

"K씨, 잘 들어 두어요."

Y는 옆에서 가는 K씨의 어깨를 툭 친다.

"조막손이는 말 못하겠네."

K는 톡 쏜다.

"내 뜻을 이렇게 못 알아주지."

"모를 리가 있나, 응석이지."

S는 좋았다 싫었다 하는 Y와 K의 심리를 속으로 짐작하며 중재를 한다.

"그러면 어줍잖게 신여성을 취하는 것보다 구여성을 취하는 것이 낫지 않을까요."

"그래도 아는 것밖에 있나요. 우월한 남자 하기에 달렸지요."

"Y씨 잘 들어 두시오."

K는 Y의 어깨를 툭 친다.

"조막손이는 말 못하겠네, 이건 당장에 오금을 주네그려."

"하하하하 호호호호."

"잘들 논다. 좋은 때다."

S는 어른답게 말한다.

"재미있어 보여요?"

Y는 S를 들여다보며 말한다.

"그러면요"

"무얼 언니는, 우리 때에 어떻게 지낸 언니라고."

"너 어떻게 그렇게 잘 아니."

"그걸 모를까."

"참 S씨의 역사나 좀 들려주실 것을 그랬습니다."

"그까짓 신신치 않은 지난 일을 말하는 것보다 장차 돌아올 일이나 말하는 것이 좋지요."

"참 유익된 말씀 많이 들었습니다."

Y는 새삼스럽게 예를 차린다. S도 따라서 예를 아니 차릴 수 없었다.

"건방지게 무엇을 아는 체해서 안됐소이다마는 내 딴은 다소 간 다른 점이 있어서요."

"그런 줄 압니다."

길고 긴 신작로는 어느덧 동문(東門)에 다다랐다. 폐허가 다 된 동문은 옛 성을 지키고 있어 달 아래 흔들리는 굽은 소나무 소리 를 들으며 즐비한 초가들을 거느리고 웅장히 서 있다.

"어머나나, 벌써 동문일세."

K는 탁탁 치는 동문을 보며 깜짝 놀라 말한다.

"좀 더 멀었으면 좋겠지? K씨."

Y의 흥분된 얼굴이 달빛에 얼른 보였다.

"글쎄, 집이 가까워졌구나."

S는 쓸쓸한 자기 방이 머리에 떠올랐다.

오늘 하루도 다 갔다. 인생은 각각으로 시간 중에 숨어 간다.

지난 기억은 새로운 사실 앞에 그 자체를 숨기고 있다. 40 생애를 때의 흐르는 위에 남겨 놓았으나 과거의 S는 현재의 S로부터 연기와 같이 사라지는 것을 깨달았다.

늦은 봄 저녁 공기는 자못 선선함을 느꼈다. 동문을 들어서니 높이 보이는 연무대는 옛 활 쏘던 터를 남겨 두고 사이로 흰 하늘이 보이는 기둥만 몇 개 달빛에 비추어 보인다. 그 옆으로 자동차 길을 만들어 놓은 것은 과연 연인 동지 Y와 K의 발자취를 기다리고 있다.

그 길을 굽이 휘돌아 나서니, 나타나는 것이 달빛에 희게 벚꽃이 흐무러지게 피어 있다. 꽃 사이로 방화수류정, 화홍문이 보인다. 거기에는 사람들의 점심 찌꺼기로 남겨 논 신문지 조각이 바람에 날리고 있을 뿐 인적은 고요하다. 세 사람은 잠깐 머물러 돌아갔다.

때는 밤 11시다. 각각 처소에서 곤한 잠이 들었을 때 Y와 K의 영혼은 왔다 갔다 한다.

꽃은 지더라도 또 새로운 봄이 올 터이지. 그것이 기다리는 불가사의가 아니라고 누가 말을 할까. 그날을 기다린다. 그날을 기다린다.

《삼천리》(1935. 10.)

독신 여성의 정조론

이상적 부인*

먼저 이상이라 함은 하(何)를〔무엇을〕 운(云)함인고, 소위 이상이라. 즉 이상은 욕망의 사상이라. 이상(以上)을 감정적 이상(理想)이라 하면 차(此)〔이〕 소위 이상은 영지적(靈智的)〔신령스럽고 기묘한〕 이상이라.

연(然)하면〔그러하면〕 이상적 부인이라 할 부인은 그 누구인고. 과거 및 현재를 통하여 이상적 부인이라 할 부인은 없다고 생각하는 바요.

나는 아직 부인의 개성에 대한 충분한 연구가 없는 고(故)〔까닭〕이며 또 자신의 이상은 비상한 고위(高位)에 존(存)함이오. 혁

_____

* 나혜석이 1914년 열아홉 살에 쓴 이 글은 현재 잘 쓰지 않는 한자어가 많아 뜻을 이해하기 쉽게 〔 〕 안에 한글로 순화하였다.

신으로 이상을 삼은 카츄샤,[24] 이기(利己)로 이상을 삼은 막다,[25] 진(眞)의 연애로 이상을 삼은 노라 부인,[26] 종교적 평등주의로 이상을 삼은 스토우 부인,[27] 천재적으로 이상을 삼은 라이쵸우 여사,[28] 원만한 가정의 이상을 가진 요사노 여사,[29] 제씨와〔이분들과〕 여(如)히〔같이〕 다방면의 이상으로 활동하는 부인이 현재에도 불소(不少)하도다.〔적지 아니하도다.〕

나는 결코 차(此)〔이〕 제씨의〔분들의〕 범사(凡事)에 대하여 숭배할 수는 없으나 다만 현재 나의 경우로는 최(最)히〔최고의〕 이상에 근(近)하다 하여 부분적으로 숭배하는 바라.

하고(何故)〔무슨 까닭〕오?

피등(彼等)의 일반은 운명에 지배되어 생장 발전, 즉 충실히 자신을 발전함을 공포(恐怖)하여 항상 평이한 고정적 안일 외에 절대의 이상을 가지지 못한 약자임이라.

연하나 우리는 차(此)〔이〕 장소의 범사를 취득하여 매일이 수양된 자기의 양심으로 축출한 바 최(最)히〔최고의〕 이상에 근접한 신상상(新想像)으로 생장치 아니하면 아니 되겠도다. 습관에 의하여 도덕상 부인, 즉 자기의 세속적 본분만 완수함을 이상이라 말할 수 없도다. 일보를 경진하여 차(此)〔이〕 이상(以上)의 준비가 없으면 아니 될 줄로 생각한 바요, 단(單)히〔단순히〕 양처현모(良妻賢母)라 하여 이상을 정함도 필취(必取)할 바가 아닌가 하노라. 다만 차(此)〔이〕를 주장하는 자는 현재 교육가의 상매적(商賣的) 일 호책

(一好策)이 아닌가 하노라.

남자는 남편(夫)이요, 아비(父)라. 양부현부(良夫賢父)의 교육법은 아직도 듣지 못하였으니, 다만 여자에 한하여 부속물 된 교육주의라. 정신 수양상으로 하는 말이더라도 실로 재미없는 말이라. 또 부인의 온량유순(溫良柔順)으로만 이상이라 함도 필취(必取)할 바가 아닌가 하노니, 운(云)하면[말하자면] 여자를 노예 만들기 위하여 차(此)[이] 주의로 부덕의 장려가 필요하였도다.

연(然)한[그러한] 중 금일의 부인은 장장 시간에 남자를 위하여만 진무(盡務)케 하는 주의로 양성한 결과 온량유순에 과도하여 그 이상은 태(殆)히[거의] 이비(理非)의 식별까지 부지(不知)하는 경우에 지(至)함[이르렀음]이라. 연하면[그러하면] 여하히 하여야[어찌 하여야] 각자 적(適)한 여자가 될까?

무론, 지식, 지예(技藝)가 필요타 하겠도다. 하사(何事)에 당하든지 상식으로 좌우를 처리할 실력이 있지 아니하면 아니 되겠도다. 일정한 목적으로 유의의(有意義)하게 자기 개성을 발휘코자 하는 자각을 가진 부인으로서 현대를 이해한 사상, 지식상 및 품성에 대하여, 그 시대의 선각자가 되어 실력과 권력으로, 사교 우(又)는[또는] 신비상 내적 광명의 이상적 부인이 되지 아니하면 불가한 줄로 생각하는 바라.

연(然)하면[그러하면] 현재의 우리는 점차로 지능을 확충하며, 자기의 노력으로 책임을 진(盡)하여[다하여] 본분을 완수하며, 경

(更)히 사(事)[일]에 당하여 물(物)에 촉하여 연구하고 수양하며, 양심의 발전으로 이상에 근접케 하면 그일 그일(其日 其日)은 결코 공연히 소과(消過)함이 아니요, 연후에는 내일에 종신(終身)을 한다 하여도 금일 현시까지는 이상의 일생이 될까 하노라.

그러므로 나는 현재에 자기 일신상의 극렬한 욕망으로 영자(影子)[그림자]도 보이지 아니하는 어떠한 길을 향하여 무한한 고통과 싸우며 지시한 예술에 노력코저 하노라.

1914년 11월 5일

《학지광》(1914. 12.)

부처(夫妻) 간의 문답

처: 그것은 본래 남편이 아내를 진정 사랑하지 못하는 까닭이요, 또 여자의 인격을 존경치 못함이요, 무시한 까닭이겠지요. 그러니까 그것은 그 남자의 무지한 것뿐이요, 이해 여부 문제가 아닐 것이겠지요.

부: 그러면 남편의 이해란 절대 불필요하단 말이오?

처: 그게 될 말이오? 부부가 피차에 이해를 하여야 할 것이지. 꼭 그래야 한 가정의 의미 있는 생활이 될 것이지.

부: 그러니까 말이오. 만일 이해하지 못한다면 어떻게 하겠느냐 말이에요.

처: 글쎄 말이에요. 자유나 평등이나 이해의 의미를 충분히 깨달은 남자라든지 여자일 것 같으면 처음부터 그렇게 이해치 못할 사람과 부부가 되지 않을 것이요, 또 상당히 대우받을 만한 공부

와 인격으로 능히 상대자를 감복시킬 만치 신용을 얻었을 것일 터이오. 그리하여 언제든지 제가 하고 싶은 때는 자기가 가진 권리대로 부릴 것 아니오.

부: 만일 그렇게 될 듯하던 부부가 중도에 불이해케 된다면?

처: 그것은 제도를 뜯어고치든지 마음을 뜯어고치든지 하는 수밖에 다른 길이 없을 터이지요.

부: 말대로 하면 다 쉽지마는…….

처: 암, 말대로만 하면 어려운 것은 없을 터이니까 누구든지 여자가 입지(立志)를 세워 놓고 그거에 대하여 항상 충실한 태도로 있을 것 같으면 일부러 심청(심술) 부리는 남자 아니고야 감복 아니 할 것이요, 이해 못 할 것이 있겠소? 다 여자 자신에게 달린 것이지요.

부: 아따, 참 장하시군.

처: 그럼, 장하고말고. 미구에 여자들이 다 나와 같이 자각해 보구려. 그까짓 하나만 알고 둘도 생각지 못하는 남자들 무슨 일이 있답디까?

부: 왜, 남자는 그대로 있나, 남자는 또 그대로 자꾸 진보해 갈 것인데.

처: 다른 나라 남자들은 그러할지 모르거니와 굴레를 벗지 못하는 조선 남자들에게 진보가 있으면 몇 푼어치가 있겠소? 그중에도 되지 못한 것일수록 제 앞 하나 꾸리지 못하는 것이 언필칭

[말을 할 때마다 이르기를] 여자가 어떠니 어떠니 하는 것을 보면 참 아니꼬와. 3년 전에 먹은 오례송편[30)]이 다 나올 듯하지. 실상 학식 있고 인격 있는 남자들이야 다 자기 앞을 꾸려 가려기에 어느 여가에 여자 타령할 여유가 있답디까?

부: ……

처: 여보시오, 왜 대답 아니 하시오? 내 말이 옳지요?

부: 옳소, 옳아, 꼭 그렇지.

처: 남은 진정으로 말을 하는데, 말이 말 같지가 않소? 왜 농담의 대답이오.

부: 농담은 왜? 꼭 그렇다니까. 그대의 말과 같이 남자가 여자를, 여자가 남자를 할 것 무엇 있나. 다 각각 자기 앞 꾸려 가기에도 힘이 들고 시간이 없는데. 다 각기 제 앞만 넉넉히 꾸려 갈 수 있도록 하면 필경은 완성된 남자와 완성된 여자가 쏟아질 것을. 그 일없는 놈들이 부인 문제를 연구하느니 어쩌니 하고 돌아다니는 것을 보면 얼굴이 뻔히 쳐다보이고 어이가 없어 보이더라.

처: 그는 요사이 구주전쟁[歐洲戰爭, 1차 세계대전] 후에 3대 문제, 즉 부인 문제, 노동 문제, 유아 문제가 유행하니까 가만히 있을 수가 없어서 그러하는 것이겠지요.

부: 그러면 하필 제 한 몸도 넉넉한 인격을 가지지 못한 놈일수록 그 문제에 착수하느라고 뒤떠들 것 무엇 있나. 다 일이 없고 속여 먹을거리가 없어서 그러는 것이지. 자, 그까짓 머리 아픈 이야

기는 고만두고 아까 이야기 끝이나 계속하시오.

처: 참, 이야기가 빗나갔어. 그래, 그렇게 남편이 관후하니까 그 아내인 내가 자유로이 다닌다고들 말들 하더라고 하였지.

부: 그랬어.

처: 그것 보시오. 당신은 얼마나 팔자가 좋으시오? 집에서 편안히 지내면서 고생하고 다니는 나로 인하여 지위가 점점 높아지니 이와 같이 내가 수차만 더 출장을 가면 당신은 힘 안 들이고 정일 품위까지 쑥 올라설 것이요, 그 대신 내 가슴에는 훈일등(勳一等)까지의 훈장이 주렁주렁 매달릴 것이니, 그러면 내 공이 얼마나 크겠고 당신 지위가 얼마나 높겠소?

부: 그러니 어쩌란 말이오?

처: 그러니 지위가 높아지고 싶거든 나를 춘추로 1년에 두 번씩 풍속 다르고 경치 다른 곳으로 여행을 시키란 말이오.

부: 누가 시켜? 자기 말과 같이 자유요, 자기 힘이지.

처: 그래도 당신의 힘이 많이 들어야지.

부: 이건 무슨 모순된 말이오?

처: 아니, 당신의 명예를 높여드리니 만치 보수를 받아야겠다는 말이에요.

부: 요런 깍쟁이 같으니라구.

처: 참 점잖지도 못하오!

부: 그래, 점잖지 못한 놈이 지위도 쓸데없을 터이니 인제 고만

부처 간의 문답

돌아다니고 젊었을 때는 가정에서 아이나 좀 충실히 길러 보고 나는 돈 벌어 놓고 하여가지고 늙거든 나하고 실컷 세계 일주를 하옵시다.

처: 그건 무슨 맛으로 늙어서 구경을 다녀? 구경도 기운이라오. 젊으나 젊었을 때, 희로애락의 감정이 칼날 같을 때, 보고 듣는 것마다 시요, 음악이요, 미술이요 할 때, 물 끓듯 하는 가지각색 감상이 사상이 되고 예언이 되고 철언(哲言, 훌륭한 말)으로 될 때, 오직 그러한 때, 꿋꿋한 다리로 몇 십 리씩 돌아다니며 허리 손을 들나매 가면서 가로 뛰고 세로 뛰며 형형색색 구경할 때를 버리고, 진액이 빠져서 허리가 아프고 재미가 없고 하품이 나며 다리가 떼어놓을 수 없을 늙으나 늙어서야 내 꼴 남 구경 시키려고 다니겠소? 늙거든 뒷방 구석에서 젊었을 때 보아 두었던 것을 되풀이함으로나 낙을 삼는 것이 남에게 신세도 끼치지 아니하고 좋은 것이지.

부: 공상은 옛날이나 지금이나 일반이로군.

처: 늙어서 죽을 때까지 그 공상으로 낙을 삼으려 하는데 벌써 없으면 어떻게 하게?

부: 그래 하얼빈이 어떠합디까.

처: 어느 방면으로 말이오?

부: 일반 기분이 말이오.

처: 말만 해도 시베리아라니 크고 넓은 기분일 것은 묻지 않아

도 알 것이지.

부: 그러면 일반 풍도는 어떠해?

처: 자유롭고, 늘어지고, 활발하답니다.

부: 남녀 관계는?

처: 얼마 있지 않은 동안에 어찌 알겠소마는 몇 번 활동사진에서 보니까 한번 마음에만 들면 비록 유부녀 유처자라도 목숨을 바쳐 가며 끈기 있게 사랑을 할 줄 알며, 한 번 틀리는 일이 있으면 언제 알았더냐시피 씩 돌아서면 고만이고 대담스러운 단념심이 구비하였습디다. 묘년(妙年, 스무살 안팎의) 여자를 유혹해 내는 수단도 용하거니와 미남자의 꾀에 빠지지 아니하는 피신 수단도 또한 용합디다. 그만치 정도가 되어야 비로소 남녀 교제라도 재미있을 것이요, 의미가 있고 자유가 있고 평등이 있을 것입디다.

부: 그러면 그네들 가정은 어때?

처: 네! 참! 내가 제일 먼저 이야기하고 싶었던 것이 그네들 가정이에요. 그 가정 제도는 극히 단단하고 극히 정결하고 극히 질서가 있습디다. 그네들 사는 것이야말로 실로 살기 위하여 사는 것이요. 우리들과 같이 죽지 못하여 살아가는 것과는 천지 상반이겠지요. 제일 구미 사람들의 정신 진보한 것이 무엇이냐 하면 즉 평화의 원칙을 아는 것입디다. 원래 타인과 타인 사이에 평화스럽게 살려면 강자가 약자를 보호하여야 될 것이외다. 그런데 그네들은 이 진리를 압디다. 알 뿐 아니라 실행합디다. 무엇이든지

어렵고 괴로운 것은 남편이나 아들이 할 줄 알고 힘에 맞을 만치 하는 것은 오직 어머니나 딸입니다. 꼭 우리나라 가정 제도와 정반대외다. 내가 거기 있을 때 실제로 본 것은 아침에 일찍이 일어나 보려면 옆집에서 웬 점잖은 나이 한 마흔쯤 됨직한 러시아 남자가 자리옷 입은 채로 큰 물통을 두 손에 하나씩 들고 물을 긷는데 매일 꼭 그렇게 가족 중에 제일 먼저 일어나서 합디다. 그런 후 조반을 먹고 나서서 보려니까 아까 그 집에서 문이 열리더니 프록코트에 높은 모자를 쓴 썩 훌륭한 신사가 나오는데 보니까 아까 물 긷던 그 남자가 아니겠소. 나는 그 사람이 보이지 않도록 서서 보다가 과연 그네들의 생활이 평화스럽지 않을래야 않을 수 없다 탄복을 한 끝에 우리나라 가정을 생각하니 도시 저희 남자들이 일부러 사가지고 불평, 불만, 불화가 생기는 것을 또한 원통히 생각 아니치 못하였어요. 내가 그 신사 이야기를 거기 사람 누구에게 말을 한즉, 그 사람은 말하는 나를 도리어 의심스럽게 보며, '그게 무엇이 그다지 이상스럽단 말이오? 러시아 사람의 가정이란 부인은 마치 군주와 같아서 모든 것을 분부만 할 따름이요, 딸들은 피아노나 치고 춤들이나 추고 다니는 것이 세월이며, 모든 어려운 것은 남편이나 아들들이 할 따름인데요.' 합디다. 내가 대강 본국 가정 소개를 한즉 깜짝 놀라며, '약한 여자를 그렇게 알뜰히 부려먹으면 거기에 평화가 어디 있겠소?' 하고 깔깔 웃읍디다. 가정이 그렇게 남녀가 화평하고, 사랑할 줄 알고, 아껴 줄 줄

알며, 밉살스러울 만치 침착하고 심오하며 질서 있고 정결하고서
야 왜 톨스토이 같은, 투르게네프 같은, 도스토예프스키 같은 세
계적 문호가 아니 나고 무엇하겠소.

어느 때 누구와 어디로 가면서 그가 내게 감상을 묻기에, '나
는 러시아 사람의 가정 제도를 보고 평생에 처음 비로소 가정이
란 위대한 영향을 끼치는 것인 줄 알았소. 개인 개인이 그만치 남
을 진심으로 사랑할 줄 알며, 가정 가정이 그만치 평화의 바람이
불고야 세계적 문호, 세계적 사상이 산출 아니 할 수 있겠소.' 하
였소. 실로 나는 가정의 깊은 뜻이 알아진 것 같아요. 여보, 우리
나라 사람 중에도 유럽 바람을 쏘인 사람은 다 나와 같은 감상을
가졌겠지? 참, 그네들의 스위트 홈이라는 꿀과 같이 달다는 그 말
대로 살아가는 것을 보고 엉덩춤이 저절로 나올 만치 자기들도
그렇게 할 듯싶었을 터이요, 침이 그득그득 괴이도록 부러웠을 터
이지. 그런데 그네들은 왜 한 사람도 실행을 못 하여 왔을까, 참
이상스러운 일이지. 그도 그렇게 될 것이 그들이 상대자인 남자나
혹 여자는 그와 정반대의 세계서 자라나고, 보고, 듣고, 하였을 터
이니, 뜻과 생각이 어찌 맞겠소? 알고 있는 한편에서만 아무리 조
바심을 치고 있더라도 한편에서는 태연 무심히 있을 터이니 며
칠 부적부적 키우다가는 할 수 없이 턱 나가자빠지면 또 역시 그
냥 그대로의 생활이 되고 마는 것이지. 그러니 밤낮 해야 그 타령
이 그 타령이지. 마음대로 할 수만 있으면 갑이라는 이상을 품은

남자와 을이라는 이상을 품은 여자가 부부가 되었으면 그 가정이 원만하렸다마는, 그도 역시 정도가 맞지 못하는 수가 많고 개개 하나씩 부족한 남자나 여자가 섞여 부부가 되니 이는 과도기 조선에서는 면치 못할 사실이지만 하여간 생활에 조화를 찾아야 비로소 색채도 있을 것이요. 거기에 기운도 보일 것 아니겠소? 내 생각 같아서는 매년 몇 십 명씩 관광단을 모집하여 일본의 후지 산이나 닛코나 마쓰시마 같은 데 구경시키는 것보다 가깝고도 서양 풍속을 볼 수 있는 상해나 하얼빈 같은 데 가정 시찰이나 시켜 근본적 생활 개선책을 실행하는 것이 얼마나 큰 사업일는지 모르겠어요. 더구나 가정을 능히 좌우할 수 있는 권리와 책임을 가진 지식 계급의 주부들로 하여금 한 번씩 시찰을 시키는 것이 눈살 찌푸리게 되는 남편들의 얼굴에 얼마나 한 화색을 끼칠는지 모르겠더구면. 사는 의미도 모르는 자들이 공부는 해 무엇하고 명소는 보아 대체 무엇에 쓸 것인고.

부: 서양 풍속이라고 다 좋게 보아서는 아니 될걸.

처: 네, 그는 꼭 그래요. 동양 풍속보다 더 못된 풍속이 많지요. 그러기에 내 말은 누구든지 동양서 사람이 되어가지고 서양을 갈 것이라고 생각해요. 사람 되기 전에 가면 그곳 풍속에 화하여 버리는 인형, 즉 수출물이 되고 말아 버리지마는 사람이 된 후에 가면 그곳을 이해할 수 있는 창작가, 즉 수입물이 되는 것이 아니오니까. 그러니까 공연히 서양 서양들 하지마는 서양 아니 간 사람

으로도 서양 가서 대학 졸업까지 한 사람보다 오히려 더 나은 사람이 있을 터이니까 누구든지 먼저 사람 되는 수밖에 없을 것이지요.

부: 자, 인제 고만 잡시다. 벌써 10분만 있으면 새로 1시로구려.

처: 참, 잘 씨부렸다. 그러나 이는 내 여행담의 6분의 1밖에 되지 못해요. 참, 벼라별 것 다 볼 때마다 벼라별나게 이치를 붙여 보았지요. 나는 평생 소원이 탐험객 노릇하였으면 무슨 큰 성공이 있을 듯싶어요.

부: 다 하겠다지!

처: 아니, 다 할 가능성도 있겠지마는 특별히 탐험객이 되고 싶어.

부: 되지!

처: 원수의 계집으로 난 까닭으로…….

부: 여자는 못할 것 무엇 있나?

처: 못하지는 아니하지만 소극적에 지나지 못해.

부: 왜.

처: 사회적 비난이라든지, 풍속 습관의 위반은 물론 괘념할 바 아니라 치더라도 신체가 허약한 것이 제일 큰 원인이요, 또 생리상 불편한 점도 있으니까.

부: 힘 자라는 대로 하지.

처: 차라리 아니 할지언정 하면 내가 하고 싶은 것을 다 할 수

부처 간의 문답

있어야지.

부: 어째서 그런 자신이 생겼소?

처: 생긴 것이 아니라 본래 있어요. 어렸을 때부터 지금까지의
경로를 생각해 보면 꽤 위태한 모험이 많았어요. 한 예를 들면 어
느 길이든지 갔던 길을 도로 와 본 일이 없었지요. 그리고 호랑이
가 있으려니 하면서 밤중에 컴컴한 골목으로도 다녀 본 일도 있고,
심지어 어디서 별안간 도둑놈 좀 만나 보았으면 한 때도 있어요.

부: 남자로 났더면 큰일 날 뻔했군.

처: 그러기에 연전에 《동아일보》에 '남자가 되었더면', '여자가
되었더면' 하는 제목 아래에 몇 사람의 말이 났는데 이구동언으
로 남자의 말은 '남편의 비위를 잘 맞추는 여자가 되었겠다.' 여자
의 말은 '아내를 사랑하여 주는 남자가 되었겠다.' 하였지만 내가
만일 쓸 것 같으면 그렇게 누구든지 할 수 있는 것이 아니라 남자
가 아니면 좀 불편하겠다는, 즉 탐험객, 모험객 노릇을 하겠다고
쓰고 싶었어요. 그러나 나도 말년에 꼭 하나 해 보려고 하는 것이
있어요.

부: 무엇이요?

처: 그것은 이후 차차 이야기하지요.

부: 이야기 끝에 다 하구려.

처: 미리 하면 다 식어 버리니까 할 때 말하지요. 하여간 내가
자라날 때에 꽤 적막을 즐겨 늘 혼자 있으며 공부도 다니고, 혼자

산보도 다닌 것이라든지, 또 말년에 그와 같은 생활을 할 터인데 어찌하여 현재 이와 같은 번잡한 생활을 하는지 생각하면 우습고도 이상스러워요. 그것은 그러하거니와 아까 내가 가정에 대한 감상을 말하지 않았어요?

부: 그래.

처: 어떻게 생각하시오?

부: 무엇을?

처: 우리도 그렇게 남들과 같이 사는 것답게 살아 보고 싶지 않소?

부: 어떻게?

처: 서로 사랑할 줄 알고, 서로 아껴 줄 줄 알며, 약한 자를 도와줄 줄 앎으로 화평하게 살 수 있게!

부: 왜 우리는 그만치 못 사나? 재상들의 생활보다, 만석꾼의 생활보다 우리 생활이 더 낫다나. 제일 가정이 간단하고 정결하고 돈 쓰고 싶은 때 쓸 수 있는 것만 해도 조선 신가정 중에도 몇 개나 있겠소?

처: 다 내 힘이지.

부: 뉘 힘이든지.

처: 그러나 말만 그러지 말고 내일부터 실행을 합시다.

부: 어떻게?

처: 우선 내일 아침부터 당신 주무신 자리는 당신이 개시오. 그

리고 세숫물도 당신이 손수 떠다가 하시오. 그렇게 모두 자치생활을 시작합시다.

부: 그대는 두어서 무엇하고?

처: 저것 보아. 저따위 소리가 나오니 내 입에서도 좋은 말이 나올 수가 있나? 평화하는 것은 맛도 못 보아 보겠소.

부: 그렇게 걸핏하면 노하지 말고 좋을 도리대로 합시다. 그래 그게 무엇이 그리 어렵겠소?

처: 어렵지도 않은 것을, 못할 것도 아닌 것을 아니 하려 드니까 말이지.

부: 한다니까 왜 그래?

처: 만일 아니 하면.

부: 벌 주소.

처: 어떻게?

부: 종아리를 때리소.

처: 그것은 잠깐 아프고 고만둘 것인데.

부: 그럼 무슨 벌이 좋을까?

처: 오늘 낮에 주던 벌과 같은 것이 좋지.

부: 그건 너무 과도한걸. 아따 아무렇게나 하시구려.

처: 그러기에 그 과한 벌을 받지 않도록 하는 것이 제일 상책이지요.

부: 그렇고말고.

처: 그러니까 무엇이든지 다 각각 자기 앞이 남에게 꿀리지 않을 만치 늘 준비하고 살잔 말이지. 그렇게 살수록 서로 떨어질 수 없게 되는 것이오. 아내가 남편에게 늘 끌려 살고, 남편이 늘 아내를 업수이 보기 때문에 거기에 자칫하면 싸움이 일어나고 그것이 심하면 세속에 소위 이혼까지 되는 것이지. 하여간 누구든지 적극적 행동을 취하는 곳에 자유와 평등과 평화가 유지되는 줄 아니까요.

부: 그래, 그대는 그러한 태도로 살아가오?

처: 그러믄이오. 항상 그러한 마음 준비가 있지요. 남편이 만일 내게 대하여 큰 불평이 있다면 어느 정도까지 없도록 힘써 보지마는 까닭 없이 있는 때는 나는 결단코 그것을 가지고 싸움을 하려고 아니 들어요. 그 사실은 벌써 나라는 여자에게 그만치 사랑의 힘이 없어졌으므로, 내가 그만치 싫증이 난 태도이니까, 이는 자기도 모를 마음일 터이니, 내가 어찌하겠소? 내 몸을 피해 주는 것이 그 사람이나 내게 대하여 제일 상책이지. 그렇다고 결코 늘 불안심으로 살고 싶지는 아니해요. 그것은 만일 그러한 경우에 이르면 그렇게 하리라는 예비심에 지나지 못하는 것이오. 사랑을 주고받고 할 때에 누가 장차 닥쳐올 불행의 경우까지 생각하는 사람이 있겠소? 그러한 사람이 있다 하면 그러한 예비심이 없느니만 같지 못한 것이지.

부: 응. 그럴듯하군.

처: 그럴듯이 아니라 꼭 그런 것이지. 그러기 때문에 조금 안다는 신식 여자일수록 여간한 근면과 노력을 가지지 않고는 사람 노릇 해 보기 어려울 것이여.

부: 그럴 터이지.

처: 아마 여자뿐 아니라 남자도 일반일 것이지요. 다만 남자는 범위가 좀 넓을 뿐이겠지.

부: 자, 고만두고 잡시다.

처: 나도 찬성이오.

부: 불 끕시다.

처: 끄시오.

부: 그대가 끄오.

처: 먼저 자자고 한 사람이 꺼야지.

부: 그런 것은 여자가 하는 법이야.

처: 그것도 아니 되었네.

부: 그러면 공평하게 짱, 깨, 뽕(가위 바위 보)을 해서 지는 사람이 끄기로 합시다.

처: 그럽시다.

부: 짱, 깨, 뽕…….

처: 그것 보오. 저가지고 끄면 무엇이 나은가.

부: 기어이 내가 끄게 되는군.

(고등(孤燈)을 탁 튼다. 껌벅하고 죽어 버리자 방 안은 깜깜하여졌다. 두 영혼은 평화의 꿈속에 들어 곱고도 부드러운 소리가 오고 가고! 가고 오고!)

7월 11일

《신여성》(1923. 11.)

우애 결혼, 시험 결혼

· 일시: 1930년 4월 2일 오후 3시
· 장소: 경성 인사동에서 회견

기자: 우리들이 결혼하는 목적이, 사나이면 자기의 아내를, 또 여자면 자기의 지아비를 얻는 데 있습니까, 혹은 자기의 혈통을 계승하여 줄 아들딸을 얻는 데 있습니까?

나혜석: 그야 한 개의 지아비, 혹은 아내를 얻는 데 있겠지요. 자녀는 부산물에 불과한 것인 줄 압니다.

기자: 그러면 '성욕'과 '생식'은 전연히 딴 물건이 되어야 하겠습니다그려.

나혜석: 전연 딴 것이라고 할 수는 없으나 그렇게 혼동할 수도 없는 물건이겠지요.

기자: 그러면 결혼의 주된 목적이 이미 저 아내를 얻는 데 있다면, 만일 그 결혼이 잘못되었던 것이 판명되는 날이면 물론 이혼하여야 할 것이 아니겠습니까?

나혜석: 그래야 하겠지요. 그러나 이혼이란 그렇게 쉽사리 되는 것이 아닌즉, 그 결혼이 과연 행복될 것이냐 어쩌느냐를 알기 위하여 최근 유럽에서는 시험 결혼이란 것이 제창되고 있는 줄 압니다.

기자: 3, 4년 동안 살아 보다가 싫으면 갈라지고, 좋으면 해로동혈(偕老同穴)[31] 하는?

나혜석: 그렇지요.

기자: 조선에 그러한 결혼 방식이 적합할까요?

나혜석: 일부 첨단을 걸어가는 새 부부들은 벌써 그를 실행하고 있지 않아요? 그렇게 보이더구만요.

기자: 시험 결혼의 특색은 무엇입니까?

나혜석: 이미 시험이니까, 그 결과에 대하여 어느 편이나 절대적인 의무를 지지 않지요. 쉽게 말하면 이혼한다 셈치더라도 위자료니 정조 유린이니 하는 문제가 붙지 않겠지요. 합의를 전제로 한 결혼은 이혼할 권리를 처음부터 보류하여 좋은 것이니까요.

기자: 그러한 새 도덕을 현대의 많은 여학생들에게 가르쳤으면 좋겠습니다. 성교육이라 하면 교육자들은 생리적 방면만 가르칠 줄 알았지, 사상상 도덕상의 새로운 길을 가르칠 줄 모르는 모양이니까 이것이 현대의 큰 통폐인 줄 압니다.

나혜석: 동감입니다. 양성 문제에 있어서 생리상 방면을 과학적으로 가르치는 것도 좋겠으나 오히려 그보다도 더 근본적으로 가령 산아제한이 어떻다든지, 시험 결혼이란 어떤 것이라든지, 하는

도덕상 사상상의 계몽을 시키는 것이 더욱 필요한 일로, 교육자의 주력은 그곳에 몰려와야 옳을 줄 압니다.

기자: 그러니 산아제한 같은 방법을 필요로 하는 그 시험 결혼은 번번한 이혼을 막는 길도 되고 남녀 성의 이합을 훨씬 자유스럽게 하는 효과가 있을 것이겠습니다.

나혜석: 그렇다 할 것이겠지요.

《삼천리》(1930. 6.)

2 이혼한 남자, 이혼한 여자

기자 조선에서는 몇 살만 넘으면 벌써 늙은 총각, 늙은 처녀라 하는가요?

나혜석 여자는 스물셋, 스물넷이 결혼 적령기이니까 그때를 넘으면 누구나 노처녀 축에 들게 되지요.

기자 여성적으로 가장 성적 충동을 느끼는 때는?

나혜석 역시 아까 말한 스물세네 살 때, 시집가고 싶을 때, 이성이 한껏 그리워지는 때일걸요.

기자 남자는 어떤가요?

김억 서른까지가 결혼 적령기이겠지요. 그때를 넘으면 늙은 총각 중에서도 상늙은 총각이 될걸요.

김기진 지금 처지로는 사내로 서른 넘도록 있는 사람이 많아요. 여자도 스물네다섯 살을 넘기는 이가 많은걸요.

기자 결혼난 완화책으로 이혼한 남성을 환영하도록 하는 풍조를 높일 수 있다면 미혼 여성을 많이 해소시킬 수 있을 줄 알아요. 남자 편에서도 일단 시집갔다가 돌아온 여자라도 색시와 같은 태도로 맞아 준다면 훨씬 결혼난이 해소되지 않겠어요.

김억 결국 그것은 기분 문제인데 암만 하여도 어느 구석엔가 께름칙한 점이 있을걸요.

김기진 어느 생물학자의 말을 들건대 일단 딴 남성을 접한 여자에게는 그 신체 혈관의 어느 군데엔가 그 남성의 피가 섞여 있지 않을 수 없대요. 그러기에 혈통의 순수를 보존하자면 역시 초혼이 좋은 모양이라 하더군요.

김억 제 자식 속에 딴 녀석의 피가 섞였거니 하면 상당히 불쾌한 일일걸요. 여자 측은 어떻게 생각하는지 몰라도.

(223쪽에 이어집니다.)

3부

사랑과 이혼

"조선 남성 심사는 이상하외다.
자기는 정조 관념이 없으면서 처에게나
일반 여성에게 정조를 요구하고
또 남의 정조를 빼앗으려고 합니다."

"정조는 도덕도 법률도 아무것도 아니요, 오직 취미다"

사람은 어떻게 살아야 좋을까

한때 행복한 부부였던 나혜석과 김우영이 왜 헤어지게 되었는지 하루하루 소문만 무성해 갔다. 이 의문을 풀어 준 사람은 다름 아닌 나혜석이다. 그녀는 다른 사람이 자기 이야기를 대신 하기를 원하지 않았다. 나혜석은 1934년 《삼천리》 8월호와 9월호에 「이혼 고백장」을 발표하며 자신의 이혼 과정을 두려움 없이 공개했다.

하지만 나혜석의 「이혼 고백장」은 단순히 이혼 사건의 진실만 밝힌 글이 아니다. 나혜석은 이 글에서 자신의 인생관과 예술관이 어떻게 형성되었는지를 네 가지 질문으로 분류해서 답하고 있다. "첫째, 사람은 어떻게 살아야 좋을까. 둘째, 부부간에 어떻게 하면 화합하게 살 수 있을까. 셋째, 구미 여자의 지위는 어떠한가. 넷째, 그림의 요점은 무엇인가." 이 질문들의 내용 자체가 나혜석이 가지고 있는 정체성을 잘 보여 준다. 나혜석은 근대 여성 지식인이었다. 나답게 살아가는 방법이 무엇인지, 예술가로서 무엇을 추구하고 연마해야 하는지, 조선의 여성들이 개척해야 할 삶은 무엇인지, 결혼 생활을 어떻게 이끌어 갈 것인지, 나혜석의 고민은 깊었다. 하지만 「이혼 고백장」 전반에 드러나듯이 나혜석은 이혼을 막고 결혼 생활을 유지하고 싶었다. 이 글의 부제 '청구(靑邱) 씨에게'가 말해 주듯, 나혜석은 전남편 김우영에게 사건의 전말과 본인의 진심을 여전히 전하고 싶어 했다.

이혼 고백

나혜석은 서두에서 "미증유의 불상사, 세상의 모든 신용을 잃고 모든 공분(公憤) 비난을 받으며, 부모 친척의 버림을 받고 옛 좋은 친구를 잃은 나는 물론 불행하려니와 이것을 단행한 씨에게도 비탄, 절망이 불소할 것입니다."라는 말로 자신의 상황을 이야기한다. 이 글이 발표된 1934년에 나혜석은 세상의 비난은 물론이고 가까운 이들에게조차 외면받고 있었다. 게다가 화가로서 나혜석의 사회적 존재감은 점점 사라지고 있었다. 그녀는 이러한 상황이 지속될 때 자신의 존립조차 위태롭다고 판단했을 것이다. 자신에게 쏟아지는 추문과 억측으로부터 벗어나고 싶은 생각도 들었을 것이다. 이혼의 원인이 자신에게 있었을망정 이혼을 강행한 사람은 전남편이었다는 사실과 함께, 그 과정에서 자신이 겪었던 부조리를 고발하고 싶은 마음도 집필의 원인이 되었을 것이다. 이제 내 삶을 제대로 이야기해 줄 사람이 아무도 없다는 절박감이 나혜석에게 결단을 내리게 했다.

나혜석은 약혼 시절부터 결혼 생활을 차분하게 회고한다. 이혼 사건의 발단이 된 최린과의 관계도 직접 고백한다. 그러나 이 글의 진의와 상관없이 사람들은 논란이 될 만한 또 다른 발언들에만 관심을 가졌다. "다른 남자나 여자와 좋아 지내면 반면으로 자기 남편이나 아내와 더 잘 지낼 수 있지요."와 같은 발언에 집중해서 나혜석을 문란한 여자라고 규정지었다. 하지만 이혼 절차를 밟고 있던 중 일어난 김우영의 외도와 시댁의 횡포, 양육권 및 재산 분할의 불합리성에 대해서는 침묵했다. 김우영의 말처럼 "죄 있는 계집이 무슨 뻔뻔으로" 이야기하느냐는 비난이 쏟아졌다. 나혜석은 그 부조리와 억압을 직접 비판했다. 나혜석의 비판은 날카로웠다.

"조선 남성 심사는 이상하외다. 자기는 정조 관념이 없으면서 처에게나 일반 여성에게 정조를 요구하고 또 남의 정조를 빼앗으려고 합니다. 서양이나 동경 사람쯤 하더라도 내가 정조 관념이 없으면 남의 정조 관념이 없는 것을 이해하고 존경합니다. 남의 정조를 유인하는 이상 그 정조를 고수하도록 해오해 주는 것도 보통 인정이 아닌가. 종종 방종한 여성이 있다면 자기가 직접 쾌락을 맛보면서 간접으로 말살시키고 저작시키는 일이 불소하외다. 이 어이한 미개명의 부도덕이냐."

하지만 나혜석이 자기를 변호하거나 잘못을 전가하기 위해 「이혼 고백장」을 발표한 것은 결코 아니었다. 그녀는 걷잡을 수 없이 왜곡되어 가는 진실을 바로잡고 싶었다. 자신의 삶을 함부로 말하는 사람들과 맞설 방법은 스스로 자기 삶을 글로 써서 발표하는 일이라고 생각했다. 자기 생애가 복원되기까지 오랜 시간이 걸릴 거라는 예측 또한 나혜석은 분명 했으리라. 하지만 나혜석은 자기 생애를 스스로 글로 남기지 않는다면 자신의 삶 속에 '자기'가 없는 채로 영영 왜곡되거나 사라지게 될 것임을 더욱 크게 받아들였을 것이다.

나혜석은 「이혼 고백장」의 마무리를 김우영에게 보내는 인사로 대신한다. "이혼은 내 본의가 아니요. 씨의 강청이었나이다. (중략) 바라는 바는 여든 노모의 여생을 편하게 하고, 네 아이의 양육을 충분히 주의해 주시고 나머지는 씨의 건강을 바라나이다."

이혼 이후의 독신 생활

나혜석의 언설은 정직했으나 어쩌면 그 이유로 나혜석은 매번 난처해졌다. 여성이 진실을 밝히는 글을 내놓으면 세상은 언제나 불편해했다. 1935년 6월 《삼천리》에 「신생활에 들면서」가 발표되자 나혜석은 다시 한번 논란에 휩싸인다.

「이혼 고백장」이 나혜석과 김우영의 결혼과 이혼, 즉 과거에 초점이 맞춰져 있는 반면, 「신생활에 들면서」는 나혜석이 자신의 40년 인생을 뒤돌아보며 앞으로의 전망을 모색한 점에서 주목할 만한 글이다. "아직도 짐만 싸면 신이 나."라며 나혜석은 앞으로 파리에 가서 공부하고 싶다는 포부를 친구에게 털어놓는다. 친구는 "나이 마흔에 이리저리 헤매지 말고 서울서 그대로 기초를 잡으라."고 조언하지만, 나혜석은 자신이 "4, 5년간 있는 동안에도 실상 고통스러웠다."고 고백하며 자신이 파리행을 꿈꾸는 이유를 다음과 같이 구체적으로 밝힌다.

"제1, 사회상으로 배척을 받을 뿐 아니라 나의 이력이 고급인 관계상 그림을 팔아먹기 어렵고 취직하기 어려워 생활 안정이 잡히지 못하였고, 제2, 형제 친척이 가까이 있어 나를 보기 싫어하고, 불쌍히 여기고, 애처로이 생각하는 것이요, 제3, 친우 지인들이 내 행동을 유심히 보고 내 태도를 눈여겨보는 것이다. 아니다, 이 모든 조건쯤이야 내가 먼저 있기만 하면 이겨 낼 수 있는 것이다. 이보다 내 살을 에이는 듯 내 뼈를 긁어 내는 듯한 고통이 있었나니 그는 종종 우편배달부가 전해 주는 딸 아들의 편지이다. '어머니 보고 싶어.' 하는 말이다."

그러나 이 글이 발표된 이후 나혜석이 봉착한 난관이 무엇인지는 크게 관심을 받지 못했다. 나혜석이 독신자로 생활하면서 느끼는 소회를 함께 기술했는데, 이 가운데 정조에 관한 자신의 견해를 밝힌 것이 또다시 논란이 되었다. 나혜석은 "정조는 도덕도 법률도 아무것도 아니요, 오직 취미다. 밥 먹고 싶을 때 밥 먹고, 떡 먹고 싶을 때 떡 먹는 거와 같이 임의용지(任意用志)로 할 것이요, 결코 마음의 구속을 받을 것이 아니다."라는 주장을 펼쳤다. 여성이 섹슈얼리티의 결정권을 주체적으로 가지는 것을 차단한 사회에서 나혜석은 "정조 관념을 여자에게 한하여 요구하여 왔으나 남자도 일반일 것 같다."라는 말로 여성에게 일방적으로 가해지는 억압을 지적했다. 물론 나혜석 이전에도 파격적인 정조 관념을 논설로 발표한 여성 지식인은 있었다. 김일엽은 1927년 1월 8일 자 《조선일보》에 「나의 정조관」을 발표하면서 "우리는 일생을 두고 이러한 연애 의식의 최고 절정(대상이 바뀌고 아니 바뀌는 것은 상관없음)에서만 항상 살려고 하는 것이 정조 관념이 굳은 사람이라 할 수 있습니다."라는 주장을 펼친 바 있다.

이른바 신여성이라 불리던 여성 지식인들의 연애와 결혼이 유독 스캔들의 대상이 되었던 한국 근대사회의 풍경을 나혜석의 글을 읽으면서 새삼 다시 생각하게 된다. 지금까지도 공인으로 활동하는 여성들에게 스캔들은 치명상이다. 공적 영역에서 여성의 존립 근거가 그만큼 약하다는 뜻이기도 하다. 그렇기 때문에 여성들은 대체로 자신의 개인적 이야기를 최대한 감추거나 침묵으로 일관하는 방식을 택해 왔다. 그것이 적어도 사회에서 살아남는 데 안전한 방식이라고 판단했기 때문이다. 하지만 나혜석은 정반대의 길을 택하여 직접 말하고 직접 글을 쓰며 자신을 당당하게 드러냈다. 그 대가를 너무나도 혹독하게 지불했으나, 나혜석은 자신의 말과 글을 중단하지 않고 공개했다. 남성 중심의 전근대적 사회가 정작 바라는 일은 여성들의 발화를 봉쇄하는 것이었다. 나혜석은 이러한 구조를 오랫동안 체험했기 때문에 침묵이 보신(保身)의 길임을 분명 알았을 것이다. 하지만 그녀는 그 모순에 저항했다. 남성 중심의 전근대적 사회와 지난한 싸움을 포기하지 않았다는 사실만으로도 나혜석의 삶과 글은 역사적 가치를 획득할 자격을 갖추었다.

이혼 고백장
― 청구(靑邱) 씨에게

나이 마흔, 쉰에 가까웠고, 전문교육을 받았고, 남들이 용이히 할 수 없는 구미 만유(歐米漫遊)를 하였고, 또 후배를 지도할 만한 처지에 있어서 그 인격을 통일치 못하고 그 생활을 통일치 못한 것은 두 사람 자신은 물론 부끄러워할 뿐 아니라 일반 사회에 대하여서도 면목이 없으며 부끄럽고 사죄하는 바외다.

청구 씨!

난생처음으로 당하는 이 충격은 너무 상처가 심하고 치명적입니다. 비탄, 통곡, 초조, 번민 ― 이래 이 일체의 궤로(軌路)에서 생의 방황을 하면서 일편으로 심연의 밑바닥에 던진 씨를 나는 다시 청구 씨 하고 부릅니다.

청구 씨! 하고 부르는 내 눈에는 눈물이 그득 차집니다. 이것을 세상은 나를 '약자야!' 하고 부를까요?

날마다 당하고 지내던 씨와 나 사이는 깊이 이해하고 지실(知悉)하고(모든 형편이나 사정을 자세히 알고) 자부하던 우리 사이가 몽상에도 생각지 않던 상처의 운명의 경험을 어떻게 현실의 사실로 알 수 있으리까. 모두가 꿈, 모두가 악몽, 지난 비극을 나는 일부러 이렇게 부르고 싶은 것이 나의 거짓 없는 진정입니다.

'선량한 남편' 적어도 당신과 나 사이의 과거 생활 궤로에 나타나는 자세가 아니오리까. '선량한 남편' 사건 이래 얼마나 부정하려 하였으나, 결국 그러한 자세가 지금 상처를 받은 내 가슴속에 소생하는 청구 씨입니다.

사건 이래 타격을 받은 내 가슴속에는 씨와 나 사이 부부 생활 11년 동안의 인상과 추억이 명멸해집니다. 모든 것에 무엇 하나나 조금도 불만과 불평과 불안이 없었던 것이 아닙니까? 씨의 일상의 어느 한 가지나 처(妻)인 내게 불심(不審, 의심)이나 불쾌를 가진 아무것도 없었던 것 아닙니까?

저녁때면 사퇴 시간에 꼭꼭 돌아오지 아니하였으며 내게나 어린애들에게 자애 있는 미소를 띠는 씨였습니다. 연초는 소량으로 피우나 주량은 조금도 없었습니다. 이 의미로 보면 씨는 세상에 드문 '선량한 남편'이라고 아니 할 수 없나이다. 그런 남편인 만치 나는 씨를 신임 아니 할 수 없었나이다. 아니 꼭 신임하였습니다. 그러한 씨가 숨은 반면에 무서운 단결성(斷抉性, 결단성), 참혹한 타기성(唾棄性)[32]이 포함돼 있을 줄이야 누가 꿈엔들 생각하였으리까. 나를 반성할 만한, 나를 참회할 만한 촌분의 틈과 촌분의 여유도 주지 아니한 씨가 아니었습니까? 어리석은 나는 그래도 혹 용서를 받을까 하고 애걸복걸하지 아니하였는가.

미증유의 불상사, 세상의 모든 신용을 잃고 모든 공분 비난을 받으며, 부모 친척의 버림을 받고 옛 좋은 친구를 잃은 나는 물론 불행하려니와 이것을 단행한 씨에게도 비탄, 절망이 적지 아니할 것입니다. 오직 나는 황야를 헤매고 암야에 공막(空寞, 텅 비고 쓸쓸함.)을 바라고 자실(自失)하여(자기 존재를 잊을 정도로 얼이 빠져) 할 뿐입니다.

떨리는 두 손에 화필과 팔레트를 들고 암흑을 향하여 가는 것인가. 그렇지 않으면 광망(光芒)의 순간을 구함인가. 너무 크고 너무 중한 상처의 충격을 받는 내게는 각각으로 절박한 쓸쓸한 생명의 부르짖음을 듣고 울고 쓰러지는 충동으로 가슴이 터지는 것 같사외다.

우리 두 사람의 결혼은 '거짓 결혼'이었나. 혹은 피차의 이해와 사랑으로 결합하면서 그 생활의 흐름을 따라 우리 결혼은 '거짓'의 기로에 떨어진 것이 아니었는가. 나는 구태여 우리 결혼, 우리 생활을 '거짓'이라 하고 싶지 않소. 그것은 이미 결혼 당시에 모든 준비, 모든 서약이 성립되어 있었고 이미 그것을 다 실행하여 온 까닭입니다.

청구 씨!

광명과 암흑을 다 잃은 나는 이 공허한 자실 상태에서 정지하고 서서 한 번 더 자세히 내성할 필요가 있다고 생각합니다. 이와 같이 염두하느니 만치 나는 비통한 각오의 앞에 서 있습니다. 세상의 모든 조소, 질책을 감수하면서 이 십자가를 등지고 묵묵히 나아가려 하나이다. 광명인지 암흑인지 모르는 인종과 절대적 고민 밑에 흐르는 조용한 생명의 속삭임을 들으면서 한 번 더 갱생으로 향하여 행진을 계속할 결심이외다.

약혼까지의 내력

벌써 옛날 내가 열아홉 살 되었을 때 일이외다. 약혼하였던 애인[33]이 폐병으로 사거(死去)하였습니다. 그때 내 가슴의 상처는 심하여 일시 발광이 되었고 그리하여 신경쇠약이 만성에 달하였습니다. 그해 여름방학에 동경에서 나는 귀향하였나이다. 그때 우리 남형(男兄)[나혜석의 오빠 나경석]을 찾아 또 나를 보러 겸겸하여 우리 집 사랑에 손님으로 온 이가 씨였습니다. 씨는 그때 상처한 지 이미 3년이 되던 해라 매우 고독한 때이었습니다. 나는 사랑에서 조카딸과 놀다가 씨와 딱 마주쳤습니다. 이 기회를 타서 남형이 인사를 시켰습니다. 씨는 며칠 후 경성으로 가서 내게 장찰(長札, 긴 편지)을 보내었습니다. 솔직하고 열정으로 써 있었습니다. 우선 자기 환경과 심신의 고독으로 취처(娶妻)하여야겠고[아내를 얻어야겠고) 그 상대자가 되어 주기를 바란다는 것이었사외다. 나는 물론 답하지 아니했습니다. 내게는 그만한 마음의 여유가 없었던 것이외다. 두 번째 편지가 또 왔습니다. 나는 간단히 답장을 하였습니다. 며칠 후에 그는 또 내려왔습니다. 파인애플과 과실을 사가지고. 나는 이번에는 보지 아니하였습니다. 씨는 본향(고향인 동래)으로 내려가면서 동경 갈 때 편지하여 달라고 하였습니다.

그 후 내가 동경을 갈 때 무의식적으로 엽서를 하였습니다.

밤중 오사카를 지날 때 웬 사방(四方, 사각) 모자 쓴 학생이 인사를 하였습니다. 나는 알아보지 못하였던 것이외다. 교토까지 같이 와서 나는 동행 4, 5인이 있어 직행하였습니다.

동경 히가시오오쿠보(東大久保)에서 동행과 같이 자취 생활을 할 때이외다. 씨는 토산(土産) 하츠바시[34]를 사 들고 찾아왔습니다. 씨는 도쿄 제대 청년회 웅변대회에 연사로 왔습니다. 낮에는 반드시 내 책상에서 초고를 해가지고 저녁때면 돌아가서 반드시 편지를 하였습니다. 어느 날 밤 돌아갈 때이었습니다. 전차 정류장에서 내가 손을 내밀었습니다. 씨는 뜨겁게 악수를 하고 인하여 가까운 수풀로 가자고 하더니 거기서 하느님께 감사하다는 기도를 올리었습니다.

이와 같이 씨의 편지, 씨의 말, 씨의 행동은 이성을 초월한 감정뿐이었고 열(熱)뿐이었사외다. 나는 이 열을 받을 때마다 기뻤었습니다. 부지불각중 그 열 속에 녹아 들어가는 감이 생겼나이

이혼 고백장

다. 이와 같이 씨는 교토, 나는 동경에 있으면서 1일에 1차씩 올라오기도 하고, 혹 산보하다가 순사에게 주의도 받고, 혹 보트를 타고 1일의 유쾌함을 지낸 일도 있고, 설경을 찾아 여행한 일도 있었습니다.

이렇게 6년간 끄는 동안 씨는 몇 번이나 혼인을 독촉한 일이 있었습니다. 그러나 나는 단행하고 싶지 아니하였습니다. 그는 무엇보다 남이 알 수 없는 마음 한편 구석에 남은 상처의 자리가 아직 아물지 아니하였음이요, 하나는 씨의 사랑이 이성을 초월하리 만치 무조건적 사랑, 즉 이성 본능에 지나지 않는 사랑이요, '나라는 일 개성에 대한 이해가 있을까.' 하는 의심이 생긴 것이외다. 그리하여 본능적 사랑이라 할진대 나 외에 다른 여성이라도 무관할 것이요, 하필 나를 요구할 필요가 없을 듯 생각되던 것이었습니다. 전 인류 중 하필 너는 나를 구하고 나는 너를 짝지으려 하는 데는 네가 내게 없어서는 아니 되고 내가 네게 없어서는 아니 될 무엇 하나를 찾아 얻지 못하는 이상 그 결혼 생활은 영구치 못할 것이요, 행복치 못하리라는 것을 나는 일찍이 깨달았던 것이었습니다. 그렇다고 나는 그를 놓기 싫었고 씨는 나를 놓지 아니하였습니다. 다만 단행을 못 할 따름이었습니다.

그러다가 양편 친척들의 권유 및 자기 책임상 택일을 하여 결혼한 것이었습니다. 그때 내가 요구한 조건은 이러하였습니다.

일생을 두고 지금과 같이 나를 사랑해 주시오.

그림 그리는 것을 방해하지 마시오.

시어머니와 전실 딸과는 별거케 하여 주시오.

씨는 무조건하고 응낙하였습니다.

나의 요구하는 대로 신혼 여행으로 궁촌 벽산(僻山)에 있는 죽은 애인의 묘를 찾아 주었고, 석비(石碑)까지 세워 준 것은 내 일생을 두고 잊지 못할 사실이외다. 여하튼 씨는 나를 전 생명으로 사랑하였던 것은 확실한 사실일 것입니다.

11년간 부부 생활

경성서 3년간, 안동현에서 6년간, 동래에서 1년간, 구미에서 1년 반 동안 부부 생활을 하는 동안 딸 하나, 아들 셋, 소생 4남매를 얻게 되었습니다. 변호사로, 외교관으로, 유람객으로, 아들 공부로, 부(父)로, 화가로, 처(妻)로, 모(母)로, 며느리로, 이 생활에서 저 생활로, 저 생활에서 이 생활로, 껑충껑충 뛰는 생활을 하게 되었습니다. 경제상 유여하였고, 하고자 하는 바를 다 해 왔고, 노력한 바가 다 성취되었습니다. 이만하면 행복스러운 생활이라고 할 만하였습니다. 씨의 성격은 어디까지든지 이지를 떠난 감정적이어서 일촌(一寸)의 앞길을 예상치 못하였습니다. 나는 좀 더 사회인으로, 주부로, 사람답게 잘 살고 싶었습니다. 그리함에는 경제도 필요하고, 시간도 필요하고, 노력도 필요하고, 근면도 필요하였습니다. 불민한 점이 적지 아니하였으나 동기는 사람답게 잘 살자는 건방진 이상이 뿌리가 빼어지지 않는 까닭이었습니다. 덤[35]으로 부부간 충돌이 생긴 뒤에 반드시 아이가 하나씩 생겼습니다.

주부로서 화가 생활

내가 출품한 작품이 특선이 되고 입상이 될 때 씨는 나와 똑같이 기뻐해 주었습니다. 모든 사람은 나에게 남편 잘 둔 덕이라고 칭송이 자자하였습니다. 나는 만족하였고 기뻤었나이다.

주위 사람 및 남편의 이해도 필요하거니와 이해하도록 하는 것이 필요하외다. 모든 것에 출발점은 다 자아에게 있는 것이외다. 한집 살림살이를 민첩하게 해 놓고 남은 시간을 이용하는 것을 반대할 사람은 없을 것이외다. 나는 결코 가사를 범연히 하고 그림을 그려 온 일은 없었습니다. 내 몸에 비단옷을 입어 본 일이 없었고, 1분이라도 놀아 본 일이 없었습니다. 그러므로 내게 제일 귀중한 것이 돈과 시간이었습니다. 지금 생각건대 내게서 가정의 행복을 가져간 자는 내 예술이 아닌가 싶습니다. 그러나 이 예술이 없고는 감정을 행복하게 해 줄 아무것도 없었던 까닭입니다.

구미 만유

구미 만유를 향하게 해 준 후원자 중에는 씨의 성공을 비는 것은 물론이요, 나의 성공을 비는 자도 있었습니다. 그리하여 우리의 구미 만유는 의외로 쉬운 일이었습니다. 사람은 하나를 더 보면 더 보니 만치 자기 생활이 신장해지는 것이요, 풍부해지는 것이외다. 만유한 후에 씨는 정치관이 생기고, 나는 인생관이 다소 정돈이 되었나이다.

1. 사람은 어떻게 살아야 좋을까. 동양 사람이 서양을 동경하고 서양인의 생활을 부러워하는 반면에 서양을 가 보면 그들은 동양을 동경하고, 동양 사람의 생활을 부러워합니다. 그러면 누구든지 자기 생활에 만족하는 자는 없사외다. 오직 그 마음 하나 먹기에 달린 것뿐이외다. 돈을 많이 벌고 지식을 많이 쌓고 사업을 많이 하는 중에 요령을 획득하여 그 마음에 만족을 느끼게 되는 것이외다. 즉 사람과 사물 사이에 신(神)의 왕래를 볼 때뿐 만족을 느끼게 되는 것이외다.

2. 부부간에 어떻게 하면 화합하게 살 수 있을까. 일 개성과 타 개성이 합한 이상 자기만 고집할 수 없는 것이외다. 다만 극기를 잊지 마는 것이 요점입니다. 그리고 부부 생활에는 세 시기가 있는 것 같사외다. 제1, 연애 시기의 때에는 상대자의 결점이 보일 여가 없이 장처(長處, 장점)만 보입니다. 다 선화(善化) 미화(美化)할 따름입니다. 제2, 권태 시기, 결혼하여 3, 4년이 되도록 자녀가 생

(生)하여 권태를 잊게 아니 한다면 권태증이 심하여집니다. 상대자의 결점이 눈에 띄고 싫증이 나기 시작됩니다. 통계를 보면 이때 이혼 수가 가장 많습니다. 제3, 이해 시기, 이미 부(夫)나 처(妻)가 피차에 결점을 알고 장처도 아는 동안 정의(情誼)가 깊어지고 새로운 사랑이 생겨 그 결점을 눈감아 내리고 그 장처를 조장하고 싶을 것이외다. 부부 사이가 이쯤 되면 무슨 장애물이 있든지 떠날 수 없게 될 것이외다. 이에 비로소 미와 선이 나타나는 것이요, 부부 생활의 의의가 있을 것입니다.

3. 구미 여자의 지위는 어떠한가. 구미의 일반 정신은 큰 것보다 작은 것을 존중히 여깁니다. 강한 것보다 약한 것을 아껴 줍니다. 어느 회합에든지 여자 없이는 중심점이 없고 기분이 조화되지 못합니다. 일 사회의 주인공이요, 일 가정의 여왕이요, 일 개인의 주체이외다. 그것은 소위 크고 강한 남자가 옹호함으로뿐 아니라 여자 자체가 그만치 위대한 매력을 가짐이요, 신비성을 가진 것입니다. 그러므로 새삼스러이 평등, 자유를 요구할 것이 아니라 본래 평등, 자유가 구존해 있는 것이외다. 우리 동양 여자는 그것을 오직 자각치 못한 것뿐이외다. 우리 여성의 힘은 위대한 것이외다. 문명해지면 해질수록 그 문명을 지배할 자는 오직 우리 여성들이외다.

4. 그 외의 요점은 무엇인가. 데생이다. 그 데생은 윤곽뿐의 의미가 아니라, 칼라 즉 색채, 하모니 즉 조자(調子, 조화)를 겸용한

것이외다. 그러므로 데생이 확실하게, 한 모델을 능히 그릴 수 있는 것이 급기 일생의 일이 되고 맙니다. 무식하나마 이상 네 개 문제를 다소 해결하게 되었습니다. 그러므로 나의 생활 목록이 지금부터 전개되는 듯싶었고 출발점이 일로부터 되리라고 생각하였습니다. 따라서 이상도 크고 구체적 고안도 있었습니다. 하여간 전도를 무한히 낙관하였으나 과연 어떠한 결과를 맺게 되었는지 스스로 부끄러워 마지않는 바외다.

시어머니와 시누이의 대립적 생활

결혼 후 1년간 시어머니와 동거하다가 철없이 살아가는 젊은 내외의 장래를 보장하기 위하여 고향인 동래로 내려가서 집을 장만하고 매달 보내는 돈을 절약하여 땅마지기를 장만하고 계셨습니다. 그의 오직 소원은 아들 며느리가 늦게 고향에 돌아와 친척들을 울 삼고 살라 함이오, 자기가 푼푼 전전이 모은 재산을 아버지 없이 기른 아들에게 유산하는 것이외다. 그리하여 이 재산이란 것은 3인이 합동하여 모은 것이외다. (얼마 되지 않으나) 한 사람은 벌고, 한 사람은 절약하여 보내고, 한 사람은 모아서 산 것이외다. 그리하여 두 집 살림이 물 샐 틈 없이 째이고 재미스러웠사외다. 이렇게 화락한 가정에 파란을 일으키는 일이 생겼사외다.

우리가 구미 만유하고 돌아온 지 한 달 만에 셋째 시삼촌이 타지방에서 농사짓던 것을 집어치고 일 푼 준비 없이 장조카 되는 큰댁, 즉 우리를 믿고 고향을 찾아온 것이외다.

어안이 벙벙한 지 며칠이 못 되어 둘째 시삼촌이 또 다섯 식구를 데리고 왔습니다. 귀가 후 취직도 아니 된 때라 돕지도 못하고 보자니 딱하고 실로 난처한 처지이었사외다. 할 수 없이 삼촌 두 분은 1년간 아랫방에 모시고, 사촌들은 다 각각 취직케 하였습니다. 이러고 보니 근친 간 자연 적은 말이 늘어지고 없는 말이 생기기 시작하게 되었고, 큰 사건은 조석이 없는 사촌 아들을 아무 예산 없이 고등학교에 입학을 시키고 그 학자(學資, 학비)는 우리가 맡게 된 것이외다.

만유 후에 감상담 들으러 경향 각지로부터 오는 지인 친구를 대접하기에도 넉넉치 못하였사외다. 없는 것을 있는 체하고 지내는 것은 허영이나 출세 방침상 피치 못할 사교이었사외다. 이것을 이해해 줄 그들이 아니었사외다. 나는 부득이 남편이 취직할 동안 1년간만 정학하여 달라고 요구하였사외다. 삼촌은 노발대발하였사외다. 이러자니 돈이 없고 저러자니 인심 잃고 실로 어쩔 길이 없었나이다.

때에 씨는 외무성에서 총독부 사무관으로 가라는 것을 싫다 하고, (관리하라는) 전보를 두 번이나 거절하고, 고집을 부려 변호사 개업을 시작하고, 경성 어느 여관객이 되어서 예쁜 기생, 돈 많은 갈보들의 유혹을 받으면서 내가 모씨에게 보낸 편지가 구실이 되어 이 요릿집 저 친구에게 이혼 의사를 공개하며 다니던 때이었습니다. 동기(動機)에 아무 죄 없는 나는 방금 서울에서 이혼설이 공개된 줄도 모르고 씨의 분을 더 돋우었으니, "일촌의 앞길을 헤아리지 못하는 이 천치 바보야, 나중 일을 어찌하려고 학자를 떠맡았느냐?" 하였사외다.

우리 집 살림살이에 간접으로 전권을 가진 자가 있으니, 즉 시누이외다. 모든 일에 시어머니의 코치 노릇을 할 뿐 아니라 심지어 서울서 온 손님과 해운대를 갔다 오면 내일은 반드시 시어머니가 없는 돈을 박박 긁어서라도 갔다 옵니다. 모두가 내 부덕의 소산이라 하겠으나 남보다 많이 보고 남보다 많이 배운 나로서 인정인들 남만 못하랴마는 우리의 이 역경에서 일어나기에는 아무 여유가 없었던 까닭이었사외다.

내가 구미 만유에서 돌아오는 길에 여러 친척 친구들에게도 토산물을 다소 사가지고 왔습니다. 그러나 시어머니와 시누이며 그 외 근친에게는 사가지고 오지 아니하였습니다. 이는 내가 방심하였다는 것보다 그들에게 적당한 물건이 없었던 것이외다. 본국에 와서 사드리려고 한 것이 흐지부지한 것이외다. 프랑스에서 오는 짐 두 짝이 모두 포스터와 그림 엽서와 레코드와 화구뿐인 것을 볼 때, 그들은 섭섭히 여기고 비웃은 것이외다. 실로 사는 세상은 같으나 마음 세상이 다르고 하니 괴로운 일이 많았습니다. 이로 인하여 시어머니와 시누이의 감정이 말하지 않는 중에 간격이

이혼 고백장

생긴 것이외다.

씨의 동복 남매가 3남매이외다. 누이 둘이 있으니 하나는 천치요, 하나는 지금 말하는 시누이니, 과도히 똑똑하여 빈틈없이 일처리를 하는 여자외다. 청춘 과부로 재가하였으나 일점 혈육 없이 어디서 낳아 온 딸 하나를 금지옥엽으로 양육할 뿐이요, 남은 정은 어머니와 오라비에 쏟으니 전전 푼푼이 모은 돈도 오라비를 위함이라. 그리하여 될 수 있는 대로 오라비와 고향에서 가까이 살다가 여생을 마치려 함이었사외다. 어느 때 내가, "나는 동래가 싫어요. 암만해도 서울 가서 살아야겠어요." 하였사외다. 이상의 여러 가지를 보아 오라비 댁은 어머니께 불효요, 친척에 불목이요, 고향을 싫어하는 달뜬 사람이라고 결론이 된 것이외다. 이것이 어느 기회에 나타나 이혼설에 보조가 될 줄 하느님 외에 누가 알았으랴. 과연 좁은 여자의 감정이란 무서운 것이요, 그것을 짐작치 못하고 넘어가는 남자는 한없이 어리석은 것이외다.

일 가정에 주부가 둘이어서, 시어머니는 '내 살림'이라 하고, 며느리는 따로 예산이 있고, 시누이가 간섭을 하고, 살림하는 마누라가 꾀사실[36]을 하고, 전후 좌우에는 형제 친척이 와글와글하니, 다정치도 못하고 약지도 못하고, 돈도 없고 방침도 없고, 나이도 어리고 구습에 단련도 없는 일개 주부의 처지가 난처하였사외다. 사람은 외형은 다 같으나 그 내막이 얼마나 복잡하며 이성 외에 감정의 움직임이 얼마나 얼기설기 얽매었는가.

C와 관계

C[최린]의 명성은 일찍부터 들었으나 처음 대면하기는 파리이었사외다. 그를 대접하려고 요리를 하고 있는 나에게 "안녕합쇼." 하는 초[初, 첫] 인사는 유심히도 힘이 있는 말이었사외다. 이래 부군은 독일로 가서 있고, C와 나는 불어를 모르는 관계상 통변[通辯, 통역] 두고 언제든지 3인이 동반하여 식당, 극장, 선유[船遊, 뱃놀이], 시외 구경을 다니며 놀았사외다. 그리하여 과거지사, 현 시사, 장래지사를 논하는 중에 공명되는 점이 많았고 서로 이해하게 되었사외다. 그는 이탈리아 구경을 하고 나보다 먼저 파리를 떠나 독일로 갔사외다. 그 후 쾰른에서 다시 만났사외다. 내가 그 때 이런 말을 하였나이다.

"나는 공을 사랑합니다. 그러나 내 남편과 이혼은 아니 하렵니다."

그는 내 등을 뚝뚝 뚜드리며, "과연 당신의 할 말이오. 나는 그 말에 만족하오." 하였사외다.

나는 제네바에서 어느 고국 친구에게, "다른 남자나 여자와 좋아 지내면 반면으로 자기 남편이나 아내와 더 잘 지낼 수 있지요." 하였습니다. 그는 공명하였습니다.

이와 같은 생각이 있는 것은 필경 자기가 자기를 속이고 마는 것인 줄은 모르나 나는 결코 내 남편을 속이고 다른 남자, 즉 C를 사랑하려고 하는 것은 아니었나이다. 오히려 남편에게 정이 두터워지리라고 믿었사외다. 구미 일반 남녀 부부 사이에 이러한 공공연한 비밀이 있는 것을 보고, 또 있는 것이 당연한 일이요, 중심되는 본부(本夫)나 본처(本妻)를 어찌 않는 범위 내의 행동은 죄도 아니요, 실수도 아니라 가장 진보된 사람에게 마땅히 있어야 할 감정이라고 생각합니다. 그러므로 이러한 사실을 판명할 때는 웃어 두는 것이 수요, 일부러 이름을 지을 필요가 없는 것이외다. 장발장이 생각납니다. 어린 조카들이 배고파서 못 견디는 것을 차마 볼 수 없어서 이웃집에 가 빵 한 조각 집은 것이 원인으로 전후 19년이나 감옥 출입을 하게 되었사외다. 그 동기는 얼마나 아름다웠던가. 도덕이 있고 법률이 있어 그의 양심을 속이지 아니하였는가. 원인과 결과가 따로따로 나지 아니하는가. 이 도덕과 법률로 하여 원통한 죽음이 오죽 많으며 원한을 품은 자가 얼마나 있을까.

가운(家運)은 역경에

소위 관리 생활할 때 다소 여유 있던 것은 고향에 집 짓고 땅 사고 구미 만유 시 2만여 원을 썼으며, 은사금(恩賜金)으로 2000원 받은 것이 변호사 개업 비용에 다 들어가고 수입은 일 푼 없고 불경기는 날로 심혹해졌습니다. 아무 방침 없어 내가 직업 전선에 나서는 수밖에 없이 되었사외다. 그러나 운명의 마는 이 길까지 막고 있었습니다.

귀국 후 8개월 만에 심신 과로로 하여 쇠약해졌습니다. 그리고 내 무대는 경성이외다. 경제상 관계로 서울에 살림을 차릴 수 없게 되었사외다. 또 어린것들을 떠나고 살림을 제치고 떠날 수 없었사외다. 꼼짝 못 하게 위기 절박한 가운데서 마음만 졸이고 있을 뿐이었나이다. 만일 이때 젖먹이 어린것만 없고 취직만 되어 생계를 할 수 있었다면 우리 앞에 이러한 비극이 가로 걸치지를 아니했을 것이외다.

이때 일이었사외다. 소위 편지 사건이외다. 나를 도와줄 사람은 C밖에 없을 뿐이었사외다. 그리하여 무엇을 하나 경영해 보려고 좀 내려오라고 한 것이외다. 그리고 다시 찾아 사귀기를 바란다고 한 것이외다. 그것이 중간 악한배들의 오전(誤傳)으로(와전으로) '내 평생 당신에게 맡기오.'가 되어 씨의 대노를 산 것이외다. 나의 말을 믿는다는 것보다 그들의 말을 믿을 만치 부부의 정의는 기울어졌고, 씨의 마음은 변하기를 시작하였사외다.

조선에도 생존 경쟁이 심하고 약육강식이 심하여졌습니다. 게다가 남이 잘못되는 것을 잘되는 것보다 좋아하는 심사를 가진 사람들이라, 이미 씨의 입으로 이혼을 선전해 놓고 편지 사건이 있고 하여 일없이 남의 말로만 종사하는 악한배들은 그까짓 계집을 데리고 사느냐고 하고, 천치 바보라 하여 치욕을 가하였다. 그 중에는 유력한 코치자 그룹이 3, 4인 있어서 소위 사상가적 견지로 보아 나를 혼자 살도록 해 보고 싶은 호기심으로 이혼을 강권

이혼 고백장

하고 후보자를 얻어 주고 전후 고안을 꾸며 주었나이다. 그들의 심사에는 일 가정의 파열, 어린이들의 전도를 동정하는 인정미보다 이혼 후에 나와 C의 관계가 어찌 되는가를 구경하고 싶었고, 억세고 줄기찬 한 계집년의 전도가 참혹히 되는 것을 연극 구경 같이 하고 싶은 것이었사외다.

자기의 행복은 자기밖에 모르는 동시에 자기의 불행도 자기밖에 모르는 것이외다. 이 사람 저 사람에게 이혼의 의사를 물어보고 10년간 동거하던 옛날 애처의 결점을 발로시키는 것도 보통 사람의 행위라 할 수 없거니와, 해라 해라 하는 추김에 놀아 결심이 굳어져 가는 것도 보통 사람의 행위라 할 수 없는 것이외다.

여하간 씨의 일가가 비운에 처한 동시에 일신의 역경이 절정에 달하였사외다. 사건이 있으나 돈 없어서 착수치 못하고, 여관에 있어 서너 달 숙박료를 못 내니 조석으로 주인 대할 면목 없고, 사회 측에서는 이혼설로 비난이 자자하니 행세할 체면 없고 성격상으로 판단력이 부족하니 사물에 주저되고, 씨의 양뺨 뼈가 불쑥 나오도록 마르고, 눈이 쑥 들어가도록 밤에 잠을 못 자고 번민하였사외다. 씨는 잠 아니 오는 밤에 곰곰 생각하였사외다. 우선 질투에 바쳐 오르는 분함은 얼굴을 붉게 하였사외다. 그리고 자기가 자기를 생각하고 또 세상 맛을 본 결과 돈 벌기처럼 어려운 것이 없는 줄 알았사외다. 안동현 시절에 남용하던 것이 후회스럽고, 아내가 그림 그리려고 화구 산 것이 아까워졌나이다.

사람의 마음은 마치 배 돛대를 바람을 끼워 달면 바람을 따라 달아나는 것같이 그 근본 생각을 다는 데로 모든 생각은 다 그 편으로 향하여 달아나는 것이외다. 씨가 그렇게 생각할수록 일시도 그 여자를 자기 아내 명의로 두고 싶지 않은 감정이 불같이 일어났사외다. 동시에 그는 자기 친구 1인이 기생 서방으로 놀고 편히 먹는 것을 보았사외다. 이곳도 자기를 역경에서 다시 살리는 한 방책으로 생각했을 때, 이혼설이 공개되니 여기저기 돈 있는 갈보들이 후보 되기를 청원하는 자가 많아 그중에서 하나를 취하였던 것이외다.

때는 아내에게 이혼 청구를 하고, 만일 승낙치 않으면 간통죄로 고소를 하겠다고 위협을 하는 때였사외다. 아아, 남성은 평시 무사할 때는 여성이 바치는 애정을 충분히 향락하면서 한 번 법률이라든가 체면이라는 형식적 속박을 받으면 어제까지의 방자하고 향락하던 자기 몸을 돌이켜 금일의 군자가 되어 점잔을 빼는 비겁자요, 횡포자가 아닌가. 우리 여성은 모두 일어나 남성을 저주하고자 하노라.

이혼

나는 아이들을 데리고 동래 있었을 때외다. 경성에 있는 씨가 도착한다는 전보가 왔습니다. 나는 대문 밖까지 출영하였사외다.

씨는 나를 보고 반목(反目) 불견(不見)으로 실쭉합니다. 그의 안색을 창백하였고 눈은 올라갔었나이다. 나는 깜짝 놀랐사외다. 그리고 무슨 불상사가 있는 듯하여 가슴이 두근거렸나이다. 씨는 건넌방으로 가더니 나를 부릅니다.

"여보 이리 좀 오오."

나는 건너갔사외다. 아무 말없이 그의 눈치만 보고 앉았사외다.

"여보, 우리 이혼합시다."

"그게 무슨 소리요? 별안간에."

"당신이 C에게 편지하지 않았소."

"했소."

"'내 평생을 바치고.' 하고 편지 안 했소?"

"그러지 아니했소."

"왜 거짓말을 해. 하여간 이혼해."

그는 부등부등 내 장속에 넣었던 중요 문서 및 보험권을 꺼내서 각기 나눠가지고 안방으로 가서 자기 어머니에게 맡깁니다.

"얘, 고모 어머니 오시래라. 삼촌 오시래라."

미구에 하나씩 둘씩 모여들었습니다.

"나는 이혼을 하겠소이다."

"얘, 그게 무슨 소리냐. 어린것들을 어쩌고."

어제 경성서 미리 온 편지를 보고 병석처럼 하고 누워 있던 시어머니는 만류하였사외다.

"어, 그 사람, 쓸데없는 소리."

형은 말하였사외다.

"형님, 그게 무슨 소리요?"

"서방질하는 것하고 어찌 살아요."

일동은 잠잠하였다.

"이혼 못 하게 하면 나는 죽겠소."

이때 일동은 머리를 한데 모으고 소곤소곤하였소이다. 시누이가 주장이 되어 일이 결정되었나이다.

"네 마음대로 해라. 어머니에게도 불효요, 친척에게도 불목이란다."

나는 좌중에 뛰어들었습니다.

"하고 싶으면 합시다. 이러니저러니 여러 말할 것도 없고, 없는 허물을 잡아낼 것도 없소. 그러나 이 집은 내가 짓고 그림 판 돈도 들었고, 돈 버는 데 혼자 벌었다고도 할 수 없으니 전 재산을 반분(半分)합시다."

"이 재산은 내 재산이 아니다. 다 어머니 것이다."

"누구는 산송장인 줄 아오, 주기 싫단 말이지."

"죄 있는 계집이 무슨 뻔뻔으로."

"죄가 무슨 죄야, 만드니 죄지!"

"이것만 줄 것이니 팔아가지고 가거라."

씨는 논문서 한 장, 약 5백 원가량 가격 되는 것을 내어 준다.

"이따위 것을 가질 내가 아니다."

씨는 경성으로 간다고 일어선다. 그 길로 누이의 집으로 가서 의논하고 갔사외다.

나는 밤에 잠을 이루지 못하고 곰곰 생각하였사외다.

"아니다 아니다, 내가 사죄할 것이다. 그리고 내 동기가 악한 것이 아니었다는 것을 말하자. 일이 커져서는 재미없다. 어린것들의 전정(前程, 앞날)을 보아 내가 굴하자."

나는 불현듯 경성을 향하였사외다. 여관으로 가서 그를 만나 보았사외다.

"모든 것을 내가 잘못하였소. 동기만은 결코 악한 것이 아니었소."

"지금 와서 이게 무슨 소리야. 어서 도장이나 찍어."

"어린 자식들은 어찌하겠소."

"내가 잘 기르겠으니 걱정 말아."

"그러지 맙시다. 당신과 내 힘으로 못 살겠거든 우리 종교를 잘 믿어 종교의 힘으로 삽시다. 예수는 만인의 죄를 대신하여 십자가에 못 박히지 아니했소?"

"듣기 싫어."

나는 눈물이 났으나 속으로 웃었다. 세상을 그렇게 비뚜로 얽어맬 것이 무엇인가. 한번 남자답게 껄껄 웃어 두면 만사 무사히 되는 것이 아닌가. 나는 씨가 요지부동할 것을 알았사외다.

나는 모씨(某氏)에게로 달려갔사외다.

"오빠, 이혼하자니 어쩔까요?"

"하지. 네가 고생을 아직 모르니까 고생을 좀 해 보아야지."

"저는 자식들 전정을 보아 못 하겠어요."

"엘런 케이[37] 말에도 불화한 부부 사이에 기르는 자식보다 이혼하고 새 가정에서 기르는 자식이 더 양호하다지 아니했는가."

"그것은 이론에 지나지 못해요. 모성애는 존귀하고 위대한 것이니까요. 모성애를 잃는 애미도 불행하거니와 모성애에 길리지 못하는 자식도 불행하외다. 이것을 아는 이상 나는 이혼은 못 하겠어요. 오빠, 중재를 시켜 주셔요."

"그러면 지금부터 절대로 현모양처가 되겠는가?"

"지금까지 내 스스로 현모양처 아니 된 일이 없으나 씨가 요구하는 대로 하지요."

"그러면 내 중재해 보지."

모씨는 전화기를 들어 사장과 영업국장에게 전화를 걸었사외다. 중재를 시키자는 말이었사외다. 전화 답이 왔사외다. 타협될 희망이 없으니 단념하라 하나이다.

모씨는,

"하지, 해. 그만치 요구하는 것을 안 들을 필요가 무엇 있나."

씨는 소설가이니 만치 인생 내면의 고통보다 사건 진행에 호기심을 가진 것이었사외다.

나는 여기서도 만족을 얻지 못하고 돌아왔나이다. 그날 밤 여관에서 잠이 안 와서 엎치락뒤치락할 때 사랑에서는 기생을 불러다가 '홍이냐 홍이냐.' 놀며 때때로 껄껄 웃는 소리가 스며들어 왔나이다. 이 어이한 모순이냐. 상대자의 불품행을 논할진대 자기 자신이 청백할 것이 당연한 일이거든 남자라는 명목하에 이성과 놀고 자도 관계없다는 당당한 권리를 가졌으니 사회제도도 제도려니와 몰상식한 태도에는 웃음이 나왔나이다. 마치 어린애들 장난 모양으로 너 그러니 나도 이러겠다는 행동에 지나지 아니했사외다. 인생 생활의 내막의 복잡한 것을 일찍이 직접 경험도 못 하고 능히 상상도 못 하는 씨의 일이라, 미구에 후회날 것을 짐작하나, 이미 기생 애인에 열중하고 지난 일을 구실 삼아 이혼 주장을 고집불통하는 데야 씨의 마음을 돌이키게 할 아무 방침이 없었사외다.

나는 부득이 동래를 향하여 떠났사외다. 봉천으로 달아날까, 일본으로 달아날까, 요 고비만 넘기면 무사하리라고 확신하는 바이었사외다. 불행히 내 수중에는 그만한 여비가 없었던 것이외다. 고통에 못 견뎌서 대구에서 내렸사외다. Y씨 집을 찾아가니 반가워하며 연극장으로, 요릿집으로도, 술도 먹고, 담배도 피우며, 그 부인과 3인이 날을 새웠사이다. 씨는 사위 얻을 걱정을 하며 인재를 구해 달라고 합니다. 나만 아는 내 고통은 쉴 새 없이 내 마음 속에 돌고 돌고 빙빙 돌고 있었나이다. 할 수 없이 동래로 내려갔사외다. 씨에게서는 여전히 2일에 한 번씩 독촉장이 왔사외다.

"이혼장에 도장을 치오. 15일 내로 아니 치면 고소하겠소."

내 답장은 이러하였사외다.

"남남끼리 합하는 것도 당연한 이치요, 떠나는 것도 당연한 이치나 우리는 서로 떠나지 못할 조건이 네 가지가 있소. 1은 팔십 노모가 계시니 불효요. 2는 자식 4남매요, 학령 아동인 만큼 보호해야 할 것이요. 3은 일 가정은 부부의 공동생활인 만치 생산도 공동으로 되었을 뿐 아니라 분리케 되는 동시는 마땅히 일가(一家)가 이가(二家) 되는 생계가 있어야 할 것이오. 이것을 마련해주는 것이 사람으로서의 의무가 아닐까 하오. 4는 우리 연령이 경험으로 보든지 시기로 보든지 순정, 즉 사랑으로만 산다는 것보다이해와 의로 살아야 할 것이요. 내가 이미 사과하였고 내 동기가전혀 악으로 된 것이 아니요, 또 씨의 요구대로 현처양모가 되리라."고 하였사외다.

씨의 답장은 이러하였사외다.

"나는 과거와 장래를 생각하는 사람이 아니요, 현재로만 살아갈 뿐이오. 정말 자식이 못 잊겠다면 이혼 후 자식들과 동거해도좋고 전과 똑같이 지내도 무관하오."

나를 꾀는 말인지 이혼의 시말(始末, 처음과 끝)이 어찌 되는지역시 몰상식한 말이었사외다. 해 달라, 아니 해 주겠다 하는 동안이 거의 한 달 동안이 되었나이다.

하루는 정학시켜 달라고 한 삼촌이 노심을 품고 앞장을 서고 시숙들, 시누이들이 모여 내게 육박하였사외다.

"잘못했다는 표로 도장을 찍어라. 그 뒷일은 우리가 다 무사히 만들 것이니."

"혼일할 때도 두 사람이 한 일이니까 이혼도 두 사람이 할 터이니 걱정들 마시고 가시오."

나는 밤에 한잠 못 자고 생각하였사외다.

'일은 이미 틀렸다. 계집이 생겼고 친척이 동의하고 한 일을 혼자 아니 하려 해도 쓸데없는 일이다.'

나는 문득 이러한 방침을 생각하고 서약서 두 장을 썼습니다.

서약서

부(夫) ○○○과 처(妻) ○○○은 만 2개년 동안 재가(再嫁) 우(又)는(또는) 재취(再娶)를 않기로 하되 피차의 행동을 보아 복구할 수가 있기로 서약함.

우(右) 부 ○○○ 인

처 ○○○ 인

중재를 시키려 상경하였던 시숙이 도장을 찍어가지고 내려왔나이다. 그는 이렇게 말하였나이다.

"여보, 아주머니, 찍어 줍시다. 그까짓 종이가 말하오? 자식이

4남매나 있으니 이 집에 대한 권리가 어디 가겠소? 그리고 형님도 말뿐이지 설마 수속을 하겠소?"

옆에 앉았던 시어머니도,

"그렇다뿐이겠니? 그러다가 병날까 보아 큰 걱정이다. 찍어 주고 저는 계집 얻어 살거나 말거나 하고 너는 나하고 어린것들 데리고 살자그려."

나는 속으로 웃었다. 그리고 아니꼽고 속상했다. 얼른 도장을 써내나가 수고,

"우물쭈물할 것 무엇 있소. 열 번이라도 찍어 주구려."

과연 종이 한 장이 사람의 심사를 어떻게 움직이게 하는지. 예측치 못하던 일이 하나씩 둘씩 생기고 때를 따라 변하는 양(樣)은 울음으로 볼까, 웃음으로 볼까. 절대 무저항주의의 태도를 가지고 묵언 중에 타인이 운반하는 감정과 사물을 꾹꾹 참고 하나씩 겪어 제칠 뿐이었나이다.

이혼 후

H에게서 편지가 왔나이다.

"K에게서 전화가 왔는데 이혼 수속을 필(畢)하였다고(마쳤다고) 사방으로 통지하는 모양입니다. 참 우스운 사람이오. 언니는 그런 사람과 이혼 잘했소. 딱 일어서서 탁탁 털고 나오시오."

그러나 네 아이를 위하여 내 몸 하나를 희생하자, 나는 꼼짝 말고 있으련다. 이래 두 달 동안 있었나이다.

공기는 일변하였나이다. 서울서 씨가 종종 내려오나 나 있는 집에 들르지 아니하고, 누이 집에 들러 어머니와 아이들을 청해다가 보고, 시어머니는 눈을 흘기고, 시누이는 추기고, 시숙들은 우물쭈물 부르고, 시어머니는 전권이 되고 만다.

동리 사람들은 "왜 아니 가누, 언제 가누." 구경 삼아 말한다. 아이들은 할머니가 과자 사탕을 사 주어 가며 내 방에서 데려다 잔다. 이와 같이 전쟁 후 승리자나 패배자 사이와 같이 나는 마치 포로와 같이 되었나이다. 나는 문득 이렇게 생각했다.

'네 어린것들을 살릴까, 내가 살아야 할까.'

이 생각으로 3일 밤을 철야하였사외다.

'오냐, 내가 있는 후에 만물이 생겼다. 자식이 생겼다. 아이들아, 너희들은 일찍부터 역경을 겪어라. 너희는 무엇보다 사람 자체가 될 것이다. 사는 것은 학문이나 지식으로 사는 것이 아니다. 사람이라야 사는 것이다. 장자크 루소의 말에도 "나는 학자나 군인을 양성하는 것보다 먼저 사람을 기르노라." 하였다. 내가 출가하는 날은 일곱 사람이 역경에서 헤매는 날이다.'

그러나 이러나 내 개성을 위하여 일반 여성의 승리를 위하여 짐을 부등부등 싸가지고 출가 길을 차렸나이다.

북행 차를 탔다.

'어디로 갈까. 집도 없고 부모도 없고 자식도 없고 친구도 없는 이 홀로 된 몸, 어디로 갈까, 어디로 갈까.'

경성에서 혼자 살림하고 있는 오라비 댁으로 갔었나이다. 마침 제사 때라 봉천서 남형이 돌아왔었나이다. 이미 장찰로 사건의 시종을 말했거니와 이번 사건에 일체 자기는 나서지를 아니 하고 자기 아내를 내어보내어 타협 교섭한 일도 있었나이다.

"하여간 당분간은 봉천으로 가서 있게 하자."

"C를 한 번 만나 보고 결정해야겠소."

"일이 이만치 되고 K와 절연이 된 이상 C와 연을 맺는 것이 당연한 일이 아니겠소."

"별말 말아라. K가 지금 체면상 어쩌지를 못 하여 그리하는 것이니까 봉천 가서 있으면 저도 생각이 있겠지."

이때 두어 친구는 절대로 서울 떠나는 것을 반대하였나이다. 그는 서울 안에 돈 있는 독신 여자가 많아 K를 유혹하고 있다는 것이었사외다. 형은 이렇게 말하였다.

"다른 여자를 얻는다면 K의 인격은 다 알 수가 있는 것이다. 다 운명에 맡기고 가자, 가."

봉천으로 갔었나이다. 나는 진정할 수 없었나이다. 물론 그림은 그릴 수 없었고 그대로 소일할 수도 없었나이다. 나는 내 과거 생활을 알기 위하여 초고해 두었던 원고를 정리하였사외다. 그중에 모성에 대한 글, 부부 생활에 대한 글, 애인을 추억하는 글, 자

이혼 고백장

살에 대한 글, 지금 당할 모든 것을 예언한 것같이 되었나이다. 그리하여 전에 생각하였던 바를 미루어 마음을 수습할 수 있었던 것이외다. 한 달이 못 되어 밀고 편지가 왔나이다.

"K는 여편네를 얻었소. 아이도 데려간다 하오."

아직도 '설마 수속까지 하였으랴, 사회 체면만 면하면 화해가 되겠지.' 하고 믿고 있던 나는 깜짝 놀랐사이다. 형이 들어왔소이다.

"너 왜 밥도 안 먹고 그러니?"

"이것 좀 보오."

편지를 보였다. 형은 보고 비소[鼻笑, 코웃음]하였습니다.

"제가 잘못 생각이지. 위인은 다 알았다. 그까짓 것 단념해 버리고 그림하고나 살아라. 걸작이 나올지 아니?"

"나는 가 보아야겠소."

"어디로?"

"서울로 해서 동래까지."

"다 끝난 일을 가 보면 무얼 해, 치소[恥笑, 부끄러워 웃는 웃음] 받을 뿐이지."

"그러나 사람이 되고서 그럴 수가 있소? 생활비 한 푼 아니 주고 이혼이 무어요."

"2개년[38]간 별거 생활하는 서약은 어찌 된 모양이야?"

"그것도 제 맘대로 취소한 것이지."

"그놈, 미쳤군 미쳤어."

"나는 가서 생활비 청구를 하겠소. 아니 내가 번 것을 찾겠소."

"그러면 가 보되 진중히 일을 해야 네 치소를 면한다."

나는 부산행 기차를 탔습니다.

경성 역에 내리니 전보를 받은 T가 나왔습니다. T의 집으로 들어가 우선 씨의 여관 주인을 청했습니다. 나는 씨의 행동이 씨 혼자의 행동이 아니라 여관 주인을 위시하여 주위에 있는 친구들의 충동인 것을 안 까닭이었나이다.

"여보셔요."

"예."

"친구의 가정이 불행한 것을 좋아하십니까, 행복한 것을 좋아하십니까?"

"네, 물으시는 뜻을 알겠습니다. 너무 오해하지 마십쇼. 나는 전혀 몰랐더니 하루는 짐을 가지고 나갑디다."

"나도 그 여자 잘 아오. 며칠 살겠소."

T는 말한다.

나는 두어 친구로 동반하여 북미창정(北米倉町)[39] 씨의 살림집을 향하여 갔었습니다. 나는 밖에 섰으려니까 씨가 우쭐우쭐 오더니 그 집으로 들어가지 아니하고 내 앞을 지나갑니다.

"여보, 찻집에 들어가 이야기 좀 합시다."

두 사람은 찻집으로 들어갔습니다.

"나 살 도리를 차려 주어야 아니하겠소."

"내가 아니. C더러 살려 달래지."

"남의 걱정은 말고 자기 할 일이나 하소."

"나는 몰라."

나는 그 길로 부청(府廳)으로 가서 복적(復籍) 수속을 물어가지고 용지를 가지고 사무실로 갔었나이다.

"여보, 복적해 주오."

"이게 무슨 소리야."

"지난 일은 다 잊어버리고 갱생하여 삽시다. 당신도 파멸이요, 나도 파멸이요, 두 사람에게 속한 다른 생명까지도 파멸이오."

"왜 그래."

"차차 살아 보오. 당신 고통이 내 고통보다 심하리다."

"누가 그런 걱정하래?"

홀쩍 나가 버린다.

그 이튿날이외다. 나는 씨를 찾아 사무실로 갔사외다. 씨는 마침 점심을 먹으러 자택으로 향하는 길이었나이다.

"다점(茶店, 다방)에 들어가 나하고 이야기 좀 합시다."

씨는 아무 말없이 달음질을 하여 그 집 문으로 쑥 들어섰나이다. 나도 부지불각중 들어섰나이다. 뒤를 따라 방 안으로 들어섰나이다. 여편네는 세간 걸레질을 치다가, "누구요?" 한다. 세 사람은 마주 쳐다보고 앉았다.

"영감을 많이 위해 준다니 고맙소. 오늘 내가 여기까지 오려던

것이 아니라 다점에 들어가 이야기를 하겠더니 그냥 오기에 쫓아
온 것이오."

"길에서 많이 뵌 것 같은데요."

"그런지도 모르지요."

"내가 오늘 온 것은 이같이 속히 끝날 줄은 몰랐소. 이왕 이렇
게 된 이상 나도 살 도리를 차려 주어야 할 것 아니오? 그렇지 않
으면 나도 이 집에서 살겠소. 인사 차리지 못하는 사람에게 인사
를 차리겠소?"

씨는 아무 말없이 나가 버렸나이다. 나와 여편네와 담화가 시
작되었나이다.

"대체 어떻게 된 일이오?"

"그야 내게 물을 것 무엇 있소. 알뜰한 남편에게 다 들었겠소."

"그래, 그림 그리는 재주가 있으니까 살기야 걱정 없겠지요."

"지팡이 없이 일어서는 장사가 있답디까?"

"나도 팔자가 사나워서 두 계집 노릇도 해 보았소마는 어린것
들이 있어 오죽 마음이 상하리까. 어린것들을 보고 싶을 때는 어
느 때든지 보러 오시지요."

"그야 내 마음대로 할 것이오."

"저 남산 꼭대기 소나무가 얼마나 고상해 보이겠소마는 그 꼭
대기에 올라가 보면 마찬가지로 먼지도 있고 흙도 있을 것이오."

"그 말씀은 내가 남의 첩으로 있다가 본처로 되어도 일반이겠

다는 말씀이지요."

"그것은 마음대로 해석하구려."

씨가 다시 들어왔나이다. 세 사람은 다시 주거니 받거니 이야기가 시작되었나이다.

이때 어느 친구가 들어왔나이다. 그는 이번 사건에 화해시키려고 애를 쓴 사람이었나이다.

"무엇들을 그러시오."

"둘이 번 재산을 나눠 갖자는 말이외다."

"그 문제는 내게 일임하고 R선생은 나와 같이 나갑시다. 가시지요."

나는 더 있어야 별 수 없을 듯하여 핑계 삼아 일어섰나이다. 씨와 저녁을 먹으며 여러 이야기를 하였나이다.

나는 그 이튿날 동래로 내려갔사외다. 나는 기회를 타서 네 아이를 끼고 바다에 몸을 던질 결심이었나이다. 내 태도가 이상하였는지 시어머니와 시누이는 눈치를 채고 아이들을 끼고 듭니다. 기회를 탈래도 탈 수가 없었나이다. 또다시 짐을 정돈하기 위하여 잠가 두었던 장문을 열었나이다. 반이 쑥 들어간 것을 볼 때 깜짝 놀랐나이다.

"이 장문을 누가 곁쇠질[40]을 했어요.

"나는 모른다. 저번에 아범이 와서 열어 보더라."

"그래, 여기 있던 물건은 다 어쨌어요."

"안방에 갖다 두었다."

"그것은 다 이리 내놓으시오."

여편네들 혀끝에 놀아 잠근 장을 곁쇠질하여 중요 물품을 꺼낸 씨의 심사를 밉다고 할까 분하다고 할까. 나는 마음을 눅여서 생각하였나이다. 역시 몰상식하고 몰인정한 태도이외다. 그만치 그가 쓸데없이 약아지고, 그만치 그가 경제상 핍박을 당한 것을 불쌍히 생각하였나이다. 다시 최후의 출가를 결심하고 경성으로 향하였나이다. 황망한 사막에 서 있는 외로운 몸이었나이다.

어디로 향할까

모성애를 고수해 보려고 갖은 애를 썼나이다. 이 점으로 보아 양심에 부끄러울 아무것도 없었나이다.

나는 죽을 수밖에 없는 사람이 되고 말았나이다. 죽는 일은 쉽사외다. 한번 결심만 하면 뒤는 극락이외다. 그러나 내 사명이 무엇이 있는 것 같사외다. 없는 길을 찾는 것이 내 힘이요, 희망을 만드는 것이 내 힘이었나이다.

역경에 처한 자의 요령은 노력이외다. 근면이외다. 번민만 하고 있는 동안은 타임은 가고 그 타임은 절망과 파멸밖에 갖다주는 것이 없나이다. 나는 우선 제전에 입선될 희망을 만들었나이다. 그림을 팔고 있는 것을 전당하여 금강산행을 하였나이다. 구 만물

상 만상정에서 한 달간 지내는 동안 대소품(大小品) 20개를 얻었
나이다. 여기서 우연히 아베 요시에[41] 씨와 박희도[42] 씨를 만났사
외다.

"아, 이게 웬일이오."

박희도 씨는 나를 보고 놀랐사외다.

"센세이고코니아르상가오리마스요.(선생 여기에 R씨가 있군요.)"

아베 씨는 우리 방 문지방에 걸터앉으며 유심히 내 얼굴을 쳐
다보았나이다.

"고히토리데?(혼자이십니까?)"

"이치닌모노가이치닌데이루노가아다리마에쟈아리마셍카.(혼자
몸이 홀로 있는 게 당연하잖아요.)"

"이키마쇼우.(갑시다.)"

씨는 강한 어조로 동정에 넘치는 말이었사외다.

"아사마데데키아가루에가아리마스카.(내일까지 완성될 그림이 있
습니다.)"

"데와호테루데맛데이리마스.(그럼 호텔에서 기다리죠.)"

"나니토소.(아무쪼록.)"

씨는 한 발을 질질 끌며 의자에 앉았사외다, 타고 다니는 의
자에.

"닌겐모고우낫챠시마이데스.(인간도 이쯤 되면 끝장이지.)"

"센세이도우이다시마시테.(선생도 별 말씀을.)"

그 이튿날 호텔에서 만나도록 이야기하고 금번 압록강 상류 일주 일행 중에 참가되도록 이야기가 진행되었나이다. 그 이튿날 양 씨는 주을 온천으로 가시고 나는 고성 해금강으로 갔나이다. 고성군수 부인이 동경 유학 시 친구이었던 관계상 그의 사택에 가서 성찬으로 잘 놀고, 해금강에서 역시 아는 친구를 만나 생복(生鰒, 날전복)을 많이 얻어먹었나이다.

북청(北靑)으로 가서 일행을 만나 해산진으로 향하였나이다. 후기령(厚峙嶺) 경색(景色, 경치)은 마치 한 폭의 남화(南畫, 남종화)이었나이다. 일행 중 아베 씨, 박영철[43] 씨, 두 분이 계셔서 처처에 환영이며 연회는 성대하였나이다. 신갈포(新乫浦)로 압록강 상류를 일주하는 광경은 형언할 수 없이 좋았나이다. 일행은 신의주를 거쳐 경성으로 향하고 나는 봉천으로 향하였나이다. 거기서 그림 전람회를 하고 대련(大連, 다롄)까지 갔다 왔었나이다. 그 길로 동경행을 차렸나이다. 대구서 아베 씨를 만나 경주 구경을 하고, 진영으로 가서 박간(泊間) 농장을 구경하고, 자동차로 통도사, 범어사를 지나 동래를 거쳐 부산에 도착하여 연락선을 탔나이다.

동경에는 C가 출영하였나이다. 그는 의외에 내가 오는 것을 보고 놀랐사외다.

파리에서 그린, 내게는 걸작이라고 할 만한 「정원(庭園)」을 제전에 출품하였나이다. 하룻밤은 입선이 되리라 하여 기뻐서 잠을 못 자고 하룻밤은 낙선이 되리라 하여 걱정이 되어서 잠을 못 잤

이혼 고백장

나이다. 1224점 중 200점 선출에 입선이 되었나이다. 너무 기쁨에 넘쳐 전신이 떨렸사외다. 신문 사진반은 밤중에 문을 두드리고 라디오 방송이 되고 한 뉴스가 되어 동경 일판을 뒤흔들었사외다. 이로 인하여 나는 면목이 섰고 내 일신의 생계가 생겼나이다. 사람은 남자나 여자나 다 힘을 가지고 납니다. 그 힘을 사람은 어느 시기에 가서 자각합니다. 아무라도 한 번이나 두 번은 다 자기 힘을 자각합니다. 나는 평생 처음으로 자기 힘을 의식하였나이다. 그때에 나는 퍽 행복스러웠사외다. 아, 아베 씨는 내가 갱생하는 데 은인이외다. 정신상으로나 물질상 얼마나 힘을 써 주었는지 그 은혜를 잊을 길이 없사외다.

모성애

기백만 인(人) 여성이 기천 년 전 옛날부터 자식을 낳아 길렀다. 이와 동시에 본능적으로 맹목적으로 육체와 영혼을 무조건으로 자식을 위하여 바쳐 왔나이다. 이는 여성으로서 날 때부터 가지고 나온 한 도덕이었고, 한 의무이었고, 이보다 이상 되는 천직이 없었나이다. 그러므로 연인의 사랑, 친구의 사랑은 상대적이요, 보수(報酬)적이나, 어머니가 자식을 사랑하는 것만은 절대적이요, 무보수적이요, 희생적이외다. 그리하여 최고 존귀한 것은 모성애가 되고 말았사외다. 많은 여성은 자기가 가진 이 모성애로 인하여 얼마나 만족을 느꼈으며 행복스러웠는지 모릅니다. 그러나 때로는 이 모성애에 얽매어 하고 싶은 것을 하지 못하고 비참한 운명 속에서 울고 있는 여성도 적지 아니하외다. 그러면 이 모성애는 여성에게 최고 행복인 동시에 최고 불행한 것이 되고 말았습니다. 여자가 자기 개성을 잊고 살 때, 모든 생활 보장을 남자에게 받을 때 무한히 편하였고 행복스러웠나이다마는, 여자도 인권을 주장하고 개성을 발휘하려고 하며, 남자만 믿고 있지 못할 생활 전선에 나서게 된 금일에는 무한히 고통이요, 불행을 느낄 때도 있는 것이외다.

나는 어느덧 네 아이의 어머니가 되고 말았사외다. 그러나 내가 애를 쓰고 아이를 배고, 아이를 낳고, 아이를 젖 먹여 기르는 것은 큰 사실이외다. 내가 「모(母) 된 감상기」 중에 "자식의 의미는 단수에 있는 것이 아니라 복수에 있다."고 하였사외다. 과연 하나 기르고 둘 기르는 동안 지금까지의 애인에게서나 친구에게서 맛보지 못하는 애정을 느끼게 되었나이다. 구미 만유하고 온 후로는 자식에게 대한 이상이 서 있게 되었나이다. 아이들의 개성이 눈에 뜨이고 그들의 앞길을 지도할 자신이 생겼었나이다. 그리하여 나는 그들을 길러 보려고 얼마나 애쓰고 굴복하고 사죄하고 화해를 요구하였는지 모릅니다. 그러나 모든 것이 무용지물이 되고 말았구려.

금욕 생활

야반(夜半, 한밤중)에 눈이 뜨이면 허공의 구석으로부터 일진의 바람이 어디선지 모르게 불어 들어옵니다. 그때 고적이 가슴속에 퍼지는 것을 깨닫습니다. 지금까지 내가 느끼는 고적은 아픈 것은 있었으나 해될 것은 없었습니다. 지금 느끼는 고적은 독초 가시에 찔리는 자국의 아픔을 깨달았습니다. 어디로부터 와서 어디로 가는지 모르는 가운데서 무엇을 하든지 그 뒤는 고적합니다.

나는 소위 정조를 고수한다는 것보다 재혼하기까지는 중심을 잃지 말자는 것이외다. 즉 내 마음 하나를 잊지 말자는 것이외다. 나는 이미 중실(中實)을 잃은 사람이 되고 말았습니다. 이에 중심까지 잃는 날은 내 전정은 파멸이외다. 오직 중심 하나를 붙잡기 위하여 절대 금욕 생활을 하여 왔사외다.

남녀를 물론하고 임신 시기에 있어서는 금욕 생활이 용이한 일이 아니외다. 나도 이때만은 태몽을 꾸면서 고통으로 지냈나이다.

나는 처녀와 같고 과부와 같은 심리를 가질 때가 종종 있나이다. 그리고 독신자에게는 이러한 경구가 있는 것을 잊어서는 아니 됩니다. "모든 사람에게 허락할까, 한 사람에게도 허락지 말까."

이성의 사랑은 무섭다. 사람의 정열이 무한히 올라가는 것이 아니라 한란계의 수은이 100도까지 올라갔다가 도로 저하하듯이, 사랑의 초점을 100도라 치면 그 이상 올라가지 못하고 저하하는 것이외다. 그리하여 열정이 고상할 시에는 상대자의 행동이 미화,

선화(善化)하나, 저하할 시는 여지없이 추화(醜化), 악화해지는 것이외다. 나는 이것을 잘 압니다. 그리하여 사랑이 움돋을 만하면 딱 분질러 버립니다. 나는 그 저하한 뒤 고적을 무서워함입니다. 싫어함입니다. 이번이야말로 다시 이런 상처를 받게 되는 날은 갈 곳 없이 사지로밖에 돌아갈 길이 없는 까닭입니다. 아, 무서운 것!

적막한 것이 사람입니다. 그러므로 사람은 살아 있는 것이 무의미로 생각하기에는 너무 깊은 감각을 주는 것을 알 수 있습니다. 어디 굴리든지 어떻게 하든지 거기까지 가는 사람은 은택 입은 사람입니다. 적막에서 돌아오는 그것이 우리의 희망일는지 모릅니다. 아, 사람은 혼자 살기에는 너무 작습니다. 타임의 1일은 짧으나 그 타임의 계속한 1년이나 2년은 깁니다.

이혼 후 소감

나는 사람으로 태어난 것을 후회합니다. 나는 사람으로 태어나고 싶어 태어난 것이 아니라, 사람이 어떠한 것인지 이 세상이 어떠한 곳인지 모르고 태어난 것 같사외다. 이 인생 됨이 더 추하고 비참한 것이요, 더 절망적으로 되었다 하더라도 나는 원망치 아니합니다. 지금 나는 죽어도 살아도 똑같다고 생각합니다. 죽음은 무서운 것이외다. 그럴 때마다 자기를 참으로 살렸는지 아니하였는지 봅니다. 나는 자기를 참으로 살릴 때는 죽음이 무섭지 않사

이혼 고백장

외다. 다만 자기를 다 살리지 못하였을 때 죽음이 무섭습니다. 그런고로 죽음의 공포를 깨달을 때마다 자기의 부덕함을 통절히 느낍니다.

나는 자기를 천박하게 만들고 싶지 않은 동시에 타인을 원망하기 전에 자기를 반성하고 싶습니다. 자기 내심에 천박한 마음이 생기는 것을 알고 고치지 않고는 있지 못하는 사람은 인류의 보물이외다. 이러한 사람은 벌써 자기 마음속에 있는 잡초를 잊고 좋은 씨를 이르는 곳마다 펼치어 사람 마음의 양식이 되는 자외다. 즉 공자나 석가나 예수와 같은 사람이외다. 태양은 만물을 뜨겁게 아니 하려도 자연 덥게 만듭니다. 아무런 것이 오더라도 그것을 비추는 재료로 화해 버립니다. 바다는 아무리 더러운 것이 뜨더라도 자체를 더럽히지 않습니다.

모든 사람의 경우와 처지를 생각해 보자 그때 거기에서 자기를 찾습니다. 사랑을 깨닫습니다. 그러므로 자기가 요구하는 사람은 먼저 자기를 만들 것입니다. 사람은 자기 내심의 자기도 모르는 정말 자기를 가지고 있습니다. 보이지도 알지도 못하는 자기를 찾아내는 것이 사람 일생의 일거립니다. 즉 자아 발견이외다.

사람은 쓸데없는 격식과 세간의 체면과 반쯤 아는 학문의 속박을 많이 받습니다. 있으면 있을수록 더 가지고 싶은 것이 돈이외다. 높으면 높을수록 더 높아지고자 하는 것이 지위외다. 가지면 가지니 만치 음기로 되는 것이 학문이외다. 사람의 행복은 부를 얻은 때도 아니요, 이름을 얻은 때도 아니요, 어떤 일에 일넘이 되었을 때외다. 일넘이 된 순간에 사람은 전신 세청(洗淸)한〔깨끗이 씻은 듯한〕 행복을 깨닫습니다. 즉 예술적 기분을 깨닫는 때외다.

인생은 고통, 그것일는지 모릅니다. 고통은 인생의 사실이외다. 인생의 운명은 고통이외다. 일생을 두고 고병(苦病)을 깊이 맛보는 데 있습니다. 그리하여 이 고통을 명확히 사람에게 알리는 데 있습니다. 범인은 고통의 지배를 받고, 천재는 죽음을 가지고 고통을 이겨 내어 영광과 권위를 취해 낼 만한 살 방침을 차립니다. 이는 고통과 쾌락 이상 자기에게 사명이 있는 까닭이외다. 그리하여 최후는 고통 이상의 것을 만들고 맙니다.

번뇌 중에서도 일의 시초를 지어 잇는다.

내 갈 길은 내가 찾아 얻어야 한다.

사람은 누구든지 자기 운명이 어찌 될지 모릅니다. 속 마디를 지은 운명이 있습니다. 끊을 수 없는 운명의 쇠사슬이외다. 그러나 너무 비참한 운명은 왕왕 약한 사람으로 하여금 반역케 합니다. 나는 거의 재기할 기분이 없을 만치 때리고 욕하고 저주함을 받게 되었습니다. 그러나 나는 필경은 같은 운명의 줄에 얽히어 없어질지라도 필사의 쟁투에 끌리고 애태우고 괴로워하면서 재기하려 합니다.

조선 사회의 인심

우리가 구미 만유하기까지 그다지 심하지 아니하였다마는 갔다 와서 보니 전에 비하여 일반 레벨이 훨씬 높아진 것이 완연히 눈에 띄었습니다. 그리하여 유식 계급이 많아진 동시에 생존경쟁이 우심(尤甚)하여졌습니다.[더욱 심하여졌습니다] 생활 전선에 선 2000만 민중은 저축 없고 실력 없이 살 길에 헤매어, 할 수 없이 오사카로, 만주로, 남부여대(男負女戴)[44]하여 가는 자가 적지 아니하외다. 과연 조선도 이제는 돈이 있든지 실력, 즉 재주가 있든지 하여야만 살게 되었사외다.

사상상으로 보면 국제적 인물이 통행하는 관계상 각 방면의 주의, 사상이 수입하게 됩니다. 이에 좁게 알고 널리 보지 못한 사람으로 그 요령을 취득하기에 방황하는 것은 당연한 이치입니다. 비빔밥을 그냥 먹을 뿐이요, 그중에서 맛을 취할 줄 모르는 것이 대부분입니다. 그러므로 오늘은 이 주의에서 놀다가 내일은 저 주의에서 놀게 되고, 오늘은 이 사람과 친했다가 내일은 저 사람과 친하게 됩니다. 일정한 주의가 확립치 못하고 고립한 인생관이 서지를 못하여 바람에 날리는 갈대와 같은 시일을 보내고 맙니다. 이는 대개 정치 방면에 길이 막히고 경제에 얽매어 자기 마음을 자기가 마음대로 가질 수 없는 관계도 있겠지만 너무 산만적이 되고 말았나이다.

조선의 유식 계급 남자 사회는 불쌍합니다. 제일 무대인 정치

방면에 길이 막히고, 배우고 쌓은 학문은 용도가 없어지고, 이 이론 저 이론 말해야 이해해 줄 사회가 못 되고, 그나마 사랑에나 살아 볼까 하나 가족제도에 얽매인 가정 몰이해한 처자로 하여 눈살이 찌푸려지고 생활이 신산스러울 뿐입니다. 애매한 요릿집에나 출입하며 죄 없는 술에 투정을 다하고, 몰상식한 기생을 품고 즐기나 그도 역시 만족을 주지 못합니다. 이리 가 보면 나을까 저 사람을 만나면 나을까 하나 남은 것은 오직 고적뿐입니다.

유식 계급 여자, 즉 신여성도 불쌍하외다. 아직도 봉건시대 가족제도 밑에서 자라나고 시집가고 살림하는 그들의 내용의 복잡이란 말할 수 없이 난국이외다. 반쯤 아는 학문이 신구식의 조화를 잃게 할 뿐이요, 음기를 돋을 뿐이외다. 그래도 그대들은 대학에서 전문에서 인생철학을 배우고, 서양에나 동경에서 그들의 가정을 구경하지 아니하였는가. 마음과 뜻은 하늘에 있고 몸과 일은 땅에 있는 것이 아닌가. 달콤한 사랑으로 결혼하였으나 너는 너요 나는 나대로 놀게 되니 사는 아무 의미가 없어지고 아침부터 저녁까지 반찬 걱정만 하게 되는 것이 아닌가. 급기 신경과민, 신경쇠약에 걸려 독신 여자를 부러워하고 독신주의를 주장하는 것이 아닌가. 여성을 보통 약자라 하나 결국 강자이며, 여성을 작다 하나 위대한 것은 여성이외다. 행복은 모든 것을 지배할 수 있는 그 능력에 있는 것이외다. 가정을 지배하고 남편을 지배하고 자식을 지배한 나머지에 사회까지 지배하소서. 최후 승리는 여성

이혼 고백장

에게 있는 것이 아닌가.

조선 남성 심사는 이상하외다. 자기는 정조 관념이 없으면서 처에게나 일반 여성에게 정조를 요구하고 또 남의 정조를 빼앗으려고 합니다. 서양에나 동경 사람쯤 하더라도 내가 정조 관념이 없으면 남의 정조 관념이 없는 것을 이해하고 존경합니다. 남의 정조를 유인하는 이상 그 정조를 고수하도록 애호해 주는 것도 보통 인정이 아닌가. 종종 방종한 여성이 있다면 자기가 직접 쾌락을 맛보면서 간접으로 말살시키고 저작(咀嚼)시키는〔입에 넣고 씹는〕 일이 불소하외다. 이 어이한 미개명의 부도덕이냐.

조선 일반 인심은 과도기인 만치 탁 터 나가지를 못하면서 내심으로는 그런 것을 요구합니다. 경제에 얽매여 움치고 뛸 수 없으니 지글지글 끓는 감정을 풀 곳이 없다가 누가 앞을 서는 사람이 있으면 가부를 막론하고 비난하며, 그들에게 확실한 인생관이 없는 만치 사물에 해결이 없으며, 동정과 이해가 없이 형세 닿는 대로 이리 긋기고 저리 긋기게 됩니다. 무슨 방침을 세워서라도 구해 줄 생각은 소호(小毫, 조금)도 없이 마치 연극이나 활동사진 구경하듯이 재미스러워하고 비소하고 질타하여 일껏 선안(先眼)에 착심(着心)하였던〔마음을 두었던〕 유망한 청년으로 하여금 위축의 불구자를 만드는 것 아닌가. 보라, 구미 각국에서는 돌비한 행동하는 자를 유행을 삼아 그것을 장려하고 그것을 인재라 하며 그것을 천재라 하지 않는가. 그러므로 앞을 다투어 창작물을 내

나니, 이러므로 일진월보(日進月步)의 사회의 진보가 보이지 않는가. 조선은 어떠한가? 조금만 변한 행동을 하면 곧 말살시켜 재기치 못하게 하나니 고금의 예를 보아라. 천재는 당시 풍속 습관의 만족을 갖지 못할 뿐 아니라 차대(次代, 다음 때)를 추측할 수 있고 창작해 낼 수 있나니 변동을 행하는 자를 어찌 경솔히 볼까보냐. 가공할 것은 천재의 싹을 분질러 놓는 것이외다. 그러므로 조선 사회에는 금후로는 제1선에 나서 활동하는 사람도 필요하거니와 제2선, 제3선에 처하여 유망한 청년으로 역경에 처하였을 때 그 길을 틔워 주는 원조자가 있어야 할 것이요, 사물의 원인 동기를 심찰하여 쓸데없는 도덕과 법률로써 재판하여 큰 죄인을 만들지 않는 이해자가 있어야 할 것입니다.

청구 씨에게

씨여, 이만하면 떨어져 있는 동안 내 생각을 알겠고 변동된 내 생활을 알겠사외다. 그러나 여보셔요, 아직까지도 나는 내게 적당한 행복된 길이 어디 있는지를 찾지 못하였어요. 씨와 동거하면서 때때로 의사 충돌을 하며 아이들과 살림살이에 엄벙덤벙 시일을 보내는 것이 행복스러웠을는지, 또는 방랑 생활로 나서 스케치 박스를 메고 캔버스에 그림 그리고 다니는 이 생활이 행복스러울지 모르겠소. 그러나 인생은 가정만도 인생이 아니요, 예술만도 인생

이혼 고백장

이 아니외다. 이것저것 합한 것이 인생이외다. 마치 수소와 산소와 합한 것이 물인 것과 같이. 여보셔요, 내 주의는 이러해요. 사람 중에는 보통으로 사는 사람과 보통 이상으로 사는 사람이 있다고 봅시다. 그러면 그 보통 이상으로 사는 사람은 보통 사람 이상의 정력과 개성을 가진 자외다. 더구나 근대인의 이상은 남의 하는 일을 다하고 남는 정력으로 자기 개성을 발휘하는 것이 가장 최고 이상일 것이외다. 그는 이론뿐이 아니라 실례가 많으니 위인 걸사들의 생활은 그러하외다. 즉 수신제가치국평천하가 고금(古今, 예나 지금)이 다를 것 없나이다.

나는 이러한 이상을 가지고 10년 가정 생활에 내 일을 계속해 왔고 자금으로도 실행할 자신이 있던 것이외다. 그러므로 부분적이 내 생활 행복이 될 리 만무하고, 종합적이라야 정말 내가 요구하는 행복의 길일 것이외다. 이 이상을 파괴케 됨은 어찌 유감이 아니리까.

감정의 순환기가 10년이라 하면, 싫었던 사람이 좋아도 지고 좋았던 사람이 싫어도 지며, 친했던 사람이 멀어도 지고 멀었던 사람이 친해도 지며, 선한 사람이 악해도 지고 악했던 사람이 선해도 지나이다. 씨의 10년 후 감정은 어떻게 될까. 이상에도 말하였거니와 부부는 세 시기를 지나야 정말 부부 생활의 의미가 있다고 하였습니다. 나는 이미 그대의 장처 단처를 다 알고 씨는 나의 장처 단처를 다 아는 이상 상호 보조하여 살아갈 우리가 아니었던가.

하여간 이상 몇 가지 주의로 이혼은 내 본의가 아니요, 씨의 강청이었나이다. 나는 무저항적으로 양보한 것이니 천만 번 생각해도 우리 처지로 우리 인격을 통일치 못하고 우리 생활을 통일치 못한 것은 부끄러운 일입니다. 아울러 바라는 바는 여든 노모의 여생을 편하게 하고, 네 아이의 양육을 충분히 주의해 주시고 나머지는 씨의 건강을 바라나이다.

1934년 8월

《삼천리》(1934. 8.~9.)

신생활에 들면서

"나는 가겠다."

"어디로?"

"서양으로."

"서양 어디로?"

"파리로."

"무엇하러?"

"공부하러."

"다 늙게 공부가 무어야?"

"젊어서는 놀구 늙어서는 공부하는 것이야."

"그렇기는 그래, 머리가 허연 노대가의 작품이야말로 값이 있으니까. 그러나 꿈적거리기 귀찮지도 않은가?"

"어지간히 짐도 꾸려 보았네마는 아직도 짐만 싸면 신이 나."

"아무 데서나 살지, 다 늙게."

"사는 것은 몸으로 사는 것이 아니라 마음으로 사는 것이야."

"몸이 늙으면 마음도 늙지."

"아니지, 몸이 늙어 갈수록 마음은 젊어 가는 것이야. 오스카 와일드의 시에도 '몸이 늙어 가는 것이 슬픈 것이 아니라 마음이 젊어 가는 것이 슬프다.'고 했어. 그러기에 서양 사람은 나이 관념이 없이 언제까지든지 젊은 기분으로 살 수 있고, 동양 사람은 늘 나이를 생각하기 때문에 쉬 늙어."

"그러나 몸이 늙어 쇠퇴해지면 마음에 기분에 기운이 없는 것은 사실이오, 팔팔한 젊은 기분을 볼 때는 꿈속 같은 걸 어찌하나."

"그야 그렇지만 한갓 마음가짐에 달린 것이야. 다만 걱정거리는 나이 먹고 늙어 갈수록 생각만 늘어 가고 기운이 주는 것이야."

"글쎄 내 말이 그 말이야. 그러니까 말이야, 친구도 나이 마흔 에 이리저리 헤매지 말고 서울서 그대로 기초를 잡으란 말이야."

"나는 싫어, 내 과거와 현재와 미래를 다 알고 있는 조선이 싫 어. 조선 사람이 싫어."

"흥, 그거는 모르는 말일세. 친구가 조선을 떠난다면 그 과거 현재 미래가 아니 따라갈 줄 아나."

"글쎄, 과거야 어디까지나 쫓아다니겠지마는 현재와 미래만은 환경으로 변할 수가 있을 터이니까."

"그렇지만 암만 환경을 변하더라도 그 과거가 늘 침입하여 고

신생활에 들면서

처 놓은 환경을 흐려 놓는 것을 어찌하나. 그러기에 한번 과거를 가진 사람은 좀처럼 뿌리를 빼지 못하는 것이야."

"암, 뿌리야 빠질 수 없는 일이지마는 개척하는 데 따라 환경으로 과거를 정복할 수 있는 것이지."

"그러자니 그 상처를 아물려는 비애가 오죽한가?"

"그것은 각오만 하면 참을 수 있는 것이야, 어렵기는 어렵지."

"그만치 마음이 단단하다면 나는 안심하네. 해 보고 싶은 대로 해 보게."

강한 체하고 친구의 허락까지 받았으나 친구가 무책임하게 돌아설 제 내 가슴속은 다시 공허로 채워졌다. 이혼 사건 이후 나는 조선에 있지 못할 사람으로 자타 간에 공인하는 바이었고, 사오 년간 있는 동안에도 실상 고통스러웠나니, 제1, 사회상으로 배척을 받을 뿐 아니라 나의 이력이 고급인 관계상 그림을 팔아먹기 어렵고 취직하기 어려워 생활 안정이 잡히지 못하였고, 제2, 형제 친척이 가까이 있어 나를 보기 싫어하고, 불쌍히 여기고, 애처로이 생각하는 것이요, 제3, 친우 지인들이 내 행동을 유심히 보고 내 태도를 눈여겨보는 것이다. 아니다, 이 모든 조건쯤이야 내가 먼저 있기만 하면 이겨 낼 수 있는 것이다. 이보다 내 살을 에이는 듯 내 뼈를 긁어 내는 듯한 고통이 있었나니 그는 종종 우편배달부가 전해 주는 딸 아들의 편지이다. '어머니 보고 싶어.' 하는 말이다. 환경이란 우습고도 무서운 것이다. 환경이 일변하는 동시에 과거의 공적은 공(空)이 되고 과거의 사실만 무겁게 처져 있다. 그러므로 나는 이 따라다니는 과거를 껴안고 공에서 생(生)의 목록을 시작하지 않으면 아니 되게 되었다.

유혹

결코 손을 대서는 아니 된다고 한 과실에 손을 댄 것은 뱀의 유혹이었고, 이브의 호기심이 아니었나. 이로 인하여 받은 신벌(神罰)은 얼마나 엄격하였나. 유혹처럼 무섭고 즐거운 매력은 없는 것 같고 유혹의 낙(樂), 불안, 위구(危懼, 두려움), 우려는 호기심에 그것이 나갔다.

동기는 여하한 것이든지 훨씬 열어젖힌 세계는 이상히도 좋았고 더구나 무구속하고 엄숙하게 지켜 있는 마음에 어찌 자유스러운 감정을 가지지 않게 되겠는가. 나는 확실히 유혹을 받았고 나는 확실히 호기심을 가졌었다. 우리는 황무(荒蕪)한(거친) 형극의 길가에서 생각지 않은 장미화를 발견한 것이었다. 방향과 밀봉 중에 황홀하였던 것이다. 그 결과는 여하하든지 나의 진보 과정상 감수하지 않으면 아니 되었다. 사람의 진보 경로는 여러 가지 형태가 있다. 행복스러운 환경과 조건 밑에서 아무 고로(苦勞, 괴로움과 수고로움)와 생각 없이 살아가는 사람도 적지 않다. 그러나 다수는 신(伸)하기(펼치기) 전에 굴(屈)하게(굽히게) 된다. 여하히 누르든지 미혹하든지 분지르든지 하더라도 일의(一意)로(한뜻으로) 살려고만 하면 되지 않는가. 겨울에 얼어붙은 개천들을 보라. 그 더럽게 흐르던 물이 어떻게 이렇게 희게 아름답게 얼어붙는가. 이것은 확실히 그 본체는 순정과 미를 잃지 않았던 것이다. 이 점으로 보아 진보해 가는 사람을 생각하게 된다. 이러한 사람에게는 떨어진 물이 더러우면 더러울수록, 떨어진 유혹의 길이 깊으면 깊어질수록 더 심각한, 더 복잡한 현실을 엿보는고로 이 의미로 보아 이러한 사람은 미혹에 처하면 처할수록 외면으론 비록 고통스러울지언정 내막은 풍부한 감정으로 살 수 있는 것이다. 그리고 세상 범사로 긍정해 버리고 만다.

독신자

이성 간 사랑은 순정이라야 한다. 이 순정을 잃은 자는 상처를 받은 자이다. 이 상처를 맛본 자는 몸에 끈기가 없고 마음에 끈기가 없나니 즉 탄력성 적고 중간성을 실(失)하여(잃어) 조화성이 없다. 그리하여 그 상처를 얻은 자, 즉 독신자에게는 감정이 마비되어 희로애락의 경계선이 분명치 못하고 동시에 사물에 싫증이 쉬나고 애착심이 생기지 않는다. 그러므로 남녀 간에 상처를 받은 자는 반드시 남자면 순처녀, 여자면 순동남으로 배우(配偶)하여야 (부부가 될 짝을 정해야) 조화성을 유지하게 된다.

여러 사람에게 허락하여 순간순간 쾌락으로 살아갈까, 혹은 한 사람에게도 허락치 말아 내 마음을 지키고 살까. 급기 실행에 미치고 보니 유시(幼時, 어릴 때)로부터 가정 교육 인습에 찔려 더구나 양심이 허락지 않아 전자를 실행치 못하고 후자를 실행해 보니 과연 어렵다. 친우를 얻을 수 없고 동지를 잃는다. 이는 대개 독신자의 이성 교제란 인격적 교제가 못 되고 성적 교제가 되나니 첫인상부터 상대자의 소유가 없는 것이 염두에 떠오른다. 결국 성교된 후에도 길지 못하나니 상대가 자기에게 허신(許身)하듯이 (몸을 허락하듯이) 타인에게도 허신하리라는 의심을 가짐이요, 성적 관계가 실행치 않으면 더구나 보잘것없이 교제 시일이 짧은 것이라. 그리하여 독신자는 정신적 동요가 심하나니 갑이란 이성을 대할 때는 갑에게 마음이 가고, 을을 만날 때는 을에게 마음이 가, 마음이 집중이 되지 못한다.

그러므로 사람에게는 반드시 마음의 안착될 만한 애(愛)의 상대자가 필요하나니 아무리 착심(着心)하는 일이 있다 하더라도 인간인 이상 인간의 상대자를 요구한다. 이 애(愛)의 상대자를 구하지 못한 독신자는 늘 허순허순하고 허청허청하여 마치 황무지에선 전신주와 같이 강풍에 쓰러질 듯 쓰러질 듯하게 된다.

독신자들이여, 그대들에게 불행, 즉 배우자를 잃게 되거든 그 즉시 후보자를 구해 얻으라. 저주하고 생각할 동안에 제2, 제3 불행이 습래(襲來)하나니(습격해 오니) 그 불행을 이겨 낼 만한 각오

신생활에 들면서

를 가졌으면 모르거니와 점점 끈기가 없이 보송해 가고, 사람이 싫어져 가고, 말이 하기 싫고, 잡을 손이 떨어져 사람을 버려 가는 것이야 어쩌하랴. 더구나 그들은 건강을 잃게 되나니 대개 남녀 간에는 생각할 시기 외에는 성적 관계보다 음양의 체온이 필요하고 음기가 필요한 것이다. 독신자가 다수는 나른하고 따분한 것은 이 관계가 많으니 독신으로 지내는 것은 두말할 것 없이 부자연한 상태이다.

'현실의 비애' 그것은 예술상 아름다운 문자로만 아는 데 지나지 않던 내가 지금은 과거 어느 시대와 현재를 비교하여 과연 현실의 비애를 알게 되었다.

나는 어느 시점에서 우와 좌의 길을 잘못 밟은 것 같다. '실패'에 들어 어지간히 걸어온 나는 지금도 반성으로 더불어 그 나누어진 길까지 되돌아 들려 하나 이미 멀리 와 버려진 고로 용이한 일이 아니다. 다만 자위의 길을 취할 따름이다.

정조

정조는 도덕도 법률도 아무것도 아니요, 오직 취미다. 밥 먹고 싶을 때 밥 먹고, 떡 먹고 싶을 때 떡 먹는 거와 같이 임의 용지(任意用志)로 할 것이요, 결코 마음의 구속을 받을 것이 아니다.

취미는 일종의 신비성이니 악을 선으로 해석할 수도 있고, 추를 소(笑)로〔웃음으로〕 화할 수도 있어 비록 외형의 어느 구속을 받는 한이 있더라도 마음만은 자유자재로 움직일 수 있나니, 거기에는 아무 고통이 없고 신산(辛酸)이〔쓰라리고 고됨이〕 없이 오직 희열과 만족뿐이 있을 것이니, 즉 객관이 아니요 주관이요, 무의식적이 아니요 의식적이어서 마음에 예술적 정취를 깨닫고 행동이 예술화되는 것이다.

서양서는 일찍이 19세기 초부터 여자 교육에 성교육이 성행하였고, 파리 풍기 그렇게 문란하더라도 그것이 악하고 추하게 보인다는 것보다 오히려 아름답게 보이는 것은 이미 그들이 머리에는 성적 관계를 의식하였고 동시에 취미로 알고 행동에 예술화한 까닭이다.

다만 정조는 그 인격을 통일하고 생활을 통일하는 데 필요하니 비록 한 개인의 마음은 자유스럽게 정조를 취미화할 수 있으나 우리는 불행히 나 외에 타인이 있고 생존을 유지해 가는 생활이 있다. 그리하여 사회의 자극이 심하면 심하여질수록 개인의 긴장미가 필요하니 즉 마음을 집중할 것이다. 마음을 집중하는 자는 그 인격을 통일하고 그 생활을 통일하는 자이다. 그러므로 유래 정조 관념을 여자에게 한하여 요구하여 왔으니 남자도 일반일 것 같다.

왕왕 우리는 이 정조를 고수하기 위하여 나오는 웃음을 참고 끓는 피를 누르고 하고 싶은 말을 다 못 한다. 이 어이한 모순이

신생활에 들면서

냐. 그러므로 우리 해방은 정조의 해방부터 할 것이니 좀 더 정조가 극도로 문란해가지고 다시 정조를 고수하는 자가 있어야 한다. 저 파리와 같이 정조가 문란한 곳에도 정조를 고수하는 남자 여자가 있나니 그들은 이것저것 다 맛보고 난 다음에 다시 뒷걸음치는 것이다. 우리도 이것저것 다 맛보아가지고 고정해지는 것이 위험성이 없고, 순서가 아닌가 한다.

흐르는 물결을 한편으로 흐르게 하면 기어이 타방면으로 흐트러지고 만다. 젊고 격렬한 흐름도 그 가는 길에서 틀려 가는 것이다. 이것은 자연이니 자연을 누구의 힘으로 막으랴.

자식들

윤정이 있는 것은 사실이나 나는 모성애가 천품으로 있는 것인지 한 습관성인지 우리가 많이 경험하는, 자식을 낳아 유모를 주어 기른다면 남의 자식과 조금도 틀림없는 관념이 생긴다.

생이별을 하여 남의 손에 기른다면 역시 남의 자식과 똑같은 관념이 생긴다. 그러면 자식은 반드시 낳아서 기르는 데 정이 들고 그 모성애의 맛을 보는 것이니 아무리 남이 길러 줄 내 자식일지라도 장성한 뒤 만나게 된다면 깊은 정이 없이 섬섬하고 서어하게(서먹하게) 되나니 이렇게 되면 타인과 조금도 다름없이 이해타산으로 그 정을 계속하게 되는 것이다.

더구나 다대한 감정을 가지고 이혼을 한 두 사람 틈에 있는 자식이랴. 어렸을 때부터 귀에 젖게 출가한 생모의 과실을 어른에게 듣고 의아하다가 그 생모를 만난 뒤에 융화성이란 좀처럼 생길 것이 아니다. 즉 삼종지도에 어렸을 때 사랑의 중심을 어머니와 아버지에게 두어야 할 아이들이 생활의 중심을 잃었고 동시에 마음의 중심도 잃은 것이라. 이러한 일종의 탈선적 습관이 생긴 아이에게 중간에 들여미는 모성애가 무슨 그다지 존귀함을 느끼랴. 다만 그 생모가 경제 능력이 커서 그것으로나 정복하면 모르거니외 그 아이의 머리에는 이해타산밖에 없을 것이다. 그리하여 결국 남편과 생이별을 하게 되면 법률상으로 그 자식들은 남편의 자식이 되는 것이요, 자식과도 역시 타인이 되고 만다. 그러므로 유래 구습 여자들은 남편과 생이별을 할 시는 자식 하나를 끼고 나가 평생을 거기 구속받고 마나니, 이는 정을 들이자는 애처로운 사정이 있는 까닭이니 비교적 이런 자식에게는 효도를 받는다는 것보다 원망을 많이 받게 되나니 부질없는 일이요, 이혼하는 동시는 딱 끊고 후일의 운명을 기다릴 것이다.

나는 이러한 것을 잘 알고 다 각오하였다. 그러므로 사람들이 내게 대하여,

"크면 어디 가오? 다 에미 찾는 법이지."

하면 코웃음이 난다. 에미는 찾아 무엇하고 자식은 찾아 무엇할 것인가. 남은 문제는 내가 돈이 많아서 저희들에게 이롭게 해

신생활에 들면서

준다면 모르거니와 그렇지 않으면 영원히 남이 되고 마는 것이다. 다만 열 달간 뱃속에 넣고 고생했을 따름이나, 그도 과거가 되고 보니 한 경험담에 지나지 않는 것이다.

공상적으로 보이던 모든 것이 다 산 것이 되고 말았다. 향하는 하늘 빛은 높고 푸르다. 그 지평선 흐린 곳에서나 광명과 희망을 부르짖게 된다. 가슴에 잔뜩 동경하는 내게는 너무 모르는 세계가 있다. 거기서 주저주저하는 불안과 공포심이 생긴다. 알지 못하고 화원에 발을 들여놓아 감미한 분위기에 도취하였던 내가 기실 그것이 가시덤불 속 장미화이었던 것을 알고 운다. 불행에서 행복을 찾자.

나는 누구에게 대해서든지 이렇게 말한다.

"독신자처럼 불행하고도 행복스러운 자는 없다."고.

여자는 시집가서 자식 낳고 아침 저녁 반찬 걱정하다가 일생을 보내는 범위를 떠나면 불행이라 한다. 그러나 그 범위 내에서 갈팡질팡하는 것이 행복이고 한번 그 범위를 벗어나서 그 범위 내에 있는 자를 보라. 도리어 그들이 불행하고 자기가 행복된 것을 느끼나니, 날마다 같은 생활을 되풀이하는 그 침체한 생활에 비교하여 시시각각으로 변천하는 감각의 생활을 하는 자기를 보라. 얼마나 날마다 그 인생관이 자라 가고 생의 가치를 느껴 가는지. 사람은 그 생명이 붙어 있는 동안이 사는 시간이 아니요, 감정을 움직이는 것이 사는 것이다. 세상에는 사회에 얽매이고 친구 가족에게 얽매이고, 생활에 얽매이어 그 몸을 옴치고[움츠리고] 뛰지 못하는 자 얼마나 많으뇨. 이 실로 불행한 자로다. 한번 독신의 몸이 되어 보라. 그 몸이 하늘에도 나를 것 같고, 땅에도 구를 것 같으며, 전후 좌우가 탁 틔어 거칠 것이 없이 그 몸과 마음이 자유롭다. 이런 사람이야말로 그들의 못하는 일, 그들의 못하는 생각을 해 놓나니 역대의 위인, 걸사, 명작가들의 그 예가 많다. 그러므로 나는 종종 이런 말을 한다.

"K가 나를 활인(活人)했어.[사람으로 살렸어.] 내게는 더 없는 고마운 사람이야. 그가 나를 가정생활에서 떠나게 해 준 까닭에 제 전에 입선을 하게 되고 돌비(突飛)한[뛰어난] 감상문을 수편 쓰게 되었어. 나는 지금 죽어도 산 맛은 다 보았어. 나는 K를 조금도 원망치 않아. 오히려 고마운 은인으로 여겨진다."

이렇게 말하면서 불행에서 행복을 찾게 된다.

여하한 환경이든지 다 내가 신용하도록 힘쓰면 불행 중에서 의외로 행복을 찾는 것이다.

즉, 제1은 내 자신이 환경을 쫓을 것, 제2는 환경을 내게 쫓게 할 것, 제3은 환경을 타처에서 구할 것. 이것을 실행하면 넓은 신천지를 발견할 수 있고 불행에서 행복을 찾기 그다지 어려운 일이 아니다.

여하한 종류의 과실이든지 오욕이든지 그것을 이겨 낼 만한 힘만 있으면 귀중한 경험, 즉 찬연한 결정이 되어 그 사람 몸에 행복으로 처져 있게 된다.

나는 어떤 사람이 될까

그렇게 쾌활하고 명랑하던 내가 소금에 푹 절인 사람이 되고
말았다. 얼이 빠지고 어릿어릿하고 기운이 없고 탄력이 없다. 나이
마흔이라 그럴 때도 되었지만 그래도 심한 상처만 아니 받았던들
그렇게 쉽사리 늙을 내가 아니다. 그러나 이런 여자가 되고 싶다
는 이상만은 언제까지든지 계속하고 있다.

남이 이성으로 대할 때 나는 감각으로 대하자. 남이 정의로 대
할 때 나는 우아로 대하자. 남이 용기로 나를 대할 때 나는 응양
(鷹揚)의〔위엄의〕 마음으로 남을 대하자.

나는 금욕 생활을 계속하자. 심령의 통일과 건강 보존으로. 그
는 나의 성질이 냉혹한 까닭이 아니라 오히려 정열적인 까닭이다.
나는 일견 엄격하게 보이나 그는 내가 냉정한 까닭이 아니라 가
슴에 피가 지글지글 끓는 까닭이다. 나는 영적인 동시에 육감적이
되고 싶다. 자존심이 강한 동시에 진실하고 싶다. 나는 남의 큰 사
랑을 요구한다. 아니 도리어 큰 사랑을 남에게 주려고 한다. 나는
스스로 향락하고 남에게 주는 행복은 풍부하고 심후하고 영속적
임에 틀림없을 것이다. 나는 남의 연인인 동시에 연인 그대로의 모
(母)가 될 것이다. 즉 인생의 행복을 창시해 놓는 것이 나의 일종

의 종교적 노력일 것이다. 동시에 상대자에게 심오한 책임 관념과 명확한 판단을 할 것이다. 나는 언제까지든지 젊은 기분으로 모든 사물을 매력 있게 만들 것이다. 그는 항상 내 생존을 미화하는 까닭이요, 자기의 하는 모든 일이 내 전체로 아는 까닭에 희열을 느끼는 감이 생긴다.

나는 영혼의 매력이 깊은 것을 알았고 따라서 자기 자신의 인격적 우아로 색채가 풍부한 신생활을 창조해 낼 것이다. 사람 앞에 나갈지라도 형식과 습관과 속박을 버리고 존귀함으로써 공적 생활에 대할 것이다. 나는 남보다 말이 적을 것이다. 그러나 그 침묵과 미소는 말을 많이 하는 것보다 오히려 웅변일 것이지, 아무리 외면은 흐르는 냇물과 같더라도 그 밑은 견고한 리듬으로 통일이 있을 것이다. 행복으로 빛날 때든 치명을 받을 때든 안정하든 번민하든 냉혹하든 정열 있든 기쁘든 울든 어떤 환경에 있든 나는 다수의 여자인 동시에 1인의 여자일 것이다.

나는 여자에 대한 남자의 여러 몽상을 안다. 근육 발달한 여자보다 여러 방면으로 발달한, 즉 영구적 여성다운 여자를 요구한다. 남자, 그들은 사회에 나서 복잡다단한 일에 접촉하고 있다. 그러므로 감정의 순환이 심하다. 그들이 느끼는 바 비애와 고적은 크고 깊다. 이에 반하여 여자는 단순한 가정에 잠복하여 신경질이 될 뿐이요, 기실은 침체되고 말았다. 자극성을 요하는 남자에게 불만을 주게 되는 것은 물론이려니와 여자에게 그 책임감을 느끼지 않을 수 없다.

오, 남자 제위여! 어찌하면 만족을 느끼게 되고, 오, 여자 제위여! 어찌하면 만족을 주게 되랴. 만족은 오직 마음먹기에 달린 것이다. 내가 늘 외우고 있는 석가의 교훈,

인생 가이 없으니 헤아릴 수 있기 원합니다. (人生無邊誓願度)
번뇌 다함 없으니 끊어 버릴 수 있기 원합니다. (煩惱無盡誓願斷)

그러므로 깊은 비애를 가진 여자는 남자의 가슴에 일종 말할 수 없는 정서의 동요를 깨닫게 하고, 불평을 가진 여자는 남자 마음에 견딜 수 없는 고통을 준다. (此間十頁畧 ― 원문.)

내 일생

나는 열여덟 살 때부터 20년간을 두고 어지간히 남의 입에 오르내렸다. 즉, 우등 1등 졸업 사건, M과 연애 사건, 그와 사별 후 발광 사건, 다시 K와 연애 사건, 결혼 사건, 외교관 부인으로서의 활약 사건, 황옥(黃鈺) 사건, 구미 만유 사건, 이혼 사건, 이혼 고백서 발표 사건, 고소 사건, 이렇게 별별 것을 다 겪었다.

그 생활은 각국 대신으로 더불어 연회하던 극상 계급으로부터 남의 집 건넌방 구석에 굴러다니게 되고, 그 경제는 기차, 기선에

1등, 연극, 활동사진에 특등석이던 것이 전당국 출입을 하게 되고, 그 건강은 쾌활 씩씩하던 것이 거의 마비까지 이르렀고, 그 정신은 총명하고 천재라던 것이 천치 바보가 되고 말았다. 누구에게든지 호감을 주던 내가 인제는 사람이 무섭고 사람 만나기가 겁이 나고 사람이 싫다. 내가 남을 대할 때 그러하니 그들도 나를 대할 때 그럴 것이다.

이와 같이 사람 능력으로 할 만한 일은 다 당해 보고 남은 것은 사람의 버린 것밖에 없다. 어찌하면 다시 내 천성인 순진하고 정직하고 순량하고 온유하고 부지런하고 총명하던 그 성품을 찾아볼까.

다 운명이다. 우리에게는 사람의 힘으로 어쩔 수 없는 운명이 있다. 그러나 그 운명은 순순히 응종하면 할수록 점점 증장하여 닥쳐오는 것이다. 강하게 대하면 의외에 힘없이 쓰러지고 마는 것이다.

어디로 갈까

나는 어느 날 산보를 하다가 움집 하나를 발견하였다. 나는 일부러 거적을 열고 그 안을 들여다보았다. 그리고 돌아서서 일어설 때 내 입에서는 이런 말이 새었다.

"너희는 나보다 행복스럽다. 이런 움집이라도 가졌으니. 나는 장차 어디로 갈까. 더구나 이번 사건(최린 제소 사건) 이후 면목을 들고 나설 수가 없으니."

이렇게 중얼거리는 나는 눈물이 핑 돌았다.

"파리로 가자. 아니, 고국산천을 떠나서 그 비애 고적을 어찌할까. 아니, 갔다가 또 빈손으로 오면 다시 방황할 게 아닌가. 아니, 모성애에 대한 책임은 어찌할까."

이렇게 생각하고 보니 다시 생각이 탁 막힌다.

가자, 파리로 살러 가지 말고 죽으러 가자. 나를 죽인 곳은 파리다. 나를 정말 여성으로 만들어 준 곳도 파리다.

나는 파리 가 죽으련다.

찾을 것도 만날 것도 얻을 것도 없다. 돌아올 것도 없다. 영구히 가자. 과거와 현재가 공(空)인 나는 미래로 나가자.

무엇을 할까

한 사람이 이만큼 되기에는 조선의 은혜를 많이 입었다. 나는 반드시 보은할 사명이 있어야 할 것이다. 교육계로, 농업계로, 상업계로, 언론계로, 문예계로, 미술계로, 인물을 기다리는 이때가 아닌가. 무엇을 하나 조선을 위하여 보조치 못하고 어디로 간다는 것은 너무 이기적이 아닌가.

아니다, 아니다. 내가 있음으로 모든 사람의 침착성을 잃게 된다. 크게 말하면 조선 사회의 독신 이성자들에게, 미혼 전 여성들에게, 작게 말하면 청구 씨에게, 그의 후처에게, 4남매 아이들에게, 양쪽 친척들께, 친우 사이에 불안을 갖게 되고 침착성을 잃게 된다. 그러므로 내가 있는 것은 해독물이 될지언정 이로운 물(物)이 되기 어렵다.

나는 수중에 XX원을 가지게 되었다. 비록 이것이 분풀이의 결실이라 하더라도 내게도 그다지 상쾌한 일이 되지 못하거니와 C의 마음은 오죽했으랴.

"나는 나는 이것을 가지고 파리로 가련다. 살러 가지 않고 죽으러."

가면서 나의 할 말은 이것이다.

"청구 씨여, 반드시 후회 있을 때 내 이름 한 번 불러 주소. 4남매 아이들아, 에미를 원망치 말고 사회 제도와 도덕과 법률과 인습을 원망하라. 네 에미는 과도기에 선각자로 그 운명의 줄에 희생된 자이었더니라. 후일 외교관이 되어 파리에 오거든 네 에미의 묘를 찾아 꽃 한 송이 꽂아 다오."

펄펄 날던 저 제비
참혹한 사람의 손에
두 쭉지 두 다리
모두 상하였네.

다시 살아나려고

발버둥치고 허덕이다

끝끝내 못 이기고

그만 척 늘어졌네.

그러나 모른다

제비에게는

아직 따뜻한 기운 있고

숨 쉬는 소리가 들린다.

다시 중천에 떠오를

활력과 용기와

인내와 노력이

다시 있을지

뉘 능히 알 이가 있으랴.

— 구고(舊稿)[45]에서

《삼천리》(1935. 2.)

3 왜 여성들은 결혼을 꺼리는가?

기자 개괄적으로 막연하게 시집 장가 아니 드는 이유를 말하지 말고 구체적으로 의논을 좀 하여 봅시다. 어째서 여자들은 높은 교육을 받아가지고도 올드미스로 늙을까요?

김기진 갈 곳이 없으니까! 즉 남편감이 없으니까! 실로 오늘은 신랑감이 없나 봅니다. 스무 살로부터 서른 남짓한 청년 남자로 어느 누구가 본처 없는 이 있겠습니까. 부모의 강제 명령이건 무어건 다 이미 조혼한 터이지요. 그래도 중학교 혹은 전문학교, 대학교 같은 데에 아직 결혼 아니 하고 공부하는 청년들이 있기도 하지요. 그렇지만 그런 분들은 이미 열여섯, 열일곱 살 때에 자기네 선배 되는 사람들이 결혼의 불행을 느끼고서 부모에게 반항하고 제도를 원망하면서 지내던 경험을 제 눈으로 충분히 가지고 있으니까 자기만은 그런 불행을 다시 계속치 말려고 단단히 결심하고 오직 학문에만 전심하는 뜻 있는 사람들이지요. 그분들은 대학을 마치고 좋은 직업을 얻기까지는 결혼할 생각은 염두에도 두지 않을 터이니까 여학생들이 그들을 허즈번드로 맞이할 생각을 하기 어렵지요. 그렇다고 첩으로 가기는 싫으니까요.

기자 반면에 이혼한 남성들이 결혼 시장에 또 어떻게나 많은 줄 아십니까.

김기진 그야 있지요. 그러나 확실하게 이혼한 남성이 얼마나 될까요? 민적상으로 아주 제적 수속까지 한 남성이? 그는 의문이지요.

기자 제적까지 된 남성이면 신여성들은 환영하는가요.

김기진 그러나 봅니다. 엄밀히 말하면 이혼한 남성들은 다 불쌍한 시대의 희생자들이니까요. 동정이라도 할 점이 있지요. 또 내가 아는 범위로는 예전에는 따님 가진 부모들이 "내 딸을 첩으로 주다니 내 딸을 이혼한 사내에게 주다니!" 하고 천길만길 뛰더니 최근에 와서는 "이혼한 자리는 어때요, 아무개네도 모두 그렇게 주더구만." 하고 양해합니다. 그리고 이혼뿐 아니라 남편 될 분에게 아들딸 있는 것도 이제는 꺼리지 않는 경향을 보이고 있습디다.

나혜석 그는 그래도 이혼한 자리면 어때요? 동정이 처녀의 이상은 될 수 있겠지만 절대 유일의 조건은 아니 될 것이외다. 당자에 대하여 사랑만 느낄 수 있다면 그로 모든 문제가 해결될 것이오.

이광수 그렇지요, 여성 여러분이 남성을 보는 관점만 달라진다면 해결될 문제지요.

김기진 여성에게 결혼이라 함은 한평생 밥 주고 옷 입혀 주고 같이 산보 다녀 주는 것으로 일생을 취직하는 거나 다름이 없지요. 그래서 어서 하루 속히 결혼하고 싶은 열망을 누구나 다 가지고 있는 줄 압니다.

(281쪽에 이어집니다.)

부록

4부

모성과 육아

"자식은 악마요,
모성은 본능이 아니라 경험이다."

"자식은 모체의 살점을 떼어 가는 악마다"

최초로 여성 입장에서 밝힌 임신과 출산기

주디스 케간 가디너(Judith Kegan Gardiner: 1941~)는 "근대 여성들의 소설에서 가장 못된 악역은 이기적이고 억압적인 남성이 아니라 나쁜 엄마인 것이다."라고 분석한 바 있다. 소설에만 적용되는 사실이 아니다. 현실에서도 나쁜 엄마는 언제나 지탄의 대상이 되고, 모성은 위대하고 신성한 가치로 평가된다. 나혜석은 이 오래된 금기에 정면으로 문제를 제기했다. "나는 '자식이란 모체의 살점을 떼어 가는 악마'라고 발명하여 재삼 숙고하여 볼 때마다 이런 걸작이 없을 듯이 생각했다."라고 서슴없이 이야기했다. 1923년 1월 《동명》에 게재한 나혜석의 「모(母) 된 감상기」는 발표 직후부터 비판받았다. 나혜석은 조금도 물러서지 않고, 두 달 뒤 공개 반박문인 「백결생(百結生)에게 답함」을 발표했다.

나혜석은 "내 눈이 겨우 좀 뜨려고 하는 때" 임신 사실을 알게 된다. "예술이 무엇이며 어떠한 것이 인생인지 조선 사람은 어떻게 해야 하겠고 조선 여자는 이리 해야만 하겠다는 것을. 이 모든 일이 결코 타인에게 미룰 것이 아니라 내가 꼭 해야 할 일이었다." "꼭 해야만 할 일이 부지기수"일 때 임신을 하자 나혜석은 매우 당혹스러웠다. 그리고 걱정이 앞섰다. 나혜석은 "너무나 억울하였다."라고 당시의 심경을 밝혔다. 임신 중이던 1920년 말 나혜석은 일본으로 가서 두 달간 그림에 전념한다. 그리고 다음 해인 1921년 3월 19일과 20일 이틀 동안 경성일보사에서 개인전을 열었다. 또한 《매일신보》에 번역 연재 중이던 희곡 「인형의 가(家)」에 삽화를 그리기도 했다. "내가 사람의 모(母)가 될 자격이 있을까?" 고민하던 시기이기도 했다. 그리고 1921년 4월 29일 나혜석은 첫 아이를 출산했다. 나혜석은 임신 기간 동안의 정신적 고통 못지않게 분만 과정에서 겪게 된 육체적 고통을 「모 된 감상기」에서 구체적으로 표현했다. 임신과 출산의 고통을 여성의 입장에서 글로 표현하고 발표한 것이다. 이 또한 나혜석이 최초였다.

모성은 본능이 아니라 경험이다

나혜석은 모성 신화에도 반기를 든다. 여성이 모성애를 가지고 있다고 "세인들은 항용, 모친의 애(愛)라는 것은 처음부터 모 된

자 마음속에 구비하여 있는 것같이 말하나, 나는 도무지 그렇게 생각이 들지 않는다. 혹 있다 하면 2차부터 모 될 때에야 있을 수 있다. 즉 경험과 시간을 경하여야만 있는 듯싶다." 양육 과정의 어려움 또한 나혜석은 있는 그대로 표현했다. 화가로서 계속 성장하길 꿈꾸었던 나혜석의 소망은 출산 후 잠자기로 바뀌었다. "꼭 한 시간만이라도 마음을 턱 놓고 잠 좀 실컷 자 보았으면 당장 죽어도 원이 없을 것 같았다." 그녀는 임신과 출산 그리고 육아의 과정을 겪으면서 "태고부터 지금까지의 모든 모가 불쌍한 줄을 알았다."

나혜석의 「모 된 감상기」가 발표되자 바로 다음 달인 1923년 2월 《동명》에 백결생의 「관념의 남루를 벗은 비애- 나혜석 여사의 「모 된 감상기」를 보고」가 실린다. 백결생은 신여성을 먼저 비난한다.

오늘날 자유해방을 절규하는 여자는 우선 연애의 자유, 결혼의 자유를 제일착으로 주창하는 것은 당연한 일이며 우리도 또한 이에는 충분한 이유와 원조를 아끼지 않는다. 그러나 소원대로 연애와 결혼의 자유를 줄 터이니 이에 따라오는 모든 책임은 어떻게 하겠느냐 물으면, 나는 유감이나마 "물론 나에게 있지 않느냐."고 명답하는 신여자를 본 일이 없다.

해설

백결생은 신여성에 대해 자유만 요구할 뿐 책임을 회피하는 존재라고 먼저 규정한 후, 같은 논리로 나혜석을 비난한다. 그러면서 "나 여사가 구여자와 다른 점이 어디 있는가."라는 말로 여성 혐오를 드러낸다. 또한 그는 "임신이라는 것은 여성의 거룩한 천직이니 여성의 존귀가 여기 있고."라는 말을 서슴없이 뱉어 낸다.

나혜석은 이 글에 대한 반박문 「백결생에게 답함」을 1923년 3월 《동명》에 바로 게재한다. 무책임하다는 비난에 나혜석은 정면으로 맞선 것이다.

옳다. 씨의 반박의 중요 문구는, 즉 내 감상기 전문 중 나의 제일 확실한 감정이었다. 제일 무책임한 말이었고, 제일 유치한 말이었고, 제일 거슬리는 말이었다. 그러나 이 몇 구절은 나의 제일 정직한 말이었고, 제일 용감한 말이었다. 오냐, 이 언구 중에 당시 내 자신의 고통과 번민이 하정도(何程道)에 있었던 것이 백분지 일이라도 포함되었다 하면 내 감상기는 성공이었다. 이와 같이 내게 허위가 없었더니 만치 내 양심이 결백하고 무조건이요, 무책임인 순간적 직감을 쓰려는 것밖에 없었다.

나혜석은 극한적인 고통의 상태에서 나온 언어가 극단적일 수밖에 없다는 논리를 편다. 정직하고 용감한 말이 유치하고 거슬리는 말이 되고 마는 상황도 설명한다. 그리고 신여성에 대한 무차

별적 공격과 혐오에 대해서도 나혜석은 그냥 넘어가지 않는다. 나혜석은 자신을 향한 남성 지식인들의 비난의 목표가 무엇인지 정확하게 알고 있었다.

> 최후로 씨께 요망하는 바는 나도 신여자로 자처한 일이 한 번도 없었고 신인이라고 해 주는 것을 별로 영광으로 알지 않는다 함이외다. 나는 사상가도 아니요, 교육가도 아니요, 예술가도 아니요, 종교가도 아니외다. 다만 사람의 탈을 썼고 맺게 되더라도 명심해 주시면 좋겠습니다. 씨여 사상적 방황이란 그다지 못된 일이오니까? 방황해야만 할 때 방황치 말라는 것은 못된 일이 아니오니까? 그다지 조바심을 하여 걱정할 것이야 무엇 있으리까?

설치고, 떠들고, 말하고, 생각하고

여성이 직접 말하고, 생각하고, 글을 쓰고, 문제를 제기하고, 새로운 삶을 모색하는 일체의 행위 자체가 당시 남성들에게는 그저 못마땅한 일이었다. 나혜석은 불완전한 상태로라도 스스로 고민하고 방황하며 자신의 인생을 개척해 가는 여성의 삶을 꿈꾸었고, 그 꿈을 글쓰기로 실천했다. 여성의 삶이 모순적이고 분노와 좌절의 연속인데, 어떻게 여성의 언어가 아름답고 완전하고 완벽하기를 바라느냐는 나혜석의 질문은 지금도 유효하다.

또한 나혜석은 「모 된 감상기」가 누구에게 어떻게 읽히길 바라는지도 분명하게 밝혔다.

나는 꼭 믿는다. 내 「모 된 감상기」가 일부의 모(母) 중에 공명할 자가 있는 줄 믿는다. 만일 이것을 부인하는 모가 있다 하면 불원간(不遠間) 그의 마음의 눈이 떠지는 동시에 불가피할 필연적 동감이 있을 줄 믿는다. 그리고 나는 꼭 있기를 바란다.

여성 작가와 여성 독자의 만남 그리고 이들 사이의 "필연적 동감"이 세상을 조금씩 변화시키기를 나혜석은 꿈꾸었다. 그 꿈은 오늘도 진행 중이다. 나혜석의 글을 읽고 "공명"하는 여성들이 앞으로 더욱 늘어나길 바란다.

모(母) 된 감상기

이러한 심야 아까처럼 만사를 잊고 곤한 춘몽에 잠겼을 때 돌연히 옆으로 잠잠한 밤을 깨뜨리는 어린아이의 울음소리가 벼락같이 난다. 이때에 나의 영혼은 꽃밭에서 동무들과 끊임없이 웃어 가며 '평화'의 노래를 부르다가 참혹히 쫓겨났다. 나는 벌써 만 1개년간을 두고 하루도 거르지 않고 매일 밤에 이러한 곤경을 당하여 오므로 이렇게 "으아." 하는 첫소리가 들리자 "아이고, 또." 하는 말이 부지불각중에 나오며 이맛살이 찌푸려졌다. 나는 어서 속히 면하려고 신식 차려 정하는 규칙도 집어치우고 젖을 대 주었다. 유아는 몇 모금 꿀떡꿀떡 넘기다가 젖꼭지를 스르르 놓고 쌕쌕하며 깊이 잠이 들었다. 나는 비로소 시원해져 돌아누우나 나의 잠은 벌써 서천서역국〔西天西域國, 인도〕으로 속거천리(速去千里)하였다.〔속히 멀리 갔다.〕 그리하여 다만 방 한가운데 늘어져 환희 켜 있는 전등을 향하여 눈방울을 자주 굴릴 따름, 과거의 학창 시대로부터 현재의 가정생활, 또 미래는 어찌 될까! 이렇게 인생에 대한 큰 의문, 그것에 대한 나의 무식한 대답, 고(苦)로부터 시작하였으나 결국은 재미롭게 밤을 새우는 것이 병적으로 습관성이 되다시피 하였다.

정직히 자백하면 내가 전에 생각하던 바와 지금 당하는 사실 중에 모순되는 일이 한두 가지가 아니나 어느 틈에 내가 처(妻)가 되고 모(母)가 되었나? 생각하면 확실히 꿈속 일이다. 내가 때때로 말하는 "공상도 분수가 있지!" 하는 간단한 경탄어가 만 2개년간 사회에 대한, 가정에 대한 다소의 쓴맛 단맛을 맛본 나머지의 말이다. 실로 나는 재릿재릿하고 부르르 떨리며 달고 열나는 소위 사랑의 꿈은 꾸고 있을지언정 그 생활에 사장(私藏)된(사사로이 간직한) 반찬 걱정, 옷 걱정, 쌀 걱정, 나무 걱정, 더럽고 게으르고 속이기 좋아하는 하인과의 싸움으로부터 접객에 대한 범절, 친척에 대한 의리, 일언일동이 모두 남을 위하여 살아야 할 소위 가정이라는 것이 있는 줄 뉘가 알았겠으며, 더구나 빨아 댈 새 없이 적셔 내놓는 기저귀며, 주야 불문하고 단조로운 목소리로 깨깨 우는 소위 자식이라는 것이 생기어 내 몸이 쇠약해지고, 내 정신이 혼미하여져서 "내 평생 소원은 잠이나 실컷 자 보았으면." 하게 될 줄이야 뉘라서 상상이나 하였으랴! 그러나 불평을 말하고 싶은 것보다 인생에 대하여 의문이 자라 가며, 후회를 하는 것이 아니라 남보다 더 한 가지 맛을 봄을 행복으로 안다. 그리하여 내 앞에는 장차 더한 고통, 더한 희망, 더한 낙담이 있기를 바라며 그 것에 지지 않을 만한 수양과 노력을 일삼아 가려는 동시에 정월〔晶月, 나혜석의 호〕의 대명사인 '나열〔羅悅, 딸 이름〕의 모(母)'는 '모 될 때'로 '모 되기'까지의 있는 듯 없는 듯한 이상한 심리 중에서 '있었던 것을' 찾아 여러 신식 모들께 "그렇지 않습니까, 아니 그 랬었지요?"라고 묻고 싶다.

재작년 즉 1920년 9월 중순경이었다. 그때 나는 경성 인사동 자택 2층에 와석하여 내객을 사절하였다. 나는 원래 평시부터 호흡 불순과 소화불량병이 있으므로 별로 걱정할 것도 없었으나, 이상스럽게 구토증이 생기고 촉감이 예민해지며 식욕이 부진할 뿐 아니라 싫고 좋은 음식 선택 구별이 너무 정확해졌다. 그래서 언젠지 철없이 그만 불쑥 증세를 말했더니 옆에 있던 경험 있는 부인이 "그것은 태기요." 하는 말에 나는 깜짝 놀라 내놓은 말을 다시 주워 들이고 싶었다. 그러나 내가 과연 부끄러워서 그랬던 것도 아니요, 몰랐던 것을 그때 비로소 알게 된 것도 아니었다. 그러나 일로부터 나는 먹을 수 없는 밥도 먹고, 할 수 없는 일도 하여 참을 수 있는 대로 참아 가며, 그 후로는 '그 말'은 일절 입 밖에 내지 않고 어찌하면 그네들로 의심을 풀게 할까 하는 것이 유일의 심려였다. 그러나 증세는 점점 심하여져서 이제는 참을 수도 없으려니와 참고 말 아니 하는 것으로만은 도저히 그네들의 입을

모 된 감상기

틀어막을 방패가 되지 못하였다. 그러나 그래도 싫다. 한 사람 더 알아질수록 정말 싫다. 마침내 마음으로 '그런 듯'하게 몽상하는 것을 그네들 입으로서 '그렇게' 구체화하려고 하는 듯싶었다. 어쩌면 그다지도 몹시 밉고 싫고 원망스러웠었던 건지! 그리하여 이것이 혹시 꿈속 일이나 되었으면! 언제나 속히 이 꿈이 반짝 깨어 "도무지 그런 일 없다." 하여질꼬? 아니 그럴 때가 꼭 있겠지 하며 바랄 뿐 아니라 믿고 싶었다. 그러나 미구에 믿던 바 꿈이 조금씩 깨져 왔다. "도무지 그럴 리 없다."고 고집을 세울 용기는 없으면서도 아직까지도 아이다, 태기다, 임신이다, 라고 꼭 집어내기는 싫었다. 그런 중에 뱃속에서는 어느덧 무엇이 움직거리기 시작하는 것을 깨달은 나는 몸이 오싹해지고, 가슴에서 무엇인지 떨어지는 소리가 완연히 탕 하는 것같이 들려왔다.

나는 무슨 까닭인지 몰랐다. 모든 사람의 말은 나를 저주하는 것 같고 바람에 날려 들리는 웃음소리는 나를 비웃는 것 같았다. 탕탕 부딪고 엉엉 울고도 싶었고, 내 살을 꼬집어 뜯어 줄줄 흐르는 빨간 피를 또렷또렷 보고도 싶었다. 아아, 기쁘기는커녕 수심에 싸일 뿐이요, 우습기는커녕 부적부적 가슴을 태울 뿐이었다. 책임 면하려고 시집가라고 강권하던 형제들의 소위가 괘씸하고, 감언이설로 "너 아니면 죽겠다." 하여 결국 제 성욕을 만족케 하던 남편은 원망스럽고, 한 사람이라도 어서 속히 생활이 안정되기를 희망하던 친구님네 "내 몸 보니 속 시원하겠소." 하며 들이대고 싶으리 만치 악만 났다. 그때에 나의 둔한 뇌로 어찌 능히 장차 닥쳐오는 고통과 속박을 추측하였을까. 나는 다만 여러 부인들께 이러한 말을 자주 들어 왔을 뿐이었다. "여자가 공부는 해서 무엇하겠소. 시집가서 아이 하나만 낳으면 볼일 다 보았지!" 하는 말을 할 때마다 나는 언제나 코웃음으로 대답할 뿐이요, 들을 만한 말도 되지 못할 뿐 아니라 그럴 리 만무하다는 신념이 있었다. 이것은 공상이 아니라 구미 각국 부인들의 활동을 보든지 또 제일 가까운 일본에도 요사노 아키코는 10여 인의 모(母)로서 매달 논문과 시가 창작으로부터 그의 독서하는 것을 보면 확실히 '아니 하려니까 그렇지, 다 같은 사람 다 같은 여자로 하필 그 사람에게만 이런 능력이 있으랴.' 싶은 마음이 있어 아무리 생각해 보아도 내가 잘 생각한 것 같았다. 그리하여 그런 말을 하는 부인들이 많을수록 나는 더욱 절대로 부인하고 결국 나는 그네들 이상의 능력이 있는 자로 자처하면서도 언제든지 꺼림칙한 숙제가 내뇌 속에 횡행했었다. 그러나 그 부인들은 이구동성으로 "네 생각은 결국 공상이다. 오냐 당해 보아라. 너도 별 수 없지." 하며 나의 의견을 부인하였다. 과연 연전까지 나와 같이 앉아서 부인네들을 비난하며, "나는 그렇게 아니 살 터이야." 하던 고등교육 받은 신여자들을 보아도 별다른 것 보이지 않을 뿐이라, 구식 부인들과 같은 살림으로 1년, 2년 예사로 보내고 있다는 것을 보면 아무리 전에 말하던 구식 부인들은 신용할 수 없더라도 이 신부인의 가

모 된 감상기

정만은 신용하고 싶었다. 그것은 결코 개선할 만한 능력과 지식과 용기가 없지 않다. 그러면 누구든지 시집가고 아이 낳으면 그렇게 되는 것인가, 되지 않고는 아니 되나?

그러면 나는 그 고뇌에 빠지는 초보에 서 있다. 마치 눈 뜨고 물에 빠지는 격이었다. 실로 앞이 캄캄하여 올 때에 하염없이 눈물이 흘렀다. 그리하여 세상일을 잊고 단잠에 잠겼을 때라도 누가 곁에서 바늘 끝으로 찌르는 것같이 별안간 깜짝 놀라 깨어졌다. 이러한 때는 체온이 차졌다 더워졌다, 말랐다 땀이 흘렀다 하여 조바심이 나서 마치 저울에 물건을 달 때 접시에 담긴 것이 쑥 내려지고 추가 훨씬 오르는 것같이 내 몸은 부적 공중으로 떠오르고 머리는 천근만근 무거워 축 처져 버렸다.

너무나 억울하였다. 자연이 광풍을 보내사 겨우 방긋한 꽃봉오리를 참혹히 꺾어 버린다 하면 다시 누구에게 애기(哀祈)할(애처롭게 기원할) 곳이 있으리오마는, 그래도 설마 '자연'만은 그럴 리 없을 듯하여 애원하고 싶었다. '이렇게 억울하고 원통한 일도 또 있겠느냐!'고.

나는 할 일이 많았다. 아니 꼭 해야만 할 일이 부지기수이다. 게다가 내 눈이 겨우 좀 뜨이려고 하는 때이었다. 예술이 무엇이며, 어떠한 것이 인생인지, 조선 사람은 어떻게 해야 하겠고, 조선 여자는 이리 해야만 하겠다는 것을, 이 모든 일이 결코 타인에게 미룰 것이 아니라 내가 꼭 해야 할 일이었다.

그것은 의무나 책임 문제가 아니라 사람으로 생겨난 본의라고까지 나는 겨우 좀 알아 왔다. 동시에 내 과거 20여 년 생애는 모든 것이 허위요, 나태요, 무식이요, 부자유요, 허영의 행동이었다고 생각했다. 나는 과연 소위 전문학교까지 졸업하였다 하나 남이 알까 보아 겁나도록 사실 허송세월의 학창 시절이었고, 결국 유명무실의 몰상식한 데서 면할 수 없는 몸이 되었다. 인생을 비관하며 조선 사람을 저주하고 조선 여자에게 실망하였다. 쓸데없이 부자유의 불평을 주창하였으며, 오늘 할 일을 내일로 미루어 버리는 일이 많았다. 나는 내게서 이런 모든 결점을 찾아낼 때 조금도 유망한 아무 장점이 보이지 않았다. 그러나 내게는 유일무이한 사랑의 힘이 옆에 있었고, 또 아직 20여 세 소녀로 전도의 요원한 세월과 시간이 내 마음껏 살아가기에 너무나 넉넉하였다. 이와 같이 내게서 넘칠 만한 희망이 생겼다. 터지지 않을 듯한 딴딴한 긴장력이 발했다. 전 인류에게 애착심이 생기고, 동포에 대한 의무심이 나며, 동류에 대한 책임이 생겼다. 이때와 같이 작품을 낸 적이 없었고, 이때와 같이 독서를 한 일이 짧은 생애이나마 과거에 한 번도 없었다. 나는 이 마음이 더 견고는 하여질지언정 약해질 리는 만무하고, 내 희망이 새로워질지언정 고정될 리 만무하리라, 꼭 신앙하고 있었다. 즉 내가 갈 길은 지금이 출발점이라고 하였다. 더구나 내게는 이러한 버리지 못할 공상이 있어서 나를 많이 도와주었다. 내가 불행 중 다행으로 반 년 감옥 생활 중에

모 된 감상기

더할 수 없는 구속과 보호와 징역과 형벌을 당해 가면서라도 옷 자락을 뜯어 손톱으로 편지를 써서 운동 시간에 내던지던 갖은 기묘한 일이 많았던 조그마한 경험상으로 보아, "사람이 하려고 하는 마음만 있으면 별 힘이 생기고 못할 일이 없다."고. 이것만은 꼭 맛보아 얻은 생각으로 잊을 수 없이 내 생활 전체를 지배하고 있었다. 내 독신 생활의 내용이 돌변함도 이 까닭이었다.(지금까지 는 아직 그 마음이 있지만.) 그와 같이 나는 희망과 용기 가운데 서 펄펄 뛰며 살아갈 때이었다.

여러분은 인제는 나를 공평정대히 심판하실 수 있겠다. 참 정 말 억울했다. 이 모든 희망이 없어지는 것이 원통하였다. 이때의 마음에는 세속 자살의 의미보다 이상의 악착하고 원한의 자살을 결심하였다. 어떻게 저를 죽이면 죽는 제 마음까지 시원할까 하 였다.

생의 인연이란 참 이상스러운 것이었다. 나는 이 중에서 다시 살아갈 되지 못한 희망이 났다. '설마 내 뱃속에 아이가 있으랴. 지금 뛰는 것은 심장이 뛰는 것이다. 나는 조금도 전과 변함없이 넉넉한 시간에 구속 없이 돌아다니며 사생도 할 수 있고 책도 볼 수 있다.'고 생각할 제 나는 불만하나마 광명이 조금 보였다. 그러 나 이와 같이 침착하게 정리되었던 내 속에서 어느덧 모든 것이 하나씩 둘씩 날아가 버리고, 내 속은 마치 고목의 속 비고 살아 있는 듯 나는 텅 비어 공중에 떠 있고, 나의 생명은 다만 혈액순

환에다가 제 목숨을 맡겨 버렸었다.

지금 생각컨대 하느님께서는 꼭 나 하나만은 살려 보시려고 퍽 고생을 하신 것 같다. 그리하여 내게는 전생에서부터 너는 후생에 나가 그렇게는 살지 말라는 무슨 숙명의 상급을 받아가지고 나온 모양 같다. 왜 그러냐면 나는 그중에서도 무슨 책을 보았다. 그러나 어느 날 심야에 책을 읽다가 깜짝 놀라서 옆에 곤히 자던 남편을 깨워 임신 이래의 내 심리를 말하고, 나를 두 달간만 도쿄에 다시 보내주지 않으면 나는 다시 살아날 방책이 없다고 한즉 고마운 그는 내게 쾌락하여 주었다. 쾌락을 받는 순간에 '저와 같이 고마운 사람과 아무쪼록 잘 살아야지.'라는 내게는 예상치 못했던 이중 기쁨이 생겼다.

나는 이상스럽게도 몽상의 세계에서 실제의 세계로 껑충 넘어 뛴 것 같았다. 아니 뛰어졌었다. 이 두 세계의 경계선을 정확히 갈라 밟은 때는 내가 회당에서 목사 앞에서 이성에 대하여 공동 생애를 언약할 때보다 오히려 이때이었다. 나는 비로소 시간 경제의 타산이 생겼다. 다른 것은 다 예상치 못하더라도 아이가 나면 적어도 제 시간의 반은 그 아이에게 바치게 될 것쯤이야 추측할 수 있었다. 그리하여 1분이라도 내게 족할 때에 전에 허송한 것을 조금이라도 보충할까 하는 동기이었다. 그러므로 내 도쿄행은 비교적 침착하였고 긴장하여 1분 1각을 아끼어 전문 방면에 전심치지(專心致志)[46]하였다. 과거 4, 5년간의 유학은 전혀 헛것이오, 내가

모 된 감상기

동경에 가서 공부를 하였다고 말하려면 오직 이 두 달간뿐이었다. 내게는 지금도 그때의 인상밖에 남은 것이 없다. 그러나 나는 동창생 중에 미혼자를 보면 부러웠고 더구나 활기 있고 건강한 그들의 안색, 그들의 체격을 볼 때 밉고 심사가 났다. 이렇게 수심에 싸인 남모르는 슬픔 중에 어느 동무는 아직 내가 출가하지 않은 줄 알고, "라상모아이징가이루데쇼네.(나 씨도 애인이 있어야겠지요.)" 하고 놀리었다. 나는 어물어물 "이에.(예.)" 하고 대답은 하면서 속으로 '나는 벌써 연애의 출발점에서 자식의 표지에 도달한 자다.'라고 하였다. 어쩐지 저 처녀들과 좌석을 같이 할 자격까지 잃은 몸 같기도 하였다. 그들의 천진난만한 것이 어찌 부럽고 탐이 나던지, 무슨 물건 같으면 어떠한 형벌을 당하든지 도적질을 할지 몰랐을 것이다. 나는 이와 같이 내가 처녀 때에 기혼한 부인을 싫어하고 미워하던 감정을 도리어 내 자신이 받게 되었다. 그러나 그럭저럭 나는 벌써 임신 6개월이 되었다.

그러면 입으로는 '사람이 무엇이든지 아니 하려니까 그렇지 안 될 것이 없다⋯⋯.'고 하면서 아이 하나쯤 생긴다고 무슨 그다지 걱정될 것이 있나. 몇 자식이 주렁주렁 매달릴수록 그중에서 남 못하는 일을 하는 것이 자기 말의 본의가 아닌가? 그러나 먼저 나는 어떠한 세계에서 살았다는 것을 좀 더 말할 필요가 있다.

나는 실로 공상과 이상 세계에 살아온 자이었다. 하므로 실세계와는 마치 동서양이 현수(懸殊)한(현격하게 다른.) 것과 같이, 아니 그보다도 더 멀고 멀어서 나와 같은 자는 도저히 거기까지 가 볼 것 같지도 못하였다. 그러나 남들 보기에는 내가 벌써 결혼 세계로 들어설 때가 곧 실제 세계의 반로(半路, 절반의 길)까지 온 것이었다. 그러나 내 심리도 그렇지 않았고 또 결혼 생활의 내용도 역시 전혀 공상과 이상 속에서 살아왔다. 원래 내가 남의 처 되기 전에는 그 사실을 퍽도 무섭고 어렵게 생각하였다. 그리하여 나 같은 자는 도무지 남의 처가 되어 볼 때가 생전 있을 것 같지 아니하였다. 그러던 것이 자각이나 자원보다 우연한 기회로 타인의 처가 되고 보니 결혼 생활이란 너무나 쉬운 일 같았다. 결혼 생활을 싫어하던 제일의 조건이던 공상 세계에서 떠나기 싫던 것도 웬일인지 결혼한 후는 그 세계의 범위가 더 넓고 커질 뿐이었다. 그러므로 독신 생활을 주창하는 것이 너무 쉽고도 어리석어 보였다. 또 결혼 생활을 회피하던 제2조로 '구속을 받을 터이니까.' 하던 것이 무슨 까닭인지 별안간에 심신이 매우 침착해져 온 세계 만물이 내 앞에서는 모두 굴복을 하는 것 같고 조금도 구속될 것 없었다. 이는 내가 결혼 생활 후 세 달간에 경성 시가를 일주한 것이며, 겸하여 학교에 매일 출근하였고, 또 열(熱) 나고 정(情) 있는 작품이 수십 개 된 것으로 충분히 증거를 삼을 수 있다. 그렇게 된 그 사실이 즉실세계라 할는지 모르겠으나 나는 도저히 공상과 이상 세계를 떠나고서는 이러한 정력이 계속될 수 없을 줄 알며, 이러한 신비적 생활을 할 수 없었으리라고 확신하는 바이

모 된 감상기

다. 그러나 여기까지 이르러서도 모(母) 될 생각은 꿈에도 없었다. 혹 생각해 본 일이 있었다 하면 부인 잡지 같은 것을 보고 난 뒤에 잠깐 꿈같이 그려 보았을 뿐이었다. 그리하여 처가 되어 볼 꿈을 꿀 때에는 하나에서 둘, 둘에서 셋, 그렇게 힘들지 않게 요리조리 배치해 볼 수 있었으나 모 된 꿈을 꿀 때에는 하나가 나서고 한참 있다 둘이 나서며 그다음 셋부터는 결코 나서지 않으리라. 그리되면 더 생각해 볼 것도 아니하고 떠오르던 생각은 싹싹 지워 버렸다. 그러나 다른 것으로 이렇게 답답하고 알 수 없을 때에 내가 비관하여 몸부림하던 것에 비하면 너무 태연하였고 너무 낙관적이었다. 이와 같이 나로부터 '모'의 세계까지는 숫자로 계산할 수 없을 만한 멀고 먼 세계이었다. 실로 나는 내 눈앞의 무궁무진한 사물에 대하여 배울 것이 하도 많고 알 것이 너무 많았다. 그리하여 그 멀고 먼 딴 세계의 일을 지금부터 끄집어내는 것이 너무 부끄럽고 염치없을 뿐 아니라 불필요로 알았다. 그러므로 행여 그런 쓸데없는 것이 나와 내 뇌에 해롭게 할까 하여 조금 눈치가 보이는 듯만 하여도 어서 속히 집어치웠다. 그러면 내가 주장하는 그 말은 허위가 아니냐고 비난할 수 있을는지 모르겠다. 과연 모순된 일이었다. 그러나 생각하여 보면 당연한 일이 아닐까도 싶다. 즉 지식이나 상상쯤 가지고서는 알아낼 수 없었던 사실이 있다. 다시 말하면 이것이 애(愛)의 필연이요, 불임의 혹 우연의 결과로 치더라도 우리 부부간에는 자식에 대한 욕망, 부모 되고자 하는 욕(慾)이 없었다.

나는 분만기가 닥쳐올수록 이러한 생각이 났다. '내가 사람의 '모'가 될 자격이 있을까? 그러나 있기에 자식이 생기는 것이지.' 하며 아무리 이리저리 있을 듯한 것을 끌어 보니 생리상 구조의 자격 외에는 검사가 아니라 정신상으로는 아무 자격이 없다고 하는 수밖에 없었다. 성품이 조급하여 조금조금씩 자라 가는 것을 기다릴 수 없을 듯도 싶고, 과민한 신경이 늘 고독한 것을 찾기 때문에 무시로 빽빽 우는 소리를 참을 만한 인내성이 있을 것 같지 않았다. 더구나 무지몰각하니 무엇으로 그 아이에게 숨어 있는 천분과 재능을 틀림없이 열어 인도할 수 있으며, 또 만일 먹여 주는 남편에게 불행이 있다 하면 나와 그의 두 몸의 생명을 어찌 보존할 수 있을까. 그리고 나의 그림은 점점 불충실해지고 독서는 시간을 얻지 못할 것이다. 다시 말하면 나는 내 자신을 교양하여 사람답고 여성답게, 그리고 개성적으로 살 만한 내용을 준비하려면 썩 침착한 사색과 공부와 실행을 위한 허다한 시간이 필요하였다. 그러나 자식이 생기고 보면 그러한 여유는 도저히 있을 것 같지도 않으니 아무리 생각하여도 내게는 군일 같았고, 내 개인적 발전상에는 큰 방해물이 생긴 것 같았다. 이해와 자유의 행복된 생활을 두 사람 사이에 하게 되고, 다시 얻을 수 없는 사랑의 창조요 구체화요 해답인 줄 알면서도 마음에서 솟아오르는 행복과 환락을 느낄 수 없는 것이 어찌나 슬펐는지 몰랐다.

　　　　　　　　　　　　　　　　　모 된 감상기

나는 자격 없는 모 노릇 하기에는 너무 양심이 허락지 아니하였다. 마치 자식에게 죄악을 짓는 것 같았다. 그리고 인류에게 대하여 면목이 없었다. 그렇게 생각다 못하여 필경 타태(墮胎, 인위적으로 유산시키고자 함.)라도 하여 버리겠다고 생각하여 보았다. 법률상 도덕상으로 나를 죄인이라 하여 형벌하면 받을지라도 조금도 뉘우칠 것이 없을 듯싶었다. 그러나 이것은 실제로 당하였을 때 순간적으로 일어나는 추악감에 불과하였고, 두 개의 인격이 결합하였고 사랑이 융화한 자타의 존재를 망각할 만치 영육이 절대의 고경(苦境, 괴로운 경지) 전에 입(立)하였을 때 능히 추측할 수 없는 망상에 불과하였다고 나는 정신을 수습하는 동시에 깨달았다. 이는 다만 내 자신을 모멸하고 양인에게 모욕을 줄 뿐인 것을 진실로 알고 통곡하였다. 좀 더 해부적으로 말하자면 나는 항상 개인으로 살아가는 부인도, 중대한 사명이 있는 동시에 종족으로 사는 부인의 능력도 위대하다는 이지와 이상을 가졌었으며, 그리하여 성적 방면으로 먼저 부인을 해방함으로 말미암아 부인의 개성이 충분히 발현될 수 있고 또 그것은 진(眞, 참)이라고 말하던 것과는 너무 모순이 크고 충돌이 심하였다.

내게 조금 자존심이 생기자 불안 공축(恐縮)의 마음이 불 일 듯 솟아올라 왔다. 동시에 절대로 요구하는 조건이 생겼다. 이왕 자식을 낳을 지경이면 보통이나 혹 보통 이하의 것을 낳고는 싶지 않았다. 보통 이상의 미안에 매력을 가진 표정이며, 얻을 수 없는 천재이며, 특출한 개성으로 맹진할 만한 용감을 가진 소질이 구비한 자를 낳고 싶었다. 그러면 아들이냐? 딸이냐? 무엇이든지 상관없다. 그러나 남자는 제 소위 완성자가 많다 하니 딸을 하나 낳아서 내가 못 해 본 것을 한껏 시켜 보고 싶었다. 한 여자라도 완성자를 만들어 보고 싶었다. 그러하면 만일 딸이 나오려거든 좀 더 구비하여 가지고 나오느라고 심축하였다. 그러나 낙심이다, 실망이다, 내 뱃속에 있는 것은 보통은 고사하고 불구자이다, 병신이다. 뱃속에서 뛰노는 것은 지랄을 하는 것이요, 낳으면 미친 짓하고 돌아다닐 것이 안전에 암암하다. 이것은 전혀 내 죄이다. 포태 중에는 웃고 기뻐하여야 한다는데 항상 울고 슬퍼했으며, 안심하고 숙면하여야 좋다는데 부절한 번민 중에서 불면증으로 지냈고, 자양품을 많이 먹어야 한다는데 식욕이 부진하여졌다. 그렇게 갖은 못된 태교만 모조리 했으니 어찌 감히 완전한 아이가 나오기를 바랄 수 있었으리오. 눈이 삐뚜로 박혔든지 입이 세로 찢어졌든지 허리가 꼬부라졌든지 그러한 악마 같은 것이 나와서 '이것이 네 죗값이다.'라고 할 것 싶었다. 몸소름이 쭉 끼치고 사지가 벌벌 떨렸다. 이러한 생각이 깊어 갈수록 정신이 아뜩하고 눈앞이 캄캄하여 왔다. 아아, 내 몸은 사시나무 떨 듯 떨렸다.

그러나 세월은 속(速)하기도[빠르기도] 하다. 한 번도 진심으로 희망과 기쁨을 느껴 보지 못한 동안에 어느덧 만삭이 당도하였다. 참 천만 의외에 기이한 일이 있었다. 이 사실만은 꼭 정말로 알아

모 된 감상기

주기를 바란다. 그 이듬해 4월 초순경이었다. 남편은 외출하여 없고 두 칸 방 중간 벽에 늘어져 있는 전등이 전에 없이 밝게 비추인 온 세상이 잠든 고요한 밤 12시경이었다. 나는 분만 후 영아에게 입힐 옷을 백설 같은 가제로 두어 벌 말라서 꿰매고 있었다. 대중을 할 수가 없어서 어림껏 조그마한 인형에게 입힐 만하게 팔 들어갈 데 다리 들어갈 데를 만들어서 방바닥에다 펴 놓고 보았다. 나는 부지불각중에 문득 기쁜 생각이 넘쳐 올랐다. 일종의 탐욕성인 불가사의의 희망과 기대와 환희의 염(念)을 느끼게 되었다. 어서 속히 나와 이것을 입혀 보았으면, 얼마나 고울까, 사랑스러울까. 곧 궁금증이 나서 못 견디겠다. 진정으로 그 얼굴이 보고 싶었다. 그렇게 만든 옷을 개켰다 폈다, 놓았다 만졌다 하고 기뻐 웃고 있었다. 남편이 돌아와 내 안색을 보고 그는 같이 좋아하고 기뻐하였다. 양인 간에는 무언중에 웃음이 밤새도록 계속되었다. 이는 결코 내가 일부러 기뻐하려 했던 것이 아니라 순간적 감정이었다. 이것만은 역설을 가하지 않고 자연성 그대로를 오래 두고 싶다. 임신 중 한 번도 없었고 분만 후 한 번도 없는 경험이었다.

그달 29일 오전 2시 25분이었다. 내가 지금까지 갖은 병 앓아 보던 아픔에 비할 수 없는 고통을 근 10여 시간 겪어 거진 기진하였을 때 이 세상이 무슨 그다지 볼 만한 곳인지 구태여 기어이 나와서 "으앙으앙" 울고 있었다. 그때 나는 몇 번이나 울었는지, 산파가 어떻게 하며, 간호부가 무엇을 하고 있는지도 도무지 모르고 시원한 것보다 아팠던 것보다 무슨 까닭 없이 대성통곡하였다. 다만 서러울 뿐이고 원통할 따름이었다. 그 후는 병원 침상에서 스케치북에 이렇게 쓴 것이 있다.

아프데 아파

참 아파요 진정

과연 아픕데

푹푹 쑤신다 할까

씨리씨리다 할까

딱딱 걸린다 할까

쿡쿡 찌른다 할까

따끔따끔 꼬집는다 할까

찌르르 저리다 할까

깜짝깜짝 따갑다 할까

이렇게나 아프다나 할까

아니다 이도 아니라.

박박 뼈를 긁는 듯

쫙쫙 살을 찢는 듯

빠짝빠짝 힘줄을 옥죄는 듯

쪽쪽 핏줄을 뽑아내는 듯

모 된 감상기

살금살금 살점을 저미는 듯

오장이 뒤집혀 쏟아지는 듯

도끼로 머리를 바수는 듯

이렇게 아프다나 할까

아니다 이도 또한 아니라.

조그맣고 샛노란 하늘은 흔들리고

높은 하늘 낮아지며

낮은 땅 높아진다

벽도 없이 문도 없이

통하여 광야 되고

그 안에 있는 물건

쌩쌩 돌아가는

어쩌면 있는 듯

어쩌면 없는 듯

어느덧 맴돌다가

갖은 빛 찬란하게

그리도 곱던 색에

매몰히 씌워 주는

검은 장막 가리우니

이내 작은 몸

공중에 떠 있는 듯

구석에 끼여 있는 듯

침상 아래 눌려 있는 듯

오그라졌다 퍼졌다

땀 흘렀다 으스스 추웠다

그리도 괴롭던가!

그다지도 아프던가!

차라리

펄펄 뛰게 아프거나

쾅쾅 부딪게 아프거나

끔벅끔벅 기절하듯 아프거나

했으면

무어라 그다지

10분간에 한 번

5분간에 한 번

금세 목숨이 끊일 듯이나

그렇게 이상히 아프다가

흐리던 날 햇빛 나듯

반짝 정신 상쾌하며

언제나 아팠는 듯

모 된 감상기

무어라 그렇게

갖은 양념 가하는지

맛있게도 아파야라.

어머님 나 죽겠소,

여보 그대 나 살려 주오

내 심히 애걸하니

옆에 팔짱끼고 섰던 부군

"참으시오." 하는 말에

"이놈아 듣기 싫다."

내 악 쓰고 통곡하니

이내 몸 어이타가

이다지 되었던고.

— 1921년 5월 8일 「산욕(産褥)」 중에서

분만 후 24시간이 되자 산파는 갓난아이를 다른 침대에서 담쑥 안아다가 예사로이 내 옆에다가 살며시 뉘이며, "인젠 젖을 주어도 좋소." 한다. 나는 깜짝 놀라, "응? 무엇?" 하며 물으니까 그녀는 생긋 웃으며, "첫 애기지요 아마?" 한다. 부끄럽고 이상스러워서 아무 대답도 아니 했다. 그녀는 벌써 눈치를 챘던지 자기 손으로 내 젖을 꺼내서 주물러 풀고 나서는 "이렇게 먹이라."고 내 팔 위에다가 갓난아이의 머리를 얹어 그 입이 똑 내 젖꼭지에 닿을 만치 대어 주며 젖 먹이는 방법을 가르쳐 주었다. 나는 어쩐지 몹시 선뜻했다. 냉수를 등에다 쭉 끼치는 듯하였다. 나를 낳고 기른 부모도, 또 골육을 같이한 형제도, 죽자사자하던 친구도 아직 내 젖을 못 보았고 물론 누구의 눈에든지 띌까 보아 퍽도 비밀히 감추어 두었다. 그 싸고 싸둔 가슴을 대담히 헤치며 아직 입김을 대어 못 보던 내 두 젖을 공중 앞에 전개시키라는 명령자는 이제야 겨우 세상 구경을 한 핏덩어리였다.

이게 웬일인가? 살은 분명히 내 몸에 붙은 살인데 절대의 소유자는 저 쪼끄만 핏덩이로구나!

그리하여 저 소유자가 세상에 나오자마자 으레 제 물건 찾듯이 불문곡직하고 찾는구나. 나는 웃음이 나왔다. "세상 일이 이다지 허황된가……." 하고. 그리고 "에라 가져가거라." 하는 퉁명스러운 생각으로 지금까지 맡아 두었던 두 젖을 쪼끄만 소유자에게 바쳤다. 그리고 그 하회를 기다리고 앉았었다. 그 쪼끄만 주인은 아주 예사롭게 젖꼭지를 덥석 물더니 쉴 새 없이 마음껏 힘껏 빨고 있다. 내 큰 몸뚱이는 그 쪼그마한 입을 향하여 쏠리고 마치 허다한 임의의 점과 점을 연결하면 초점에 달하듯 내 전신 각 부분의 혈맥을 그 쪼그마한 입술의 초점으로 모아드는 듯싶었다. 이와 같이 벌써 모(母) 된 선고를 받았다.

모 된 감상기

그러나 설상에 가상이다. 60일 동안은 겨우 부지를 하여 가더니 그 후부터는 일절 젖이 나오지를 않는다. 이런 일은 빈혈성인 모체에 흔히 있는 사실이지만 유모를 구할래야 입에 맞는 떡으로 그리 쉽사리 얻을 수도 없고 밤중 같은 때에는 자기의 젖으로 용이하게 재울 수 있을 것도 숯을 피운다, 그릇을 가져온다, 우유를 데운다 하는 동안에 어린애는 금방 죽을 듯이 파랗게 질려서 난가(亂家, 소란스러운 집안)를 만든다. 그러나 겨우 먹여 놓고 재워 놓고 누우면 약 2시간 동안은 도무지 잠이 들지 않는 것이 보통이었으나 어찌어찌해서 잠이 들 듯하게 되면 또다시 바시시 일어나서 못살게 군다. 이러한 견딜 수 없는 고통이 기(幾) 개월간 계속되더니 심신의 피곤은 인제 극도에 달하여 정신엔 광증이 발하고 몸에는 종기가 끊일 새가 없었다. 내 눈은 항상 체 쓴 눈이었고 몸은 마치 도깨비 같아서 해골만 남았다. 그렇게 내가 전에 희망하고 소원이던 모든 것보다 오직 아침부터 저녁까지 똑 종일만, 아니 그는 바라지 못하더라도 꼭 한 시간만이라도 마음을 턱 놓고 잠 좀 실컷 자 보았으면 당장 죽어도 원이 없을 것 같았다. 나도 전에 잠잘 시간이 너무 족할 때는 그다지 잠에 뜻을 몰랐더니 '잠'처럼 의미 깊은 것이 없는 줄 안다. 모든 성공, 모든 이상, 모든 공부, 모든 노력, 모든 경제, 모든 낙관의 원천은 오직 이 '잠'이다. 숙면을 한 후는 식욕이 많고, 식욕이 있으면 많은 반찬이 무용이요, 소화 잘되니 건강할 것이요, 건강한 신체는 건전한 정신의 기본이다. 이와 같이 어디로 보든지 '잠' 없고는 살 수 없는 것이다. 진실로 잠은 보물이요 귀물이다. 그러한 것을 탈취해 가는 자식이 생겼다 하면 이에 더한 원수는 다시 없을 것 같았다. 그러므로 나는 '자식이란 모체의 살점을 떼어 가는 악마'라고 정의를 발명하여 재삼 숙고하여 볼 때마다 이런 걸작이 없을 듯이 생각했다. 나는 이러한 애기의 산문을 적어 두었던 일이 있었다.

세인들의 말이
실연한 나처럼
불쌍하고 가련하고
참혹하고 불행한 자는
또 없으리라고.

아서라 말아라
호강에 겨운 말
여기 나처럼
눈이 꽉 붙고
몸이 착 붙어
어쩔 수 없을 때
눈 떠라 몸 일커라
벼락 같은 명령 받으니

모 된 감상기

네게 대한 형용사는

쓰기까지 싫어라.

잠 오는 때 잠 자지 못하는 자처럼 불행 고통은 없을 터이다. 이것은 실로 이브가 선악과 따먹었다는 죗값으로 하느님의 분풀이보다 너무 참혹한 저주이다. 나는 이러한 첫 경험으로 인하여 태고부터 지금까지의 모든 모(母)가 불쌍한 줄을 알았다. 더구나 조선 여자는 말할 수 없다. 천신만고로 양육하려면 아들이 아니요, 딸이라고 구박하여 그 벌로 축첩(蓄妾)까지 한다. 이러한 야수적 멸시하에서 살아갈 때 그 설움이 어떠할까. 그러나 부득이하나마 그들의 몸에는 살이 있고 그들의 얼굴에는 웃음이 있다. 그들의 생활은 전혀 현재를 희생하여 미래를 희망하는 수밖에 살 길이 바이 없었다. 오죽하여 그런 생을 계속하여 오리오마는 그들의 진정에서 우러나오는 연애심이며, 이것을 어서 속히 길러서 '그 덕에 호강을 해야지.' 하는 희망과 환락을 생각할 때 실로 그들에게는 잘 수 없고 먹을 수 없는 고통도 고통이 아니오, 양육할 번민도 없었고, 구박받는 비애를 잊었으며, 궁구하는 적막이 없었다. 말하자면 자연 그대로의 하느님, 그 몸대로의 선하고 미(美)한 행복의 생활이었다. 그러므로 1인의 모보다도 2인, 3인 다수의 모가 될수록 천당 생활로 화하여 간다고 할 수 있다.

나는 어느 심야에 잠 잃고 조바심이 날 때 문득 이러한 생각이 솟아오르자 주먹을 불끈 쥐고 벌떡 일어나 앉았다.

"옳지 인제는 알았다! 부모가 자식을 왜 사랑하는지? 날더러 아들을 낳지 않고 왜 딸을 낳았느냐고 하는 말을." 나와 같이 자연을 범하려는, 아니 범하고 있는, 죄의 피가 전신에 중독이 된 자의 일시의 반감에서 나온 말이지마는 확실히 일면으로 진리가 된다고 자긍한다. 부모가 자식을 사랑하는 것은 솟아오르는 정이라고들 한다. 그러면 아들이나 딸이나 평등으로 사랑할 것이다. 어찌하여 한 부모의 자식에게 대하여 출생 시부터 사랑의 차별이 생기고 조건이 생기고 요구가 생길까. 아들이니 귀엽고 딸이니 천하며, 여자보다 남자를, 약자보다 강자를, 패자보다 우자(愚者, 어리석은 자)를, 이런 절대적 타산이 생기는 것이 웬일인가. 이 사실을 보아서는 그들의 소위 솟는 정이라고 하는 것을 믿을 수 없다. 그들의 내면에는 무슨 이만한 비밀이 감추어 있는 것이 분명하다. 나는 지금까지 항상 부모의 사랑을 절대로 찬미하여 왔다. 연인의 사랑, 친구의 사랑은 상대의 보수적(報酬的)인 반면에 부모의 사랑만은 영원무궁한 절대의 무보수적 사랑이라 하였다. 그러므로 나는 조실부모한 것이 섧고 분하고 원통하여 다시 그런 영원의 사랑 맛을 보지 못할 비애를 감(感)할 때마다 견딜 수 없이 쩔쩔매었다. 그러나 그것은 나의 오해이었음을 깨달았을 때, 낙심되었다. 실망하였다. 정이 떨어졌다. 그들은 자식인 우리들에게 절대 효를 요구하여 보은하라 명령한다. 효는 백행지본(百行之本)이요,

모 된 감상기

죄막대어불효(罪莫大於不孝)[47]라 하며, 부몰(父沒)에〔아버지가 돌아가 시면〕 3년을 무개어부지도(無改於父之道)[48]라야 가위효(可謂孝)라 하여 왔다. 그렇게 자식은 부모의 절대적 노예이었으며, 부속품이 었고, 일생을 두고 부모를 위하여 희생하는 물건이 되어 버렸다. 이렇게 사랑의 분량과 보수의 분량이 늘 평행하거나 어떠한 때는 도리어 보수 편에 중한 적이 있었다. 이렇게 우애나 연애에 다시 비할 수 없는 절대의 보수적 사랑이오, 악독한 사랑이었다. 그러 므로 절대의 타산이 생기고, 이기심이 발하여 국가의 흥망보다도 개인의 안일을 취함에는 딸보다 아들의 수효가 많아야만 하였고, 딸은 무식하더라도 아들은 박식하여야만 말년에 호강을 볼 수 있 는 것이라 하였다. 그들이 아들에 대하여 미래에는 어찌나 무한 한 희망과 쾌락이 있는지 고통 번민까지 잊고 지내 왔다. 이는 능 자(能者, 재능 있는 자)보다 무능자에게 강하고, 개명국보다 야만국 부모에게 많이 있는 사실이다. 나는 다시 부모의 사랑을 원치 않 는다. 일찍이 부모를 여읜 것은 내 몸이 자유로 해방된 것이오, 내 일이 국가나 인류를 위하는 일이 되게 천만 행복의 몸이 되었다. 당돌하나마 나는 최후로 이런 감상을 말하고 싶다.

세인들은 항용, 모친의 사랑이라는 것은 처음부터 모 된 자 마 음속에 구비하여 있는 것같이 말하나 나는 도무지 그렇게 생각 이 들지 않는다. 혹 있다 하면 2차부터 모 될 때에야 있을 수 있 다. 즉 경험과 시간을 경하여야만 있는 듯싶다. 속담에 '자식은 내리 사랑이라.' 하는 말에 진리가 있는 듯싶다. 그 말을 처음 한 사람은 혹시 나와 같은 감정으로 한 말이 아닌가 싶다. 최초부터 구비하여 있는 것이 아니라 적어도 5, 6개월의 장시간을 두고 포육(哺育)할〔먹여 기를.〕동안 영아의 심신에는 기묘한 변천이 생기어 그 천사의 평화한 웃음으로 모심(母心)을 자아낼 때, 이는 나의 혈육으로 된 것이요, 내 정신에서 생한 것이라 의식할 순간에, 비로소 짜릿짜릿한 모(母) 된 처음 사랑을 느끼지 않을 수 없다. (내 경험상으로 보아 대동소이한 통성으로) 모심에 이런 싹이 나서 점점 넓고 커 갈 가능성이 생긴다. 그러므로 '솟는 정'이라는 것은 순결성 즉 자연성이 아니요, 단련성(鍛煉性)이라 할 수 있다. 이는 종종 있는, 유모에 맡겨 포육케 한 자식에게는 별로 어머니의 사랑이 그다지 솟지 않는 것을 보면 알 수 있다. 환언하면 천성으로 구비한 사랑이 아니라 포육할 시간 중에서 발하는 단련성이 아닐까 싶다. 즉 그런 솟아오르는 정의 본능성이 없다는 부인설이 아니라 자식에 대한 정이라고 별다른 것은 아니라고 말하고 싶다.

그다음에 나는 자식의 필요를 아무렇게 하여서라도 알고 싶다. 그러나 용이히 해득할 수는 없다. '차대(次代)를 산(産)하여〔출산〕차대를 교양하는 것은 일반 부인에게 내린 천직이다. 자연의 주장이오 발전이다.' 이런 개념적 이지(理知)와 내 당한 감정과는 너무 거리가 떨어져 있다. '생물은 종족 번식의 목적으로 생하고 활하니까.'라는 말도 내게는 아무 상관없는 듯싶다. '가정에 아이가 없

모 된 감상기

으면 너무 단순하니까.' 달리 더 복잡히 살 방침이 많은데. '연로하여 의지하려니까.' 나는 늙어 무능해지거든 깊은 삼림 속 포근포근한 녹계색(綠桂色) 잔디 위에서 자결하려는데. 이 빽빽 우는 울음소리만 좀 안 들었으면 고적한 맛을 더 좀 볼 듯싶으며, 이 방해물이 없으면 침착한 작품도 낼 수 있을 듯싶고, 자식으로 인한 피곤 불건강이 아니면 아직도 많은 정력이 있을 터인데, 오직 이것으로 인하여. 이렇게 절대의 필요의 반비례로 절대의 불필요가 앞서 나온다. 통성이 아니라 독단으로. 그럴 동안 나는 자식의 필요로 조그마한 안심을 얻었다.

사람은 너무 억울한 모순 중에 칩복(蟄伏)하여[몸을 숨겨] 있다. 그의 정신은 영원히 자라 갈 수 있고, 그의 이상은 무한으로 자아낼 수 있으나 오직 그의 생명의 시간이 유한 중에 너무 단축하고, 그의 정력이 무능 중에 너무 유한되다. 이렇게 무한적 정신에 유한적 육신으로 창조해 낸 조물주도 생각해 보니 너무 할 일이 없는 듯싶어 이에 자식을 내리사 너 자신이 실행하다가 못 한 이상을 자식에게 실현케 하라 한 듯싶다. 그리하여 한 사람 이상 중에는 미술도 문학도 음악도 의학도 철학도 교육도 보는 대로 듣는 대로 하고 싶다마는, 재능이 부족할 뿐 아니라 정력이 계속 못 되어 필경 하나나 혹 둘쯤밖에, 즉 문학가로 음악을 조금 알 도리밖에 없다. 다른 모든 것에는 시간을 바칠 여가가 없어진다. 이럴 때 미술을 좋아하는 딸, 의학이나 철학을 좋아하는 아들이 자라

가면 자기가 좋아하나 다만 실행치 못하던 것을 간접인 제2 자기 몸에 실현하려는 욕망과 노력과 용감이 생기지 않는 것인가 싶다. 그러므로 자식의 의미는 단수에 있는 것이 아니라 복수에 있는 것같이 생각된다.

만일 정신상으로는 모든 희망이 구비하고 정력이 계속할 만한 자신이 있더라도 육신이 쇠약하여 부절히 병상을 떠날 수 없어 그 이상과 실행에는 하등의 관계가 없는 것같이 되면, 고통 그것은 우리 생활을 향상하는 데 아무 의미가 없을 것이요, 가치가 없을 것이다. 즉 지식으로나 수양으로 억제치 못할 불건강의 몸이 되고 본즉 "사람이 아니 하려니까……" 운운하던 것도 역시 공상이다. 망상이었다.

1922년 4월 29일 1년 생일에 김나열의 모 씀.

《동명》(1923. 1. 1.~21.)

모 된 감상기

백결생(百結生)에게 답함*

　되지 못한 짓이나마 독자 첨위(讀者僉位)의〔독자 여러분〕주목을 받게 된 것은 광영입니다. "일시는 사회의 시청을 끌던"이라 한 것을 보아 더구나 백결생에게는 많은 배움을 얻어 사의를 표하는 바외다.

　원래 이 답을 쓰려는 것은 내 본의가 아니다. 어째서 변명이나 하는 것 같아서 몇 번 주저하였다. 그러나 "다만 나의 근심하는 바도 구관념이 그릇되었다 하여 신관념을 파지(把持)할지라도〔움켜쥐더라도〕그것이 또한 그릇될 지경이면 구관념으로 인한 폐해보다도 우일층 심함이 있을 뿐 아니라 소위 신인이라 하여 사상적 방

---

* 나혜석이 발표한 「모 된 감상기」에 대해 백결생이 「관념의 남루(襤褸)를 벗은 비애」(《동명》 1923년 3월 18일 수록)라는 글로 비판하자 나혜석이 이에 대해 대답한 글이다.

황하게 되는 경향이 없는가 합니다."라는 얼토당토않은 씨의 이상문(理想文)이 내 감상기를 인연 삼은 결론인 데 대하여서는 도무지 묵과할 수 없다. 그렇다고 나는 결코 씨의 말한 바 편견이었고 독단이었던 전 책임을 피하려 드는 것이 아니다. 또 논박받는 것을 불긍(不肯)함이[받아들이지 아니함] 아니요, 오히려 매우 기뻐하는 바이다. 다만 씨의 도리어 편견이었고 독단이었던 것을 말하려 함이요, 또 씨의 부절히 염려하는 바와 같이 이목에 거슬리는 말로 인하여 행여 사상적 방황인 신인들의 방황을 첨가하지나 아니할까 하는 염려도 미상불 없지 않은 바이다. 다른 기회를 얻어 나도 다만 못지않은 씨의 소위 신인에 대한 이상문을 논하려 하며, 여기는 다만 씨에 대한 답만을 극히 간단하게 쓰려 하는 동시에 할 수 있는 대로 변명의 태도에서 초월하려 한다.

유감이나 제일로 씨는 '논문'과 '감상문'에 대한 서식이며, 독문법(讀文法, 독서법)이며 비판의 구별은 차리지 못한다고 말하지 아니할 수 없게 된다. 수연(修研)이 많은 학식에서 이상(理想)을 두고 주창을 세워 문자로 발표하는 논문에는 이유와 조건과 권리와 의무와 책임이 있을 것과 같이, 단순한 본능에서 시시각각으로 발하는 순간적 직각(直覺, 직관)을 허위 없이 문자상에 나타내는 감상기는 절대 무조건이요, 권리나 의무나 책임 같은 데는 더구나 무관계한 것이 아닐까 한다. 다만 감상문만은 경험을 종합한 결론이 아니라 오직 그 직각한 당시의 사실을 솔직하게 우선 없게 쓰려는 유일의 목적인 것을 잊어서는 아니 된다. 그러므로 논문을 읽을 때, 예를 거(擧)한(든) 것을 보아 해득할 수 있다든지 또 이치를 캐어 요해할 수 있는 것과 같이, 감상문을 독(讀)할 때만은 예로도 알 수 없고 이치로도 알 수 없는, 즉 독자 자신도 필자 자신과 거의 같은 경우로 거의 같은 감정을 경험하지 못하고서는 도저히 이해할 수 없는 불가사의한 것이다. 한즉 논문을 비판할 때는 질문도 있을 것이요, 반대도 있을 것이며, 따라서 의무나 책임을 부담시키는 것이 당연할 뿐 아니라 사회적 사상 방면을 우려할 여지가 있겠고 또 반성으로 요구하는 시간을 허할 수 있으나, 감상문만은 본래 논박한다는 것부터 말이 안 되고 더구나 이상화하고 사상화하려는 것이야 이에 대하여 무슨 일 푼의 가치가 있으리오. 씨가 절대의 책임을 내게 지우고 게다가 사상적이니 신여자니 하는 것으로 쓸어 맡기려 하는 것은 도무지 까닭 없는 비방이다. 이것은 나와 말하는 것보다 자연과 다투어 보는 것이 제일 합리적일 것 같다. 부질없는 말이나 씨의 너무 사상 방면만 편애하지 말고 인정미와 인간애로 타인에게 대할 수양이 필요할 듯싶어 충고한다.

배우려면 알지 못하는 것부터 말해야 하겠고, 남의 말을 들으려면 내 말을 먼저 하여야 하겠다는 동기로 용기를 내어 「모 된 감상기」를 발표한 이후 무언중에 부절히 기대하였다. 나와 같은 정도와 경우와 경험자인 모(母) 중 1인이 내 감상기를 읽은 후의 소감이 어떠하다는 것을 써 주었으면 얻는 것과 배우는 것이 많으렸다 하였다. 그리고 만일 아무 이해 없는 딴 세계 사람으로부터 이러니 저러니 해 오면 어찌할까 염려하였다. 내게는 꼭 이 감정만은 철학 박사나 생리학 박사의 이론으로 알 바가 아니오, 궁곡촌락(窮谷村落)[49]의 무지몰지각한 부녀들이 오히려 그 경험에 공명될 자가 있으리라는 신념이 있는 까닭이었다. 과연 마치 구름 속에 있는 양반에게 "너희는 왜 흙을 밟고 다니느냐." 하는 비방을 받는 격이 되었다. 씨의 "임신이란 것은 그리 편한 일이 아니다."라는 일구를 보면 씨가 능히 알지 못할 사실을 아는 체하려는 것이 용서치 못할 점이다.

씨가 내 감상기 중 "책임을 면하려는……." "자식이란 모체(母體)의……." "어머니의 사랑……." 몇 구절을 빗대 놓고 "자각이 없느니, 예속이니, 구도덕을 배척하고 신도덕을 ……." 하는 아는 대로의 숙어를 전개하여 반박의 중요점을 삼으려 하였다. 옳다. 씨의 반박의 중요 문구는, 즉 내 감상기 전문 중 나의 제일 확실한 감정이었다. 제일 무책임한 말이었고, 제일 유치한 말이었고, 제일 거슬리는 말이었다. 그러나 이 몇 구절은 나의 제일 정직한 말이었고, 제일 용감한 말이었다. 오냐, 이 언구 중에 당시 내 자신의 고통과 번민이 하정도(何程度)에 있었던 것이 백분지 일이라도 포함되었다 하면 내 감상기는 성공이었다. 이와 같이 내게 허위가 없었더니 만치 내 양심이 결백하고 무조건이요, 무책임인 순간적 직감을 쓰려는 것밖에 없었다. 다만 씨의 과민한 신경과 풍부한 학식과 고상한 사상이 남용된 것만 애석해하는 바이다.

이상 몇 점으로 보더라도 내 감상기를 빙자한 씨의 반박문은 어디로 뜯어보든지 내 감상기와는 아무 관계가 없을 뿐 아니라 의외에 씨가 일반 여성에 대하여, 더구나 조선 여자, 그중에도 씨 자칭 신인인 여자에게 대하여 개인적으로 무슨 악감정이 있는 것을 능히 규지(窺知)할[엿보아 알] 수 있다. 그것은 "조선 신여자의 선구"라든지, "신여자로 자처하는……."이라든지, "신인의 면목", "해방을 요구하는 신여자……." 등과 같은 일종의 저주적이요, 비방적이요, 조소적인 문구를 반드시 앞세워 놓고야만 무슨 말이 나온 것을 보면 알겠으며, 이다지까지 여성 자체를 불신용하고 조선 신여자의 인격 전체를 덮어놓고 멸시하여야만 자기 반박문이 빛이 날 것이 무엇인지? 나는 "오직 여자 자신이 그러한 모멸을 받을 만하였으니까……."라는 무용의 겸사(謙辭, 겸손한 말)를 쓰지 아니하련다. 씨의 자존심의 과중한 것이며 편견이고 독단인 것은 공평정대한 태도를 가져야만 할 평론자의 자격을 실(失)하였다고 [상실하였다고] 아니 말할 수 없게 된다. 내 감상기가 신여자의 사상계를 대표한 논문으로 자처한 일이 없는 동시에 씨는 불고염치 (不顧廉恥)하고 나를 대표적 인물로 잡아 세워 놓고 소위 "구설로 는 해방을 극력 절규하면서도 실제 생활에 들어가서는 여전히 예속적 생활에서 초탈하지 못함이 현재 신여자의 실상이니……."란 것은 너무 실례에 과하다. 일반 여자 독자 제자에게 질문하기를 요구한 바이다. 씨의 이 소위 예속이니, "의식주의 책임을 스스로 부담하는 데 해방이 있느니" 하는, 1세기 시대에 뒤진 말을 다시 끄집어 뒷걸음치자는 말을 보면 씨와 같은 학식에도 부인 문제에는 어두운 것을 알겠다. 우리 여자는 결코 여자 된 자신을 불행히 여기는 일도 없거니와 남자 그것을 흠선(欽善)할(공경하고 부러워할) 일도 없고, 권리 다툼도 아니 하려 하고, 평등 요구도 아니하며, 자유를 절대적으로 아니 안다. 다만 우리는 "참사랑"으로 살 수 있기만 바라고 또 실현하여야 할 것밖에 아무 다른 것 없는 것이다. 보시오, 평범한 여자들은 참정권 운동에 야단들이나, 비범한 여자들은 세계적 애(愛)에 참가하려 하지 않소? 또 씨는 내 경우와 감정과 판이한 다른 여자의 결혼 문제를 끄집어 말한 끝에, "여성에게는 일의 다소를 물론하고 불리한 경우를 당하면 그 책임을 회피하는 불철저한 약점이 있으니까." 운운한 것은, 조선 여자 개인의 감상문에 전 인류적 여성을 집어넣는 것은 무슨 필요인지. 몰상식한 말이라 용허할 여지가 있지만 씨의 인격을 존중하기 위하여 나는 심히 분개함을 마지않는다. 이것으로 보아도 씨의 반박문은 내 감상문과 아주 인연이 끊어져 버린다. 이야말로 변명 같으나 혹 참고될까 하여 쓴다. 여자가 누구를 물론하고 임신기에 있어서는 생리상으로나 정신상으로나 평상시보다 이상이 생기나니 가감의 차이는 있을지언정 산부(産婦, 산모)쳐 놓고 경험하지 않는 자가 없다. 그러므로 포태(胞胎, 임신) 중과 분만 후 어느 시기까지는 아무리 둔질(鈍質, 둔한 성질)이라도 감상적으로 되고 예민한 신경이 흥분되기가 매우 쉬운 고로 이때만은 공연한 일에도 노여움을 타고 변변치 않은 일이라도 퍽 기뻐한다. 실상 말이지 내 감상기 같으면 누가 자식 낳기를 바라리까. 오직 내가 그것을 쓸 때에는 임신 10개월간과 분만 후 만 1개년간의 시시로 흥분된 감정을 쓴 것이니 가히 짐작할 것이다. 그렇다고 나도 '산아제한'을 주장한 것도 아니오, 또 누구든지 자식을 낳아서는 아니 되겠다는 말이 아니다. 본문에 쓴 것과 같이 "개인으로 살아가는 부인도 중대한 사명이 있는 동시에 종족으로 사는 부인의 능력도 위대하다는 이지와 이상을 가졌었으며", "차대(次代)를 산(産)하여 차대를 교양하는 것은 일반 부인에게 내린 천직이다. 자연의 주장이요 발전이다."라는 말을 다시 올려 나의 이상과 감정이 충돌되었던 것을 명백히 하려 한다.

최후로 씨께 요망하는 바는 나도 신여자로 자처한 일이 한 번도 없었고, 신인이라고 해 주는 것을 별로 영광으로 알지 않는다 함이외다. 나는 사상가도 아니요, 교육가도 아니요, 예술가도 아니요, 종교가도 아니외다. 다만 사람의 탈을 썼고, 여성으로 태어났으며, 사랑으로 살아갈 도리만 찾을 뿐이외다. 혹 다른 때 인연을 맺게 되더라도 명심해 주시면 좋겠습니다. 씨여 사상적 방황이란 그다지 못된 일이오니까? 방황해야만 할 때 방황치 말라는 것은 못된 일이 아니오니까? 그다지 조바심을 하여 걱정할 것이야 무엇 있으리까? 방황도 아니 하고 고정부터 하면 그것은 무엇일까요? 화석의 그림자나 아닐까요?

나는 꼭 믿는다. 내 「모 된 감상기」가 일부의 모 중에 공명할 자가 있는 줄 믿는다. 만일 이것을 부인하는 모가 있다 하면 불원간 그의 마음의 눈이 떠지는 동시에 불가피할 필연적 동감이 있을 줄 믿는다. 그리고 나는 꼭 있기를 바란다. 조금 있는 것보다 많이 있기를 바란다. 이런 경험이 있어야만 우리는 꼭 단단히 살아갈 길이 나설 줄 안다. 부디 있기를 바란다.

《**동명**》(1923. 3. 18.)

내가 어린애 기른 경험

나는 어린애 기르는 데 대하여 아무 차림차림 없이 벌써 두 아이의 어머니가 되고 말았습니다. 이 점으로 보아 실로 부끄러운 일이요, 어미 될 아무 자격이 없습니다. 다만 우연히 당한 어미로서 심상하게 기르는 경험을 쓰려고 합니다.

그래도 이곳저곳서 얻어 들었던 태교에는 매우 주의하느라고 하였습니다. 그렇다고 별로 지어 한 일은 없습니다. 오직 할 수 있는 대로 신경을 흥분시키지 않기 위하여 자극될 사물에 접하지 않도록 했습니다. 가령 말하면 연회석이라든지 연극장, 활동사진 같은 데에는 별로 이[利, 이로움] 될 것이 아니면 가지 아니하였습니다. 그리고 부지런한 아이를 낳고 싶은 생각이 있어서 쉬지 않고 활동하였습니다.

급기[及其, 마침내] 낳고 보니 정말 어찌 길러야 좋을지 몰랐었습니다. 제일 젖 먹이는 시간을 의사의 말대로 4시간 만에 한 번씩 먹였습니다. 그 안에 우는 것은 배고파서 우는 것이 아니라 오줌을 싸든지 졸리든지 아프든지 목마르든지 하여 우는 것인 줄 알았습니다. 그리하여 어른이 밥만 먹으면 목이 마른 것같이 목말라할 때는 따뜻한 물을 숟갈로 먹이면 매우 좋아 먹는 것 같았습니다. 그리고 울면 울음소리에 따라 아파서 우는 것 같지 않을 때는 제가 울기 싫어서 고만둘 때까지 가만 내버려두었습니다. 어른이 밥만 먹고 운동을 아니 하면 병이 나는 것과 같이 어린애도 먹기만 하고 가만히 드러누웠으면 병이 날 것입니다. 그러므로 어린애가 손을 떨고 발버둥을 하여 우는 것은 자연이 시키는 운동법인 줄 압니다. 이렇게 한참씩 울어야 먹은 것이 내려가고, 사지가 굵어지고, 몸에 살이 포동포동 쪄 갑니다. 따라서 성대도 잘 발달되는 것입니다. 그 '까르르' 하고 우는 것을 차마 듣기 어려울 때가 있지만 무정스럽고 냉정한 태도로 가만 내버려두어야 합니다. 제일 기억해 둘 것은 간간이 더운 물을 먹일 것이외다. 내 경험상으로 보면 어린애 기르는 것이 어려울 듯하던 것이 의외에 쉬웠습니다. 100일 안에는 제1, 일정한 시간에 젖을 먹이고, 제2, 많이 울리고, 제3, 더운 물을 많이 먹이면 영락없이 설사 한 번 없이 잘 커갑더이다.

백일 이후에는 조금씩 기어다니기 시작하면 함부로 집어먹는 것이 큰일입니다. 이때는 별수 없이 어린애 손 닿는 데는 위험한 물건을 두지 않도록 주의할 수밖에 없습니다. 첫돌이 돌아오면 비슬비슬 걷기를 시작합니다. 그리하여 일어서다 쓰러지고, 비틀비틀 다니다가 넘어지고, 고꾸라지고 떨어져서 코방아 찧는 일이 때없이 수없이 많습니다. 이때에 옆에서 보던 어른들은 깜짝 놀라 뛰어가서 일으켜 줍니다. 그러면 어린애는 엄살하고 입을 크게 벌려 웁니다. 어른의 이 태도가 제일 안 된 태도입니다. 떨어지지 아니 하려다가도 어른 악쓰는 소리에 놀라서 떨어지는 수가 많습니다. 그리고 아프지도 않으면서도 엄살을 합니다.

그뿐 아니라 이는 교육상에 제일 안 된 것입니다. 제가 넘어지거든 꼭 제가 일어나도록 하여야 합니다. 어른이 일으켜 주는 것은 버릇도 없어지거니와 의뢰심을 기르는 것이외다. 지금까지의 우리 사람들은 너무 의뢰심이 많았습니다. 백성은 나라에 의뢰하고, 자식은 부모에 의뢰하였으며, 여자는 남자에 의뢰하여 왔습니다. 이로부터 우리 사람은 이래서는 도저히 아니 됩니다. 제 것은 제가 하는 독립심을 길러야겠습니다. 어려서 넘어진 것을 일으켜 주는 것이 대수롭지 않은 일 같으나 싹 나오는 이때부터 독립심을 길러 주어야 할 것입니다. 물론 위태한 경우에는 급히 안아 주어야 할 것이나 악을 쓰고 덤벼서는 떨어져서 상하는 것보다 오히려 해로운 점이 많습니다. 우리 아이들은 넘어지면 집안사람들이 일제히 돌아앉습니다. 그러면 휘휘 돌아다보다가 어이가 없는 듯이 툭툭 털고 일어나 앉습니다. 일찍이 한 번도 일으켜 준 일도 없고 따라서 넘어지면 으레 아무 말없이 일어날 줄 압니다. 언제인지 한번, 우리 큰 딸 나열이가 세 살 먹었을 때 컴컴한 부엌에서 깊은 아궁이를 헛디뎌서 쾅 하고 넘어졌습니다. 그때 나는 마음을 착 가라앉혀서 "나열이 재주 참 좋다. 한 번 더 해 보아라." 하였습니다. 그런즉 울려고 하다가 고만 딱 그치고 헤헤 웃으며 가장 재주를 부린 듯이 부시시 일어났습니다. 집안사람들은 다 웃었습니다.

그다음에는 말 배우기 시작을 합니다. 어린애들은 참 이상야릇하고 얼토당토아니한 말을 잘 지어냅니다. 이것을 일일이 고쳐 일러 줄 수 없는 것이요, 고쳐 준대야 알아듣지도 못합니다. 어느 정도까지 가만히 두었다가 말이 완성될 시기에 이르러서는 똑똑한 말을 가르쳐 주어야 합니다. 가령 '파파', '엄마'라고 부르거든 '아버지', '어머니'로 가르쳐서 할 수 있는 대로 파파 엄마를 고쳐서 아버지 어머니를 부르도록 하고 처음부터 아버지 어머니로 부르게 되도록 하여야겠습니다. 어느 책을 본즉 첫째, 교육하는 데 제일 필요한 것은 한 가지 물건에 대하여 어렸을 때 말과 장성해서의 말이 달라서는 아니 된다고 하옵디다. 내 생각건대도 이로부터의 아이들은 많이 알아야 하겠고, 많이 배워야 하겠는데 시간 경제와 기억 경제를 할 필요가 있는 줄 압니다. 그리고 따라서 아이에게 대한 말, 어른에게 대한 말을 어려서 아주 가르쳐 두면 이후 학교에서 수신 시간에 이리저리 해라 할 필요가 없어질 것 같습

내가 어린애 기른 경험

니다. 나는 우리 나열이가 세 살 먹었을 때 밥 먹을 때마다 가르쳤습니다. "어머니는 진지 잡수시고, 아버지도 진지 잡수시고, 나열이는 밥 먹고, 동생도 밥 먹고", 집안사람대로 위아래를 구별하여 이렇게 가르쳤습니다. 처음에는 "어머니가 밥 잡수고 선(나열이 동생)이는 진지 먹고" 하다가 몇 번 가르치니까 꼭꼭 가리켜서 말합니다. 지금 다섯 살이나 열 번이면 열 번 다 "아버지 진지 잡수시고 사무실에 가셨다." 합니다. 이와 같이 잘 때에도 "아버지 어머니는 주무시고 나열이는 자고."라고 가르쳤습니다. 어려서 이렇게 행습(行習)을〔습관이 되게〕 시키지 않으면 커서 좀처럼 고칠 수 없습니다.

한 가지 잊었습니다. 만 1개년쯤 되거든 젖 뗄 준비를 해야 합니다. 그리하여 차차 도수를 줄이고 밥이나 과자 같은 것을 먹이기 시작합니다. 이때 떼치지 못하면 아기가 젖맛을 알게 되고, 어머니 품에 안기는 맛을 알게 되면 떼기가 매우 어렵습니다. 우리 첫째 아이는 만 1개년 2개월 만에 떼고, 둘째 아이는 1개년 6개월 만에 아주 떼쳤었는데, 한 집에 있어서는 도저히 떼치기가 어려운 것입니다. 그러므로 나는 딱 작정하고 3, 4일간 집을 떠납니다. 젖이 불어서 고생되지만 돌아오면 어린이는 도무지 젖 생각을 아니 하게 됩니다. 젖을 늦도록 먹이는 것이 좋다고 하지마는 내 경험상으로 보면 모체가 휘질〔시달려 기운이 빠질〕 뿐이요, 어린애도 주접만 질 따름이외다. 오히려 젖을 떼치니 밥도 잘 먹고 하루에 2, 3차씩 자양 있는 과자를 주게 된즉, 매우 살이 붙게 됩니다. 그리고 저 혼자 놀게 되고 사람에게 척척 감기지 아니하느니 만치 칠칠합니다.

어린애처럼 단조하고도 고집 센 것은 없습니다. 무엇이든지 한 번 하려는 것은 꼭 하려고 듭니다. 이럴 때에 할 수 있는 대로 위험한 것 외에는 말리지 말고 가만 내버려두는 것이 좋습니다. 나는 어린애가 간장이나 고추장을 먹으려 할 때에 가만 내버려두고 봅니다. 그러면 아이는 먹고서 웁니다. 그 후로 먹으라고 주면 죽어라 하고 먹지를 않습니다. 그리고 문 구멍을 뚫습니다. 가만 두었다가 날마다 한 번씩 구멍 난 데다가 손을 대어 놓고 바람을 쏘입니다. 그리고 이것은 네가 이런 것인데 손가락이 춥지 않느냐고 며칠 두고 이릅니다. 그리고 다시 뚫으라고 손가락을 갖다가 대면 한사코 뚫지를 않고 뒤로 물러나갑니다. 그 후로는 다시 뚫지를 않습니다. 또 벽에 연필로 직직 긋습니다. 그럴 때는 가만히 앉아 봅니다. 그런 후 아이를 불러 세우고 긋지 않은 흰 벽을 가리키고 또 더러운 벽을 가리키며 정한 것과 더러운 것을 역시 하루에 한 번씩 (사흘쯤) 말해 들립니다. 이상스러운 것은 알아들을 성싶지 않은 아이가 그 후로 연필을 주고 가만히 보려면 결코 다시는 장난을 아니 합니다. 또 아이들은 장난감을 좋아합니다. 사다가 주면 곧 그 자리에서 깨뜨려 없애고 맙니다. 나도 한 달에 한 번씩 아이들을 장난감 집에 데리고 가서 저희가 집는 대로 몇 가지씩

사다가 줍니다. 그러나 연령에 따라 가지고 놀 만한 장난감이 없습니다. 될 수 있는 대로 나무로 만든 미술적 가치가 있을 만한 것을 선택하여 주고 싶으나 도무지 그런 것이 없어서 섭섭할 때가 많습니다. 그렇게 장난감을 사 주면 날마다 방 안에 굉장히 늘어놓고 놉니다. 나는 장난감을 내가 치우든지 다른 사람을 시켜 치우도록 아니 합니다. 그것을 가지고 놀던 아이들을 시켜서 그렇게 담아서 놓았던 자리에 꼭 놓도록 합니다. 늘 그렇게 하도록 하여서 이제는 저희가 가지고 놀던 것을 꼭 치웁니다. 밤에 잘 때에도 옷을 벗어서 꼭꼭 개어 발치에 놓도록 합니다. 무엇이든지 꼭 놓았던 자리에 놓게 합니다. 과실을 먹을 때에도 껍질을 따로 놓도록 가르칩니다. 이와 같이 정결한 것과 질서 있는 것을 가르칩니다. 또 가르치는 대로 되는 것이 재미스럽습니다.

의복에 대하여는 할 수 있는 대로 얇게 입는 습관을 기릅니다. 너무 덥게 입히면 땀이 났다가 서늘해질 때 감기가 들기 쉽고 또 어린 피부가 매우 약하여집니다. 그리고 의복의 빛과 모양은 간단한 것을 취합니다. 빛은 백색과 흑색을 별로 입히지 않고 늘 색을 갈아서 입힙니다. 그리고 입힐 때마다 이 빛은 발간 빛이요, 이 빛은 파란 빛이다 하고 색채의 교육을 합니다. 조선 의복은 일정한 모양이 있지만 양복을 입힐 때에는 간단한 법으로 만들어 입힙니다. 이것이 우스운 듯싶으나 어린애란 뇌가 단순합니다. 그러므로 색을 취할 때에도 간색(間色)[50]보다 원색을 취하여야 하고, 모양도 단순한 모양을 취하는 것이 어린애 뇌에 조화가 될 만치 교육상 큰 영향을 받게 됩니다.

제일 처리하기 어려운 것은 말리는 것을 듣지 않고 우는 것입니다. 이런 때는 매를 때리는 수밖에 없습니다. 어느 생리학자의 말을 들으니 어린애를 한 번 때리면 순환하던 피가 변색이 되고 그만치 뇌에 해가 된답니다. 나는 이것을 알면서도 때때로 때립니다. 그리고 호젓한 방에다가 가둡니다. 매도 매우 효험 있다는 것까지 조금 알고 어찌하면 때리지 않고 이르지 못할까 하는 데까지는 내 힘으로는 알 수가 없습니다. 그리고 또 공연히 앙앙 보채고 까닭 없이 울 때가 있습니다. 이것은 다른 까닭이 아니라 뱃속에 회가 동해서 그런 것입니다. 이런 때는 곧 침착하고 세엔네라는 회충 약을 사다가 손에 두어 번 찍어서 입술에 슬쩍슬쩍 바릅니다. 그러면 신통하게 그 이튿날이면 두 마리 세 마리 다섯 마리까지 나올 때가 있습니다. 한 달에 한 번씩 이렇게 먹여 회충을 뺍니다. 어린아이들에게는 흔히 체하여 설사를 잘 하고 또 감기가 잘 듭니다. 나는 어린애들에게 삼시 밥 먹일 때 간장에 비벼서 잠깐 기름을 쳐서 무 밑동하고 줍니다. 그리고 꼭 냉수를 먹입니다. 또 하루 두 차례 오전 10시쯤과 오후 3시쯤 하여 계란과 우유를 많이 넣어 내 손수 만든 과자를 알맞춰 줍니다. 정해 논 시간을 꼭 실행치 못할 때도 있습니다마는 뱃병 아니 날 만치 줍니다. 냉수는 위장을 튼튼하게 하는 것 같습니다. 냉수를 먹인 후로 아직 한 번도

내가 어린애 기른 경험

뱃병 난 일이 없습니다. 또 감기 들지 않도록 하는 것은 매우 쉽습니다. 내 경험상으로 볼진대 등어리에 땀이 났다가 식으면 감기가 드는 것 같습니다. 그리고 낮에 입었던 옷을 밤에 입고 자고 또 낮에 입고 하는 가운데 피부에 아무 새 자극이 없을 뿐 아니라 먼지가 들어가고 하여 불결한 중에서 드는 것 같습니다. 그러므로 낮에 활동할 때 입는 의복과 밤에 잘 때 입는 옷을 따로 정해 놓고 밤마다 아침마다 갈아입히기가 좀 귀찮지만 꼭꼭 자리옷[잠옷]을 갈아 입혀 재우는 것이 좋은 것 같습니다. 그리고 자리옷은 얇은 것, 홑것일수록 좋은 것 같고 넓고 길수록 좋습니다.

　다섯 살 먹은 딸과 두 살 먹은 아들을 기른 경험이란 대강 이러합니다. 차차 유치원부터 소학, 중학, 그 이상 학교까지 교육시키려면 따라서 가정교육의 문제가 복잡할 것을 예상합니다. 아직 거기까지 생각해 본 적도 없고 또 장차 당할 때의 일로 미루려고 합니다. 오직 미리 생각하는 것은 아이들이 장성함을 따라 교육자인 부모의 교훈을 신뢰할 만치 부모 된 자는 반드시 그 시대 시대를 이해할 만큼 공부하기를 쉬지 않을 것이라고 생각합니다. 나는 이상과 같이 냉정한 태도를 자연에 맡기어 아이를 길러 갑니다.

《조선일보》(1926. 1. 3.)

4 왜 남성들은 결혼을 꺼리는가?

기자 남성들은 어째서 결혼을 아니 합니까, 결혼 생활이란 불행한 것일까요?

이광수 나는 최근에 서양 소설을 본 것이 있는데 제목은 「프리(Free)」라 하였더구만요. 내용이 어떤고 하니 남편이 자기 아내 병을 극진히 간호하다가 그 아내가 끝끝내 죽어 버려요. 그때 그 남자는 기막히게 슬픈 생각이 나야 옳겠는데, 의사가 죽었다고 선언하는 그 순간에 '아이, 인제는 프리 되었구나!' 즉 해방되었구나, 자유되었구나 하는 생각이 용솟음치더라 합니다. 안타까운 가정의 아내의 등쌀로부터 해방되는 것이 퍽이나 기쁘던가 봐요. 이 소설이 현대 남성의 심리를 용하게 포착하여 그려 낸 줄 알아요.

나혜석 실상 행복보다 불행한 결혼이 많으니까요. 그리고 독신 생활을 주장하는 이가 훨씬 많아졌어요.

김억 이 모양대로 가면야 결혼 기피하는 사람, 늦게 결혼하려는 사람이 자꾸 많아질 따름일걸요.

(324쪽에 이어집니다.)

5부

정치와 삶

"우리가 비판 받지 않는다면
무엇으로 역사를 채우겠는가."

"조선에 태어난 것을 행복으로 압니다"

조선 여성의 변화된 삶 위해 야학 설립

나혜석을 부잣집 딸로 태어나 일본에서 미술 공부를 하고, 외교관 남편을 만나 세계 일주를 다니며 호화롭게 살다가, 어느 날 불륜에 빠져 이혼당하고 몰락한 여자로 평가하는 사람들이 있다. 그러한 발언은 혐오에 가득 찬 시선으로 나혜석을 폄훼하는 데 지나지 않는다. 식민지 조선에서 관료의 딸로 태어나 풍요로운 가정에서 사랑받으며 자랐고, 일본 유학이라는 근대 교육의 혜택을 받은 것, 그리고 남편의 직업이 외교관이자 변호사였으며, 당시로서는 드물게 유럽에 장기 체류하며 미국과 러시아, 유럽 전역을 여행한 것은 분명 나혜석 삶의 일부분이다. 하지만 그러한 사실들이 나혜석이 어떤 사람이었는지를 충분히 설명하지는 못한다.

앞서 언급했듯이 나혜석은 1919년 3·1운동 시위 관련자로 5개월간 수감된 적이 있었고, 그 사건에 관한 「나혜석 신문 조서」를 지금도 확인할 수 있다. 나혜석은 3·1운동 이후로도 독립운동에 직간접적으로 관여했다. 1922년 김우영이 현재의 단둥 지역인 안동현 부영사로 부임하면서 나혜석은 그곳에서 작품 활동을 하는 한편, 1922년 3월 안동현 여자야학을 설립해서 운영했다. 나혜석은 조선 여성의 삶이 바뀌기 위해서는 가장 먼저 조선 여성들의 문맹률을 타파해야 한다고 믿었고, 그 믿음을 실천에 옮겼다. 1922년 3월 22일 자 《동아일보》 4면에 「안동현여자야학」이란 제목으로 다음과 같은 기사가 실리기도 했다. "우리 조선 여자를 위하여 일심전력하는 나혜석 여사는 금번 당지 팔번통 태성의원 내에 야학을 설립하고 매주 3일간 오후 7시부터 10시까지 열성으로 지도하여 입학 지원자가 날로 많다더라."

안동현에 부임했던 6년 동안 나혜석은 독립운동가들을 지원하는 일에도 적극적이었다. 특히 나혜석과 김우영은 김원봉을 비롯해 의열단 단원들에게 도움을 아끼지 않았다. 1923년 황옥 경부 폭탄 사건에도 나혜석은 개입했다. 나혜석은 황옥을 자신들의 숙소에서 묵게 하고, 기차로 이동할 때 폭탄과 권총이 들어 있는 짐에 '안동영사관'이라 쓴 종이를 붙여 주었다. 또한 의열단 사건으로 투옥된 이들을 면회하고, 그들의 무기를 출소 때까지 보관해 주기도 했다. 유석현, 유자명, 정화암, 남정각 등의 독립운동가들이 나혜석과 김우영의 도움을 받았다는 기록을 남겼다.

근대 여성 지식인으로서 고민한 여성의 직업관

또한 나혜석은 여성이 경제적으로 자립하여 사회적으로 의미 있는 일을 하고, 자아를 실현하는 길이 무엇일지를 모색한 지식인이었다. 앞서 언급했듯, 그녀는 결혼을 강요하는 아버지에게 맞서다 학비 지원이 중단되자 휴학을 하고는 자기 힘으로 돈을 벌어 복학을 한 경험이 있다. 나혜석은 여성 예술가가 어떻게 생활의 기반을 마련할 수 있는지 고민했다. 그 고민의 흔적이 「나의 여교원 시대」와 「회화와 조선 여자」에 잘 나타나 있다.

「회화와 조선 여자」는 한국 최초의 여성 미술론이다. 나혜석은 이 글에서 "아직 우리의 여러 가지 형편이 조선 여자로 하여금 그림에 대한 흥미를 줄 만한 기회와 편의를 가로막고 있으니까 그러하지, 만일 이 앞으로라도 일반 여자계에 그림에 대한 취미를 고취할 만한 운동이 일어나기만 하면 반드시 여류화가가 배출될 줄로 믿습니다."라고 미래 여성 미술계에 대한 기대와 애정을 드러냈다. 소설 「경희」를 해설하면서 이미 언급한 것처럼, 나혜석이 결혼 요구에 맞서자 그녀의 아버지는 학비 지원을 중단한다. 휴학을 할 수밖에 없었던 나혜석은 아버지의 억압에서 벗어날 수 있는 길을 적극적으로 모색했다. 당시 나혜석이 가질 수 있었던 안정적인 직업은 교사밖에 없었다. 그 또한 조선의 여성 지식인들이 처한 현실이었다. 1년간 교사 생활을 하면서 학비를 모은 나혜석은 복학하여 졸업 후 다시 교사가 되었다. 아버지의 결혼 강요를 피해 여

주에 있는 공립보통학교의 교원이 된 과정을 나혜석은 「나의 여교
원 시대」에서 이야기했다.

여성 참정권 운동과 나혜석의 정치의식

한편 나혜석은 유럽에서 여성운동에 더욱 각성하게 된다. 유럽
체류 중 "영국의 팽크허스트 부인 참정권 운동 단원 중" 한 사람
에게 영어를 배우며 영국 여성운동의 동향을 인터뷰했고, 그 내
용을 1936년 11월 「영미 부인 참정권 운동자 회견기」라는 제목으
로 발표한다. 특히 "내가 조선의 여권운동자 시조가 될지"도 모른
다며, 참정권 운동가들이 둘렀던 "띠"를 기념으로 간직하는 모습
이 여운을 남긴다. 식민지 조선에서는 남녀 불문하고 참정권 자체
가 없었기 때문에 나혜석에게 영국의 여성 참정권 운동은 더욱
인상 깊게 다가왔을 것이다. 1930년 5월 "선생은 실행가/학자가
되겠습니까."라는 《삼천리》의 설문에 나혜석은 "장차 좋은 시기
있으면 여성 운동에 나서려 합니다."라고 답하기도 했다.

하지만 나혜석은 '여권운동자'로서 식민지 조선의 다른 여성
지식인들과 일정 정도 다른 입장을 가졌다. 1926년 1월 24일부터
30일까지 《동아일보》에 연재한 논설 「생활 개량에 대한 여자의
부르짖음」에서 나혜석의 여성운동에 대한 시각을 확인할 수 있는
데, 당시 사회주의 성향의 여성 지식인들과는 상당히 거리가 멀었

다. 나혜석은 이 논설에서 "요사이 남녀 문제를 들어 말하는 중에 여자는 남자에게 밥을 얻어먹으니 남자와 평등이 아니요, 해방이 없고, 자유가 없다고 흔히들 말합니다. 이는 오직 남자가 벌어오는 것만 큰 자랑으로 알 뿐이요, 남자가 벌어지도록 옷을 해 입히고, 음식을 해 먹이고, 정신상 위로를 주어 그만한 활동을 주는 여자의 힘을 고맙게 여기지 못하는 까닭입니다."라고 주장하며, 가사 노동의 가치를 부정하는 것은 여성들의 삶을 변화시킬 수 없다고 전망했다. 오히려 가사 노동의 가치를 인정하고 여성의 중요성을 깨달을 때 여성과 남성 모두 자부심과 행복을 느낄 수 있고, 그것이 바로 생활 개량의 기초가 된다고 나혜석은 주장했다. 그러나 나혜석의 이러한 논거는 자신의 이혼 과정에서 부정된다. 결혼 생활 동안에 한 가사 노동의 가치를 주장하며 나혜석은 김우영에게 재산 분할을 요구했지만 거절당하고 만다.

나를 잊지 않는 행복

그럼에도 불구하고 나혜석은 남다른 행복의 기준을 가지고 있었다. 이혼 다음 해인 1931년 10월 나혜석은 일본 문부성이 주최하는 제12회 제전(帝展)에 「금강산 삼선암」과 「정원」을 출품했고, 이 중 「정원」이 입선하자 「나를 잊지 않는 행복」을 1931년 11월 《삼천리》에 발표한다. 이혼 후 화가로서의 자기 자리로 온전히 돌아가 그림에 집중하고, 전람회에 출품한 후 "이 작품에 대한 평에 의하여 앞길을 정해 볼까 함이다."라고 각오를 다지는 한편, 오직 "무실력한 것을 부끄러워하는 바"였으나 세상은 그녀의 실력에 큰 관심을 가지지 않았다. 그러나 나혜석은 "자기를 잊지 않고 살아가는 수밖에" 없다고 되뇌며, 화가로서 작가로서 자신의 일과 사상에 충실했다. 그녀는 숱한 고난 속에서도 아마 행복했을 것이다. 그래서 그녀의 행복은 더욱 빛난다. 이제 그녀의 실력이 다시 평가될 때이다.

나혜석 신문 조서*

피고인 나혜석

위 피고인에 대한 보안법 위반 사건에 관하여 대정(大正) 8년(1919)
3월 18일 경성지방법원 검사국에서
조선총독부 검사 야마사와 사이치로, 조선총독부 재판소 서기
야마가타 가즈오 열석한 후,
검사는 피고인에 대하여 다음과 같이 신문하다.

    문   성명, 연령, 신분, 직업, 주소, 본적지 및 출생지는 어떠한가.

---

* 나혜석이 3·1운동에 관여했다는 혐의로 체포되었을 때 작성된 신문 조서
이다.

답 성명, 연령은 나혜석, 스물네 살. 신분, 직업은 무직. 주소는 경성부 운니동(雲泥洞) 37번지. 본적지는 앞과 같은 곳. 출생지는 경기도 수원군 수원면 신풍리.

문 위기, 훈장, 종군기장, 연금, 은금, 또는 공직을 가지고 있지 않은가.

답 없다.

문 이제까지 형벌에 처해졌던 일은 없는가.

답 없다.

문 그대는 도쿄미술학교 졸업생인가.

답 그렇다. 나는 도쿄에 대정 2년(1913)에 갔다가 도중에 1년 동안은 집에 와 있었으며, 다시 가서 작년 3월에 졸업하고 4월에 귀국하여 현재 집에서 혼자 그림 연구를 하고 있다.

문 미술학교에 가기 전에는 어느 학교를 졸업했는가.

답 진명여자고등보통학교를 졸업했다.

문 김마리아를 아는가.

답 도쿄에서 함께 있었기 때문에 알고 있다.

문 그대는 3월 2일에 그와 함께 이화학당 기숙사에 갔었는가.

답 그렇다.

문 그대가 권해서 갔는가.

답 아니다. 교회당(貞洞)에서 함께 만났는데 그가 가자고 해서 갔었다. 그래서 이화학당 박인덕의 방에 갔던 것이다.

문 몇 사람이 모였는가.

답 박인덕, 황애시덕, 김마리아, 김하르논, 손정순, 안병숙, 안숙
자, 신체르뇨, 박승일과 또 한 사람 성명을 모르는 사람과
나 도합 열한 명이었다.

문 손정순은 어디 사람인가.

답 이화학당 학생이다.

문 안병숙은 어디 사람인가.

답 중앙회당 유년부 선생이다.

문 안숙자는 어디 사람인가.

답 현재는 시베리아에 있는데 일본의 교토 사단에 소속해 있
는 염 중위(염창섭. 소설가 염상섭의 형)의 아내이다.

문 김하르논은 어떠한가.

답 이화학당 선생이다.

문 박승일은 어떠한가.

답 그도 이화학당의 선생으로 생각된다.

문 신은 어떠한가.

답 그 사람도 마찬가지로 그 학교의 선생이다.

문 그때 무슨 말이 있었는가.

답 마리아가 먼저 입을 열어 어제 남학생들은 먼저 독립운동
을 시작했는데 여자 쪽은 어떻게 하면 좋겠느냐고 하니, 황
애시덕이 대답하기를 우선 세 가지로 구별하여 하기로 하는

데, 그 첫째는 부인 단체를 조직하여 조선의 독립운동을 하고, 둘째로는 남자 단체와 여자 단체와의 연락을 취할 것, 셋째는 잘 몰랐으나 내 해석으로는 남자 단체와 여자는 개인 개인이 연락을 취하는 것이었다고 생각된다. 그래서 나는 첫째와 둘째에는 찬성했으나 셋째까지 곧 승낙하지는 않았다. 그리고 그때 황은 임원을 정하자고 말했으나 나는 그대로 가만있었다.

문 그때 활동 비용에 관해서 무엇인가 말한 것이 있지 않은가.

답 손정순이 그러면 어떻게 움직이느냐 하니 누군가가 우선 돈이 필요하다고 말했으나 마침 예배가 끝날 무렵이어서 다른 사람이 오는 것 같았으므로 말을 끝냈다. 그리고 헤어질 때에 돈은 개인 개인이 어떻게든지 마련하자고 했고, 그 달 4일에 또 회합할 것을 약속하고 헤어졌던 것이다.

문 그때 김마리아가 이 모임은 영구히 존속시켜야 하므로 회장 등을 선임하자고 했다는데 어떠한가.

답 그렇다. 그것에 대하여 누군가가 찬성했으나, 4일에 결의하기로 하고 헤어졌다.

문 그대는 4일에 참석했는가.

답 나는 3일 오후 8시경의 기차로 자금 조달을 위하여 개성, 평양 방면으로 떠났었다.

문 개성에서 어떻게 했는가.

답 정화여숙의 교장 이정자를 방문하여 지금 경성에서는 여자 단체를 조직하여 독립운동을 하기로 되어 있으니 만약 이곳에서도 그런 일이 있으면 통지하고 연락을 취해 달라고 말했던 바, 그는 찬성은 하지만 교장으로 참가할 수는 없다고 하였다. 그래서 물러나 다음 4일에 평양으로 갔다.

문 누구를 방문하여 어떻게 말했는가.

답 정진여학교의 여교원 박충애를 방문하여 이정자에게 말한 것과 같이 말했던 바, 자기는 관헌의 주목 대상이 되어 있으므로 움직일 수가 없으나 가능한 대로 참가하겠다, 그러나 기대를 하지는 말라고 하였다.

문 그렇다면 개성, 평양에서는 자금을 얻을 수가 없었는가.

답 그렇다.

문 박충애와 한 번 만세를 불렀다는데 어떠한가.

답 그렇지 않다. 박충애가 3월 1일에 평양 어디에선가 자기는 만세를 한 번 불렀다고 말했을 뿐이다.

문 그대와 이정자와는 어떤 관계인가.

답 그 사람은 모르나, 그의 질녀가 경성의 여자고등보통학교에 와 있어서 그가 우리 이수 집에 있었는데 그가 3월 3일에 돌아가게 되어 함께 가서 소개를 받았던 것이다.

문 박충애는 어떠한가.

답 수원 학교[51]에 있을 때 동창생이었다.

문 언제 경성으로 돌아왔는가.

답 5일 아침에 돌아왔다.

문 4일의 회합 결과를 누구에게서 들었는가.

답 8일에 황애시덕을 안숙자의 집에서 만나 그 사람에게서 들었다.

문 황은 무엇이라고 하던가.

답 단체를 조직하기로 되어 나와 황과 김마리아, 박인덕 등 4인이 간사를 맡고, 박인덕은 주로 학생 쪽을 돌보기로 되었는데 자세한 것은 다음번에 얘기하겠다고 하면서 헤어졌다.

문 그대는 위 간사가 되는 것을 승낙했는가.

답 그때 승낙은 하지 않았다. 아무래도 다음에 만나서 상의하겠지만 내가 없을 때 정해서는 곤란하다고 말했었다.

문 그때 황애시덕은 자금은 간사가 조달하기로 하고, 여학생은 조선이 독립할 때까지 휴교하도록 각 학교에 교섭하기로 되어 있다고 했다는데, 어떠한가.

답 그런 의미의 말을 들었다고 생각되나, 자세히 말한 것은 아니었다.

문 황애시덕은 현재 어디에 있는가.

답 동문 안에 있는 경성일보사에 출근하고 있는 방태영의 처 제이므로 그가 알고 있으리라 생각된다.

문 박인덕은 2일에 무엇인가 의견을 말했는가.

답   말했는지도 모르나, 기억에 없다. 그리고 말하겠는데, 내가
    개성이나 평양에 갔던 것은 한 개인으로 간 것이지 2일의
    회합 결과로 가게 되었던 것은 아니다.

문   그대는 예수교를 믿는가.

답   그렇다. 소학교 때부터 믿었는데 대정 6월 도쿄의 조선교회
    에서 조선인 목사에게 세례를 받았다.

문   그대는 총독 정치에 대하여 어떻게 생각하는가?

답   정치에 대해서는 모른다.

피고인 나혜석

위 녹취한 바를 읽어 들려주었던 바, 틀림없다는 뜻을 승인하고
다음에 자서하다.

『한민족독립운동사자료집 14』(국사편찬위원회 발행, 1991)

나의 여교원 시대

지금으로부터 20년 전 일이다. R이 동경 유학 때이었다. R의 아버지는 양반이고 부자고 위인이 똑똑하다는 바람에 M과 혼인 말을 건네고, R에게 속히 귀향하라 하고, 심지어 학비까지 주지를 아니하여 할 수 없이 귀향을 하였으나 R에게는 이미 애인이 있어 철석같은 약속이 있던 때이었다.

R이 귀향한 후, R의 아버지는 날마다 M에게 시집가라고 졸랐고, 심지어 회초리를 해가지고 때리며 시집가라고 하였다. 그러나 R은 감히 엄부〔嚴父, 엄한 아버지〕 앞에서 언약한 곳이 있다는 말은 못하고,

"저는 혼자 살아요." 하면

"이년, 혼자 어떻게 사니?"

"제가 벌어서 저 혼자 살지."

"기가 막힌 세상이다."

하시고, 기가 막히고 들을 것 같지 아니하여 그만 흐지부지하는 때였다.

R은 모교 C학교 Y선생에게 잠깐 다녀가라고 편지하였다. Y선생은 R의 재학 중에 극히 귀애하던 선생이었다. Y선생은 곧 내려왔다.

"선생님, 제 청을 들어주셔요."

"무엇이오? 듣다 뿐이겠소?"

"이대로 집에 있을 수는 없으니 어디 교원으로 보내 주셔요."

"그야 어렵겠소? 마침 청구하는 곳도 있으니 다행이오."

"그러면 이리이리 하셔요."

R은 Y선생이 아버지에게 말씀드릴 것을 일러 주었다. 조금 있다가 아버지가 들어오신다.

"아, Y선생이시오? 언제 오셨소?"

"오늘 아침에 왔습니다."

"그러면 아침이나 잡수셨소?"

"네, 먹었습니다. 그런데 급히 말씀드릴 것이 있어서 왔습니다."

"무슨 일이오? 말씀하시오."

"다름이 아니라요, 학무국에서 여교원을 택해 오라 하는데 영양(令孃, 영애)이 마침 귀향해서 집에서 놀고 있으니 보내 주십사하는 말씀입니다."

나의 여교원 시대

"딸년 말씀이오? 인제 여공[女功, 길쌈]을 가르쳐 시집을 보내도록 해야지요."

"여공은 제게 닥치면 다 꾸려 가는 법입니다."

아버지는 대접으로,

"보내면 어디로 보냅니까?"

"여주[驪州] 올시다."

"그러면 얼마 동안이오?"

"그야 지금 말씀드릴 수야 있겠습니까?"

"얘, ○○아."

"네!"

"이리 나오너라."

R은 Y선생과 아버지와의 대화 중에는 안으로 들어가 있었다.

"너 여주 공립보통학교 교원으로 갈래?"

"Y선생님이 그같이 말씀하시니 안 갈 수 있습니까?"

"그러면 가 보아라."

R은 Y선생과 눈을 꿈벅하며 웃었다.

Y선생이 서울 올라간 후, 며칠 아니 되어 사령서[辭令書]와 여비가 내려왔다. R은 여주 공립보통학교 교원으로 가서 R의 아버지의 친구인 K군수 집에 유숙하고 있었다.

정월이 되었다. C학무위원 집에서 교원 일동을 청하여 떡국 대접을 하였다. 여교원으로 혼자인 R은 안으로 들어갔다. C씨 댁 마님은 돌아가고 안 계시고 젊은이들뿐이었다. 그중에는 R과 동갑인 H와 I, 사촌 간의 두 처녀가 있었다. 이래 두 처녀는 다투어 가며 R을 사랑하였다. 국을 끓이면 청해다 먹이고, 떡을 하면 남동생 T를 시켜 싸 보냈다. 객지에 외로운 R과 어머니 안 계신 두 처녀와는 정이 오고 가고 하여 날마다 만나 보다시피 하였다.

하루는 달밤이었다. R이 드러누워 자려고 할 때 달은 중천에 떠올라 R의 방 창에 비치어 있었다. 이때에 창을 똑똑 두드리는 자가 있었다. R은 처음은 바람에 문풍지인가 하다가 그것이 아닌 줄 알자 창문을 열었다. 거기는 구십춘광(九十春光)[52]의 흐느러진 머리를 척척 땋아 늘인 I가 서 있었다.

"이게 웬일이오?"

R은 벌떡 일어나 손목을 잡았다.

"놀랐지?"

"아니 그런데 이 밤중에 웬일이야?"

"보고 싶어서 견딜 수가 있어야지."

R은 그제서야 안심하면서,

"들어와."

"들어갈까?"

"그럼, 들어와야지!"

I는 방 안으로 들어갔다.

"그런데 어떻게 왔어? 문이 다 닫혔을 터인데."

"담 터진 데로 넘어왔지."

군수 집 뒷담이 나직하고 좀 터져 있었다.

"도둑놈이라면 어쩌려고 월담을 해? 백죄."

"고만이지!"

"하하하하……."

"이것 먹어!"

"무엇이야? 또!"

"우리 집에서 송편 조금 했기에 친구를 생각하고 가져왔지."

I는 사발에 송편을 소복히 담고, 뚜껑을 덮고 보자기에 쌌던 것을 풀어놓는다. R은 고맙단 말, 아무 말없이 다감다정한 I를 물끄러미 쳐다보고 앉았다.

"왜 사람을 그렇게 보아?"

I는 R의 무릎을 꼬집는다.

"하도 고마워서."

"이 밤이 지나면 떡이 굳을까 보아 가지고 온 것이니 어서 좀 집어 봐."

"먹지."

R은 맛있게 먹으면서 빙긋이 웃는다.

"사람 또 죽인다."

"누가 죽이는지 모르겠다."

"물 먹고 먹어."

거기 있는 물그릇을 들어 먹인다.

"맛이 있는데, 출출하던 판에."

"많이 먹어 응?"

I는 만족해한다. 이때에 멀리서 닭 우는 소리가 들린다.

R은 깜짝 놀라,

"I, 고만 가, 늦어서 안 돼. 아버님 아시면 큰일 나지."

언젠지 I가 R을 찾아보고 갔다가 커다란 계집애가 행길로 왔다 갔다(쓰개는 썼지만) 한다고 꾸지람 받았단 말을 생각하였다.

"관계치 않아."

"문 여는 소리 들으시면 큰일 나지."

"아버지는 연회에 가서 늦게 들어오시고, 또 H와 다 짜 놓고 왔으니까 관계없어."

R은 그래도 마음이 아니 놓여서,

"고만 가, 내일 또 만나지."

"나는 자고 갈 걸."

"너보다 내가 더 붙잡고 싶다만 고만 가."

달빛 아래 두 처녀는 보내고 가고, 그 의연한 정을 놓칠 길이 없었다. 안 보면 보고 싶고, 만나면 떨어질 줄 모르게 오고 가고 또 오고 가고 하여, R은 하학 후에 두 처녀를 만나 보는 것이 큰 낙이었고, I, H는 오후만 기다리고 있었다. 하루같이 지낸 1년 동안이 되었다. R은 월급을 저금하여 동경으로 다시 가서 배우던 학업을 계속할 준비를 하고 1년 만에 사표를 제출하고 떠나 왔다. 두 처녀와 R은 날마다 울었다. 그러나 떠난다는 사실은 무정하였다. 울고 매달리는 두 처녀를 떨치고 떠날 수밖에 없었다. 오직 두 처녀에게 끼치고 가는 것은 R의 사진 한 장과 주소 쓴 종이 한 장이었다. 이래 서신 왕복이 수차 있었으나 R은 학과에 전력하는 외에 이 사건 저 사건 접촉하는 동안, 즉 현재에 절박한 자로 과거의 친구를 생각할 아무 여유가 없었다. 그리하여 자연 절신(絶信)까지[소식이 끊기게] 된 것이다. 간간 생각나던 것도 아주 잊어버리도록 되었다.

10여 년 후, R이 경성 숭이동에 살 때 의외에 I의 남동생 T가 찾아왔다. 조그맣던 그는 장성한 청년이었다. R은 퍽 반겨 했다. T가 R의 집에서 며칠 묵으면서 R 내외의 주선으로 상업학교에 들게 되었다. 이때 H와 I의 소식을 듣건대 벌써 시집가서 아이까지 낳았다고 한다. 그 후 다시 종 무소식이었다. R은 이 생활로 저 생활, 저 생활로 이 생활로 뛰어, 다시 고향을 찾아 수원 와서 다섯 칸 초옥 가운데 엎드려 신병을 소생 중이었다. 하루는 저녁 후에 누웠으려니까 생질[53]이 명함 한 장을 들고 들어와서,

"아주머니, 이 사람이 찾아왔어요." 한다.

그 명함에는 '화성금융조합 부이사 C.O.T.'라고 쓰여 있다. R은 얼른 알지 못하였다. 그러다가 다시 생각하여,

"옳지 안다 알어, 이 사람 어디 있어?"

"지금 이 문 앞에 섰어요."

R은 허둥지둥 나갔다.

"이게 웬일입니까?"

T는 아무 말없이 유심히 본다. 늙고 병든 R의 모양이 초라하였
던 모양이었다.

"들어오십쇼."

방으로 안내하였다.

"그새 안녕하셨습니까?"

"네, 나는 잘 지냈사외다. 아주 젠틀맨이 되셨소그래."

"네, 커졌지요."

"그런데 얼마 만이오?"

"그때 숭이동 댁에서 뵙고 못 뵈었지요."

"한 10년 되지요?"

"그렇게 되지요."

"그런데 누님들은 어떻게 되셨나요?"

"H누님은 서울 사시는데 동일은행 동대문 지점 대리 부인이요,
I누님은 이천 사시는데 서른둘에 과부가 되었어요."

"그래요? 아까운 사람이."

"그래 조합 재미가 좋으십니까?"

"늘 바쁩니다. 도회지 같은 데서는 사무 시간만 지키면 그만이
지만 지방에서는 세세한 사무까지 책임지게 되니 재미있다면 재

미있고 귀찮다면 귀찮습니다."

"모든 사물을 예술화하면 신산이 없지요."

"그렇지요."

"그런데 누님을 뵈올 수가 없을까요?"

"오시라고 하면 곧 오실 것입니다."

T는 약 한 시간쯤 놀다가 돌아갔다. R은 그 이튿날로 I에게 편지를 하였다.

　사랑하는 친구!

　이것이 20년 만 아니오? 신의 있는 계씨 T씨의 찾아주심으로 나는 친구의 소식을 알게 되었소. 우리에게 얼마나 고마운 양반인지 모르겠소. 계씨 말씀이 친구를 오라면 곧 올 수 있다니 나를 만나러 곧 와 주시오. 남은 말은 만난 다음에 합시다.

R.

2, 3일 후에 왔다는 통지가 왔다. R은 뛰어갔다. 살이 포근포근하고 빛이 윤택하고 얼굴이 빤빤하고 치렁치렁 땋아 늘였던 처녀는 아니었고, 주름살이 잡히고 얼굴빛이 검고 머리를 쪽 찐 중년 부인이었다.

"아이구머니."

두 사람은 손을 붙잡고 눈물이 글썽글썽해진다. 둘이 꼭 껴안는다. 두 뺨이 서로 닿았다.

"이게 몇 해 만이야?"

"꼭 20년 만일세?"

"어쩌면 그렇게 소식이 없었어?"

"자연 그렇게 되었어."

"나는 신문지상, 잡지상으로나 인편으로 친구의 장하게 출세한 말은 들었으나 어디 있는 줄을 알아야지. 이따금 사진을 들여다 보고 혼자 울고 웃고 하였을 뿐이지."

"그래 잘 있었어? 그러나 혼자 되었다지?"

R은 I의 뺨을 어루만진다. I는 눈물이 글썽끌썽해진다. R도 눈물이 핑 돌았다. 한참 묵묵하였다. 날마다 오고 가고 가고 오고 하여 혹 수원성을 일주하기, 혹 서호(西湖) 모범장[54] 구경, 혹 절에 갔다 오다가 외탕 뜯기, 혹 R의 사생처를 찾아와 화구를 들어다 주기, 혹 밭두렁 논두렁으로 다니며 쑥 뜯어다가 떡 해 먹기, 혹 가서 자기, 혹 와서 자기, 이렇게 두 사람 사이의 우정은 날로 두터워 갔다. I는 여동생을 데리고 와서 가려움증으로 온양 온천을 간다고 하였다. R도 마침 몸이 가려워서 동행하였다. 온천을 하고 와서 밤에 느런히 드러누웠을 때, 세 여자는 사기 접시를 깨뜨렸다. R이 어린애를 끼고 드러누운 I의 동생을 깨우며. 이렇게 이틀 밤을 허리가 부러지도록 웃고 지내고 왔다. I는 자기 살림살이 관계로 오래 있지를 못하고 돌아갔다. R 사이에는 다시금 그리움이

막혀 있게 된다.

세상에는 친우가 종종 있다. 일을 위한 친우, 취미가 같은 친우이다. I와 R 사이 우정은 이 모든 조건을 초월한 친우이다. R이 쏟을 데 없는 정, I가 쏟을 데 없는 정이 합하여 아름다운 우정이 될 뿐이다. 그러나 유감되는 것은 멀리 있어 자주 못 보는 것이다. 세상만사가 다 하고자 하는 대로 될진대 불평 불만 없이, 한없이, 사람을 원망할 것 없이, 편안하게 세상을 보낼 것이다. 그러나 마음대로 못 되는 것은 세상사이다.

허나 우리는 어디까지든지 현상을 유지하려고 하는 것이 아니다. 너무 죄어 지내고 싶지 않다. 언제까지 가까이 지내는 동안은 반드시 소오(疎傲)함이 오는 것이다. 우리는 큰 눈으로 크게, 깊게, 넓게, 보고 싶다. 사방팔면을 보고 싶은 것이다. 안 보는 동안 I와 R은 다시 무지의 세계를 헤매어 얻고 찾을 것이다.

우리에게는 육(肉)의 세계와 영(靈)의 세계가 있다. 육의 세계는 좁고 얕은 반면으로, 영의 세계는 넓고 크다. 우리는 육의 세계에서 살아 오지만 그 이상 영의 세계가 있음으로써 사람으로서의 사는 의의가 있다. 어디까지든지 무진장으로 살아갈 수 있는 이 영의 세계에서 노는 I, R, 사귄 I, R, 육의 외롭고 그리운 정을 가진 I, R, 영으로 맺은 우정이 이후 어느 모에 가서 그 피차의 생을 돕게 될지 누가 알리.

R은 오직 침묵 가운데서 그림을 그리고 있을 뿐이요, 영리한 I는

어려운 시집살이에 올망졸망 자식들 데리고 침묵 중에 무슨 결심을 품고 희망을 좇아 날마다 일하고 있다. 하느님, 이 외로운 두 딸들에게 오래오래 건강을 베푸소서.

《**삼천리**》(1935. 7.)

나의 여교원 시대

회화와 조선 여자

    같은 예술 중에서도 문학이나 음악은 매우 보급이 되어 문예 잡지도 생기고 음악회도 가끔 열리나, 유독 그림만 이렇게 뒤떨어진 것은 매우 섭섭한 일이올시다. 대체 다른 예술도 그렇지 않은 것은 아니지마는 이 그림에 대하여는, 예전부터 '그림을 그리면 궁하니…….' 그림 그리는 사람은 '환쟁이'니 하여 너무 학대와 천시를 하여 왔으므로 자연 여자는커녕 남자들도 이것을 전문으로 연구하는 이가 드물었습니다. 그러한 결과로 오늘날 와서는 조선의 고대 예술의 첫째로 꼽히는 그림의 재주를 전할 만한 사람이 드물게 되고 만 것이올시다.

    대체, 그림은 같은 예술 중에도 가장 널리, 또는 매우 용이히 일반 사람들에게 기쁜 느낌과 아리따운 생각을 주는 것이라. 우리 인생에게는 음악으로 더불어 아울러 필요한 것이외다. 그러하므로 소학교에서부터라도 유치하나마 창가와 도화는 반드시 가르치는 것이 아니오니까.

어느 가정에든지 때때로 피아노 소리가 울려 나오거나 아리따운 풍경화가 한 장이 걸려 있다 하면 그 가정의 단락하고 평화로운 소식은 반드시 그 한 곡조 울림과 한 폭 그림에서 얻어 듣고 볼 수 있을 것이라 합니다.

이와 같이 우리 인생에게 미감을 가장 보편적으로 주며 무형한 행복을 누리게 하는 그림을 어찌하여 그다지 천시를 하였으며, 시 짓는 부인이나 글씨 쓰는 여자는 더러 있어도 채색 붓을 들어 화폭을 향하여 앉는 부인은 한 사람도 없었는가 하는 애석한 생각이 가슴에 떠돌 때가 많습니다. 그러나 조선 여자는 결코 그림을 배우지 않으려 하니까 그렇지, 만일 배우고자 할진대 반드시 외국 여자의 능히 따르지 못할 특점이 있는 실례를 나는 어느 고등 정도 여학교에서 도화를 교수하는 동안에 발견하였습니다.

그러할 뿐만 아니라 학생들에게 그림에 대한 재미있는 이야기나 혹은 자기가 스케치하러 나아갔을 때의 감상을 말할 때에는 일반 학생들이 매우 재미있게 듣는 것을 보았습니다. 그러하니까 아직 우리의 여러 가지 형편이 조선 여자로 하여금 그림에 대한 흥미를 줄 만한 기회와 편의를 가로막고 있으니까 그러하지, 만일 이 앞으로라도 일반 여자계에 그림에 대한 취미를 고취할 만한 운동이 일어나기만 하면 반드시 여류 화가가 배출할 줄로 믿습니다.

회화와 조선 여자

그리하여 비록 자기는 힘은 부치고, 재주는 변변치 못하나 쉬이 단독 전람회를 열고, 아무쪼록 일반 부인계에서 많이 와서 구경하여 주도록 하여 볼까 합니다.

《동아일보》(1921. 2. 26.)

내가 서울 여시장 된다면?

1. 전차 서대문선과 마포선 간, 동대문선과 청량리선 간, 광희문선과 왕십리선 간을 일구역(一區域)으로 변경할 정사(政司)를 하겠습니다.

2. 조선인 시가지도 본정통(本町通)과 같은 전기 시설을 하도록 하겠습니다.

3. 여성 단체를 조직하여 시세, 사상 교풍(矯風)에 대하여 통일적 사상과 행동을 갖도록 하겠습니다.

《삼천리》(1934. 7.)

영미 부인 참정권 운동자 회견기

영국의 팽크허스트 부인[55] 참정권 운동 단원 중 노처녀가 내가 배우던 영어 선생인 관계상 그와 부인 문제에 대한 문답.

나혜석(이하 R): 참정권 운동은 누가 제일 먼저 시작했습니까.

선생(이하 S): 20년 전 우리가 시위운동을 하고 다닐 때 너무 늦어서 나오지를 못하고 창문을 열고 앉아서 보다가 문을 닫고 묵사(默思)하는〔묵상하는〕 한 노 여인이 있었습니다. 이가 즉 영국서 여권운동자의 시조인 포셋 부인[56]이요, 2세가 팽크허스트 부인이요, 이가 처음으로 시가지 시위운동하기를 시작했습니다. 40년 전에 1만여 명의 여성들이 앨버트 기념관 앞에서 시위행진을 했습니다.(There were 10,000 women all marching in the street to Albert hall.) 이때는 내가 어렸고 우리 어머니가 참가했습니다.

R: 깃발에는 무어라 썼던가요.

S: '부인의 독립을 위해 싸우자.(Fight for Women's independence.) 부인의 권리를 위해 싸우자.(Fight for Women's Right.)'라고 썼지요.

R: 물론 많이 잡혔겠지요.

S: 잡히고말고요, 모조리 잡혀 들어가서 절식동맹(絶食同盟, 단식투쟁)을 하고 야단났었지요.

R: 회원의 표(表)는 다른 것이 있나요.

S: 있지요. '여성에게 투표권을 달라.(Votes for Women.)'를 모자에다 쓰고 단추를 하고 띠를 띠지요. 이것이 그때 띠던 것입니다. (부인은 남빛이 다 닳은 띠에 금자로 쓴 것을 보였다.)

R: 이것 나 주십쇼.

S: 무엇 하실라오.

R: 내가 조선의 여권운동자 시조가 될지 압니까.

S: 그렇지요. 기념으로 가지시구려.

R: 참정권 운동의 원인은 무엇일까요.

S: 결국 남자가 반성치 않고 혼자 잘났다고 하는 까닭이지요. 남자는 언필칭 여자가 무엇을 아느냐고 하지요. 그러나 제아무리 영웅호걸이라도 여자 꾀에 넘어가지 않는 자가 없나니 지혜와 학문은 인생의 외면이요, 인생의 내면은 인정으로 얽매인 것이니까요. 이때 여자는 생각하였습니다. 우리같이 꾀 있고 영리한 자가

저 어리석은 남자가 만들어 놓은 법률로 만족할 수 있으랴 하고 일어난 것이 여권운동의 시초지요.

R: 팽크허스트 부인의 주론은 무엇이던가요.

S: 노동 문제, 정조 문제, 이혼 문제, 투표 문제지요.

R: 그런데 선생님도 시위운동 때 연설을 하셨습니까.

S: 그르믄요, 길가에서 의자 위에 올라서 연설을 할 때 한 여자가 그 이유를 묻습디다. 나는 이것은 너와 네 딸을 위한 일이다. 하느님은 너나 남자나 똑같이 내었다. 왜 너는 남자가 하는 일을 못할 것이냐. 길 가는 수만 군중이 모여서 구경하다가 "옳소 옳소." 하고 박수합디다.

R: 시위운동할 때 여자 단체가 많았나요.

S: 단체도 많았거니와 그 전문 직업을 따라서 그룹을 따로따로 하여가지고 시위하였습니다.

R: 남자가 여자보다 사실 우승한 것 아닙니까.

S: 왜 그래요, 남자는 자기가 강하다 부하다고 떠드나 그 실은 어리석은 것밖에 없습니다. 여자는 약하게 입을 다물고 있습니다마는 자기가 하고 싶은 일이 있어 꾀만 내면 못 할 일이 없지요. 이런 예가 있습니다. 남편이 아내더러 어디를 가자고 할 때 아내가 공연히 그냥 싫다고 해 보십쇼. 그 남편은 무리로 가자고 할 터입니다. 그러나 아내가 머리를 짚고 두통이 심하여 못 가겠다고 해 보십쇼. 남편은 오히려 동정하는 얼굴로 고만두자고 아니 하

나. 남자가 얼마나 어리석고 약한 것이며, 여자가 얼마나 꾀가 있고 강한 것인지를 알 것 아닙니까.

R: 자식들과 관계는 어때요.

S: 누구든지 어렸을 때는 그 어머니 생각하기를 온 세상보다 크게 생각합니다. 그러나 그들이 커서 시집이나 장가를 가 보십쇼. 그들에게는 남편이 어머니가 되고, 아내가 어머니가 됩니다. 이런 일이 있습니다. 정을 다 주어서 사랑하던 어머니가 돌아가셨습니다. 이때 남편은 병이 나서 드러누웠습니다. 아내가 마땅히 대신하여 갈 것인데 당신이 아프니 고만두겠다고 합니다. 그러나 며칠 후에 아내의 어머니가 돌아가셨습니다. 그때에 아픈 몸으로 남편과 아내는 동행하여 그 산소에를 갑니다. 이는 인도상 그릇된 일이지만 여자의 힘이란 이렇단 말입니다. 그러므로 우리나라 속어에 '여자가 소매 속에서 웃는다.'는 말이 있습니다.

R: 영국도 남녀 차별이 심하지요.

S: 그랬어요. 전에는 딸을 시켜 아들의 옷을 빨라 하였으나 지금은 그렇지 아니해요. 전에는 아내가 남편의 것을 다 하였으나 지금은 할 수 있는 대로 자기가 다들 합니다.

R: 자녀에게 대하여는 양친 중에 누구에게 책임이 더 중한가요.

S: 자녀 중 만일 허물이 있을 때는 그 어머니를 책하지 않고 그 아버지를 책합니다. 아버지가 먼저 죽고 어머니가 있다면 그

어머니는 할 수 있는 대로 자녀를 교양시킵니다. 그러나 어머니가 먼저 죽고 아버지가 있다면 다른 여자가 들어와 살림을 하게 되는 동시에 자녀 교육은 등한하게 됩니다. 그러므로 자녀를 위하여서는 어머니가 살아 있고 아버지가 먼저 죽는 것이 좋습니다. 그러면 아버지가 없고 어머니만 있을 때는 그 책임을 어머니에게 지우나, 양친이 있을 때는 그 책임을 아버지에게 지웁니다. 남편이 죽은 후에 다른 남편에게 가면 그 책임을 남자에게 지우며, 결혼 아니 한 여자가 아이를 가질 때는 그 책임을 여자에게 돌리게 됩니다. 자식이 있고 이혼소송이 나게 되면 재판장은 양친을 보아 유리한 편으로 자식의 책임을 지우게 합니다.

R: 어떤 경우에 이혼이 많습니까.

S: 대개 경제문제로 생기는 이혼이 많지요. 그리고 남녀 간이 불품행(不品行)으로 생기는 일이 많지요.

R: 노동문제에 대해서는 어떻게 생각하십니까.

S: 내가 교사로 있을 때 60명 학생을 가졌었고, 그 옆 교실 남선생도 역시 60명 학생을 가지고 있었는데 나는 오히려 그보다 재봉 시간이 더하였건마는 월급이 적었소. 그리하여 나는 불평을 말했소. 그러나 지금은 대부분이 차이가 없어졌습니다.

R: 투표권의 연령은 어찌 되었습니까.

S: 작년까지 남자 스물한 살, 여자 서른 살이던 것이 금년부터 여자도 동년으로 되었습니다.

R: 선생님 독신 생활하시는 소감이 어떻습니까.

S: 기혼 여자에게 쾌락과 고적이 있는 것과 같이 독신 여자에게도 쾌락과 고적이 있겠지요.

R: 그러면 어떤 편이 나을까요.

S: 나이 젊었을 때는 독신 생활이 나을 것이오.

(하략)

《삼천리》(1936. 1.)

나를 잊지 않는 행복

우리는 누구든지 팔자 좋게, 다시 말하면 행복스럽게 살기를 원하고 바란다. 또 그대로 하기를 원한다.

뒤에 산을 끼고 앞에 물이 흘러 봄철에 꾀꼬리 소리며 여름날에 빗소리로 공기 좋고 경치 좋은 2, 3층 양옥 가운데서, 금의 포식으로 남녀노복이 즐비하고 자손이 번창한 부호가의 주부가 되면 이야말로 더 말할 수 없는 소위 행복을 가진 사람이라 할 것이다. 이와 같이 평온무사한 것을 우리 행복의 초점으로 삼는다면 행복은 확실히 우리 생활을 고정시키는 것이요, 활기 없게 만드는 것이며, 게으르게 만드는 것이요, 우리로 하여금 퇴보자요, 낙오자가 되게 하는 것이다.

우리 중에 한 사람도 자기를 잊고 사는 사람은 없을 것이다. 그러므로 우리는 잘 먹고 잘 입고 편안히 살려고 하는 것이다. 그러나 우리 조선 여자는 확실히 예부터 오늘까지 나를 잊고 살아 왔다. 아무 한 가지도 그 스스로 노력해 본 일이 없었고, 스스로 구해 본 일이 없었으며, 그 혼자 번민해 본 일이 없었고, 제 것으로 얻은 것이 아무것도 없었다. 가엽다. 나를 잊고 사는 것, 이것이야말로 처량한 일이 아닌가.

왜 우리는 자기 내심에 숨어 있는 무한한 능력을 자각 못 했었고, 그 능력의 발현을 시험하여 보려 들지 아니 하였던고! 세상에는 평범한 가운데서 자기만은 무슨 장래의 보증할 것이 튼튼히 있는 것같이 안심하고 있는 자가 많으니 더욱이 우리 여자 중에 많은 사실이다.

보라, 얼마나 귀중히 여기고 보호하던 생명조차 하루아침 하룻밤에 끊어지지를 않는가! 철석같이 맹세한 연인 동지의 마음이 변하지 않는가. 최고 행복도 아무렇지도 않게 없어지고 마는 것이 아닌가. 연인에게 뜨거운 사랑을 받고 벗에게 깊은 믿음을 얻는다 해도 상당한 시기가 지나면 싫증이 나고 변하는 것이다. 그 끝이 길이 있지 못할 것을 미리 짐작하여야 한다. 왜 그러냐 하면 만일에 그 행복을 잃어버리는 때는 오직 무능자가 될 것이요, 실망자로 자처할 수밖에 없을 터이니까.

그리하여 이 한때에 행복을 빼앗길 때마다 어느 때든지 그 상처를 아물릴 만한 행복을 늘 준비하는 것이 우리의 더할 수 없는 일거리 되는 바이다. 이는 역시 자기를 잊지 말고 살아가려는 목

나를 잊지 않는 행복

표를 정하는 여하에 있는 것이다. 즉 무의식하게 자기를 잊고 살아온 가운데서 유의식하게 자기를 잊지 않고 살아가는 데 있다고 생각한다. 다시 말하면 우리의 가장 무서워하는 불행이 언제든지 내습할지라도 염려 없이 받아넘길 수 있을 것이다. 거기에 아무러한 고통이 있을지라도 그 고통 중에서 일신일변(一新一變) 할지언정 결코 패배를 당할 이치는 만무하다. 즉 외형의 여하한 행복을 받든지 또는 외형의 여하한 행복을 잃어버리든지 행복의 샘, 내 마음 하나를 잊지 말자는 것이다. 사람은 누구든지 힘을 가지고 있다. 그 힘을 사람은 어느 시기에 가서 자각한다. 아무라도 한 번이나 두 번은 다 자기 힘을 자각한다. 그것을 받는 사람은 즉 자기를 잊지 않는 행복을 느끼는 자다. 또 사람은 자기 내심에 자기도 모르는 정말 자기가 있는 것이다. 그(보이지 않는 자기)를 찾아내는 것이 곧 자기를 잊지 않은 것이 된다. 요컨대 우리들의 현재 및 미래의 생활 목표의 신앙 및 행복은 오직 자기를 잊지 않고 살아가는 수밖에 아무것도 우리의 맘을 기쁘게 해 줄 것이 없을 것이다. 이것이 자기 내(內) 생활의 전개를 자기가 보장하려는 것인 만치 지실(摯實)할〔손에 잡히는 열매일〕 것이다.

그리하여 우리들의 할 일은 이 현실을 바로 보는 데 있고, 미래의 생활의 싹을 북돋아 기르는 데 있는 것이다. 이러한 것을 생각하더라도 잠시라도 방심하여 자기를 잊고 어찌 살 수 있으랴.

하루 뒤, 1년 뒤, 지나는 순간마다는 후회의 연속이었다. 그러나 그것이 하나가 된 큰 과거는 얼마나 느낌 있는 과거인가. 또 그 중에 마디마디를 멀리 있어 돌아다보니 얼마나 즐거웠던 때이었나. 우리는 언제든지 우리 앞에 비추이는 현재의 환희로 살지 못함은 곧 가까운 과거를 현재로 만드는 까닭이었다. 그러므로 기실은 현재는 없어지고 만 것이다. 지나고 보니 이같이 안전한 대로를 밟아 온 것을, 그리하여 그 중도에는 내게 없어서는 아니 될 것이다. 구비해 있고 그뿐 아니라 그때그때 과거에 있어서는 그다지 길이 좁았던고!

(하략)

1931년 10월 15일 도쿄에서

《삼천리》(1931. 11.)

5 어떻게 하면 만혼 풍조를 타개할까?

기자 어떻게 하면 이 만혼 풍조를 타개할 수 있을까요? 어떤 의학 박사의 말을 들으니까 결혼은 늦게 하는 것이 좋지 못하다고 해요. 사람이 우울해지고 적막해지고.

김억 그야 그렇지요. 아무리 왁살맞은 올드미스라도 이성을 안 뒤부터는 나긋나긋하여지고 여자다워지니까요.

나혜석 그러나 현대의 독신 여성들은 음악이라거나 예술 방면에 쏠려서 모든 우울을 피하려는 노력이 보여요. 서양 같으면 댄스도 끼우겠지만.

기자 요컨대 경제 방면과 선배의 결혼에서 본 환멸 때문에 결혼을 아니 하는 남녀도 있겠지만 그보다 훨씬 대다수는 결혼하려 해도 그 기회가 없는 까닭이 아닐까요?

나혜석 사실 결혼 시장이라 할 것도 없지요.

기자 있다면 지금은 백화점과 학교뿐이지요. 여학교는 남성들이 자유로이 출입할 수 없으니까 공공연한 결혼 소개소가 될 수가 없고 다만 백화점이 있는데, 숍걸(판매원)들은 누구나 볼 수 있고 대부분 상당한 교육을 받은 이들이니까, 그 백화점에 가서 마음에 드는 여성을 고르는 남자들이 퍽이나 많아졌다고 합니다. 언젠가 미츠코시(일제시대 때 서울에 세워진 백화점)의 중요 간부의 말이 자기네 백화점의 판매원들은 대개 취직하여 두세 달 만에 결혼하여 버린다 해요. 그렇게들 결혼이 용이히 된다고 합디다. 조선서도 어떻게 이러한 신식 시설이 있어 자유로이 교제하고 선택하는 길을 내어 주면 좋겠는데 어떻게 생각하십니까?

김억 나는 남녀 교제의 기회가 막혀져 있지 않다고 봅니다. 어쨌든 여자 한 사람만 알게 되면 거기 따라 그 여사의 친구인 여러 여자를 알게 되니까. 남자 역시 그렇지요.

나혜석 인격 있는 마담의 노력이 있어야 옳겠지요.

기자 중학교부터 아주 남녀공학제를 쓰면 어떻게 될까요?

나혜석 실현하기 어려울걸요.

이광수 공학 아니 한다 하여도 기회 있는 대로 학원의 문호를 개방하였으면 좋겠어요. 학교의 음악회, 운동회, 기타 여러 가지 모임으로 이성과의 접촉할 기회를 만들어 주는 것은 좋을 줄 압니다.

김기진 또 사회에서는 문학자이면 문예 애호자들끼리, 음악 애호가는 음악 애호자들끼리 모아 자유로 이야기하고 토론하고 하는 자리를 많이 만들어 주었으면 좋겠어요.

주(註)

1 여기서 '하다.'는 양복 속에 껴입는 속적삼을 '짓는다.'는 의미.

2 영화의 옛 용어.

3 오래 살고 부유하며 아들이 많다.

4 엽전을 세는 단위. 한 냥은 한 돈의 열 배이다.

5 일제 강점기에 초등교육을 시키던 학교.

6 잘난 체하며 멋대로 거들먹거리는 모양.

7 생실로 짠 삼팔주. 삼팔주는 중국에서 생산되는 올이 고운 명주.

8 원문은 노년.

9 불길한 느낌이 들고 꺼림칙하다.

10 처리하기 어려울 만큼 짐스럽고 귀찮다.

11 작은 눈알을 가끔 굴리고.

12 무게의 단위. 한 관은 3.75킬로그램에 해당한다.

13 제르멘 드 스타엘 남작 부인(Germaine de Staël, 1766~1818): 루이 16세 시대에 재무 총감이었던 네케르의 딸로 열다섯 살 나이에 「법의 정신에 대한 고찰」을 쓴 뛰어난 재원. 결혼 전에는 스웨덴 왕 구스타프 3세를 위해 문화 통신지를 썼고, 결혼 후에는 파리에서 문학 살롱을 개장해 수많은 문인과 사상가들에게 영감을 제공했다.

14 자주 오고 가서 끊이지 아니함.

15 한 그릇의 소쿠리 밥과 한 표주박의 물을 마시고 팔베개하여 눕더라도 즐거움이 그 가운데 있다는 뜻.

16 1908년에 공포된 '고등여학교령'에 따라 설립된 여성중등교육기관.

17 먹을 가까이 하면 검어지기 쉽다는 뜻.

18 마소의 등에 잔뜩 실은 짐을 세는 단위.

19 여기서 '하다.'는 어떤 결과를 '이루어 낸다.'는 뜻.

20 정성이 지극하면 신도 감응한다는 뜻.

21 몸은 비록 늙었으나 마음은 늙지 않았다는 뜻.

22 유천장제, 화홍문, 방화수류정은 나혜석이 꼽은 수원8경에 속한다.

23 김삿갓의 시를 인용한 것으로, 하늘이 얼마나 높은지 1000리나 되도록
    높아서 머리를 들지 못하겠다는 뜻.

24 톨스토이의 소설 『부활』(1899)의 여주인공.

25 헤르만 주더만의 소설 『고향』(1893)의 여주인공.

26 헨리크 입센의 희곡 『인형의 집』(1879)의 여주인공.

27 『톰 아저씨의 오두막』(1852)을 쓴 미국의 사실주의 작가이자 노예제도
    반대 운동가인 해리엇 비처 스토.

28 히라쓰카 라이초(平塚雷鳥, 1886~1971): 일본 최초의 여성 동인지 《청
    탑》을 발간한 여성 사상가.

29 요사노 아키코(與謝野晶子, 1878~1942): 일본 제국주의 시대의 작가로
    서 첫 소설 『헝클어진 머리칼』에서 근대적 자아에 눈뜬 새로운 여성의
    목소리를 대담하고 자유분방하게 표현해 주목받았다. 결혼 후에도 열한
    명의 자녀를 키우며 소설, 시, 평론, 고전 연구 등 다방면에서 왕성한 활
    동을 보여 주었다. 1921년 문화학원을 설립하여 초대 학감에 취임했다.

30 올벼의 쌀로 빚은 송편.

31 '살아서는 같이 늙고 죽어서는 한 무덤에 묻힌다.'는 뜻으로, 생사를 같
    이하자는 부부의 굳은 맹세를 일컫는 말.

32 타기는 '침을 뱉듯이 버린다.'는 뜻으로 업신여기거나 아주 더럽게 생각
    하여 돌아보지 않고 버림을 이르는 말.

33 소월(素月) 최승구(崔承九)를 가리킴.

34 일본에서 디저트로 먹는 과자.

35 원문에서는 '힘'.

36	없는 일을 거짓으로 지어 낸다는 뜻.
37	엘런 케이(Ellen Key, 1849~1926): 스웨덴의 여성 사상가. 억압된 부인의 해방 이동 존중을 주장했다. 저서인 연애도덕론과 자유이혼론을 주장했고 『연애와 결혼』은 1910년대 일본 유학생들에게 큰 영향을 미쳤다.
38	원문은 '2개월'이다.
39	현 서울시 중구 북창동의 일제 강점기 명칭.
40	제 열쇠가 아닌 것으로 자물쇠를 여는 일.
41	아베 요시에(阿部充家): 1910년대 총독부 기관지 《경성일보》와 《매일신보》의 사장을 역임했고, 1920년대에는 사이토우 마코토 조선총독의 참모로 식민지 조선에 대한 언론 및 문화 정책에 깊숙이 간여했다.
42	박희도(朴熙道, 1889~1952): 민족대표 33인 중의 한 사람으로 3·1운동 당시 기독교 대표로 독립선언서에 선언했다. 그러나 1934년부터 친일파로 변절하였다.
43	박영철(朴榮喆, 1879~1939): 일본 육군사관학교를 졸업하고 1925년에 강원도지사, 1927년 함경북도지사를 지냈다. 1938년 조선총독부 총독의 자문사항 심의를 맡은 조선인 출신 최고위 총독부 관료 중 한 사람이다.
44	살 곳을 찾아 이리저리 떠돌아다님.
45	전에 써 둔 원고.
46	마음을 오직 한 곳에 집중함.
47	불효보다 더 큰 죄는 없다는 뜻.
48	아버지가 돌아가신 후 3년간 아버지 살아계실 때 한 일을 그대로 두고 변경하지 않는 것은 효도라 할 수 있음.
49	깊은 산골짜기 시골 작은 마을.
50	빨강, 노랑, 파랑, 하양, 검정 가운데 둘 이상의 색을 섞어 낸 색.
51	삼일학교를 가리킨다. 당시 박충애의 어머니가 이 학교의 교사였다.
52	석 달 동안의 화창한 봄 날씨.
53	누이의 아들.
54	일제가 경영하던 모범 농장을 가리킨다. 여기에서는 수원 화성 서쪽의 인공 호수 제방 아래 일제가 경영했던 모범장을 이른다.

55   에멀린 팽크허스트(Emmeline Pankhurst, 1858-1928): 영국의 급진파 여성 참정권론자. 1903년 어머니와 언니인 크리스타벨과 함께 여성사회 정치동맹(WSPU)을 결성하여 여성의 참정권을 얻기 위한 운동을 전개 했다.

56   밀리센트 포셋(Millicent Garrett Fawcett, 1847-1929): 50여 년간 영국 여성의 참정권 획득을 위해 여성운동을 이끈 운동가로 영국 최초의 여자대학 중 하나인 케임브리지대학 뉴넘칼리지를 설립했다. 2017년 런던시는 밀리센트 포셋의 동상을 의회 광장에 세우겠다는 계획을 발표했다.

여성이 직접 기록한 역사

이민경(페미니스트, 『우리에겐 언어가 필요하다』 저자)

어쩐 일인지 나는 나혜석을 일찌감치 알았다.

신여성으로 살다 객사한 여자.

그리고 나는 오래도록 객사 공포를 앓았다. 여성은 오점으로만 역사에 남을 수 있다는 사실을 깨닫기 전의 일이다.

자라면서 양껏 자유롭지 못해 가슴이 터질 듯할 때마다, 본 적 없는 그의 마지막 모습이 속에 이는 불길을 잠재웠다. 원치 않는 삶을 살고 싶지 않아 바둥대면서도, 정말 원하는 대로 살게 될까 봐 두려운 이 모순을 어떻게 설명해야 할까. 삶이 뜻대로 되지 않는 순간에 느꼈던 좌절감에는 언제나 일말의 안도가 섞여 있었다. 대체 어디서 들었는지도 기억나지 않는 나혜석의 마지막이 효과적인 경고로 작동했다.

뜻대로 살게 되기를, 그러나 완전히 내 뜻대로 사는 일은 일어나지 않기를 바라던 나는 결국 내 성미를 꺾지 못했다. 그렇다고 두려움을 완전히 버리지도 못했다. 그래서 이겼다는 건지, 졌다는 건지 알 도리 없이 엉거주춤 뛰쳐나온 세상에서, 나혜석을 다시 만났다. 정확히는 그가 남긴 글귀들을 만났다. 그는 정조는 취미라고 했다. 조선 남성의 심사는 이상하다고도 했다. 자식들에게 자신은 선각자로 알려지게 될 거라고 했다. 평생에 걸쳐 두려워해야 할 것을 보여 준 그에게서 힘을 얻기 시작했다. 조선 남성의 심사만큼이나 이상한 일이었다. 몇 줄의 문장으로 나는 그와 공명했다. 그를 객사만으로 기억한 것이 미안해졌다. 시간이 지나서는 그를 객사만으로 기억하게 한 세상에 의문을 품었다. 나혜석은 누구였을까. 나는 그를 몰랐다. 그러고 나서 종종 나혜석을 떠올리는 버릇을 가지게 되었다. 모르는 이를 그리워하는 것 역시 설명하기 쉽지 않은 감정이리라.

오늘날 여성들은 서로의 용기에 기대어 자신의 용기를 보태고 있다. 그렇게 세상이 여자들의 말로 들끓는 중이다. 더는 외롭지 않다고 외치는 우리는 외로움을 견딘 이들에게 빚을 지고 있다. 한 줌의 지지가 도착하기 전에, 오로지 자기 자신의 목소리에 기대어 입을 연 여성들이 결국 오늘 우리를 말하게 한 것이다. 그들의 목소리는 대체로 사라졌으나 나혜석의 글은 내게까지 닿았다. 아무리 오랜 시간이 걸려도 자신이 이곳까지 닿을 것임을 그 스스로 굳게 믿었기 때문이다.

나혜석은 일찍이 말했을 뿐 아니라, 자신이 일찍이 말했음을 자신의 손으로 분명히 밝혀 두었다. 그를 알아내는 데 다른 이의 말을 빌리지 않아도 된다. 여성의 역사는 도통 새겨지지 않는다는 점을 생각하면, 그리고 여성은 오로지 오점으로만 역사에 남는다는 점을 재차 상기하면 그가 남긴 글로 그를 읽을 수 있다는 건 엄청난 행운이다.

책장을 덮고 나서도, 나혜석이 말년에 자신의 삶을 불행하게 여겼는지 아닌지 도무지 알 재간이 없었다. 어떻게든 행복의 기미를 찾아 그를 변호하고 싶었던 나는 잠시 낙담했다가, 바로 이것이 핵심임을 깨달았다. 나혜석의 삶이 결국 어떠했는지 말할 수 있는 사람은 오직 나혜석밖에 없다는 것. 나는 앞으로도 나혜석을 모를 테지만, 적어도 그의 말을 알아듣기는 한 것 같다. 처음으로 그처럼 불행하게 살게 될까 봐 떠는 대신에, 그의 죽음을 불행으로 읽어내어 자식의, 아내의, 상관없는 타인의, 혹은 자기 자신의 반면교사로 삼는 이들의 속내를 응시할 수 있었다. 그렇게 나는 긴 세월 동안 나를 옭아매던 객사라는 공포심에서 완전히 해방되었다. 제 생각대로 살기를 두려워해야 했던 마지막 이유로부터 벗어난 것이다.

나혜석은 자신의 말에 공명할 이가 나타나기를 바랐고 그럴 줄 분명히 믿었다. 그래서 사라지지 않고 전해질 수 있는 방편을 선택해 남겨 두었다. 다른 세상을 염두에 두고 손 내미는 행위에

비하면 내민 손을 잡기는 얼마나 쉬운가. 그는 스스로를 믿는 것으로, 그리고 그것에 공명할 우리의 존재를 믿는 것으로 자신의 몫을 다했다. 이제 우리가 우리를 향한 그 기나긴 기다림과 흔들림 없는 믿음에 화답할 순간이다.

나혜석,
글 쓰는 여자의 탄생

1판 1쇄 펴냄 2018년 3월 5일
1판 13쇄 펴냄 2022년 6월 20일

지은이   나혜석
엮은이   장영은
발행인   박근섭·박상준
펴낸곳   (주)민음사

출판등록 1966. 5. 19. 제16-490호
주소   서울특별시 강남구 도산대로1길 62
         강남출판문화센터 5층(우편번호 06027)
대표전화 02-515-2000 | 팩시밀리 02-515-2007
홈페이지 www.minumsa.com

ⓒ 장영은, 2018. Printed in Seoul, Korea

ISBN 978-89-374-3675-8 (03810)